Ludovic Roubaudi
Der Hund von Balard

Ludovic Roubaudi
Der Hund von Balard

Roman

Aus dem Französischen von Gaby Wurster

SchirmerGraf Verlag
München

Für Jean-Marc Seulin

Die Originalausgabe erschien 2002 unter dem Titel »Les Baltringues«
bei Le dilettante in Paris.

ISBN 3-86555-0003-7
2. Auflage
© le dilettante, 2002
© der deutschsprachigen Ausgabe:
SchirmerGraf Verlag, München 2004
Gesamtgestaltung: Paul Barnes, London
Umschlagillustration: Victoria Sawdon, London
Gesetzt aus der Berthold Caslon
Satz: Uwe Steffen, München
Druck und Bindung: Ebner & Spiegel, Ulm
Printed in Germany

www.schirmer-graf.de

Wer hatte die verstiegene Idee gehabt, den Belgier das Mittagessen holen zu lassen? Mysterium. Auf jeden Fall war es keine gute Idee gewesen. Der Typ war eine echte Pflaume, selbst wenn er mal nicht blau war. Einmal hatten wir ihn morgens zum Zirkus von Massila geschickt ... woraufhin er den ganzen Tag spurlos verschwunden blieb. Erst am Abend, als wir zu Maman Rose essen gehen wollten, tauchte er wieder auf dem verlassenen Werksgelände auf, wo wir gerade das Zelt aufbauten.

Er war wohl tatsächlich bei Massila gewesen, aber auf dem Weg dorthin in praktisch jeder Kneipe eingekehrt. Sein ganzer Wochenlohn war dafür draufgegangen. Als er schließlich doch noch seinen Auftrag erledigt hatte, war er schwankend, aber ohne allzu große Verspätung nach Balard zurückgekehrt. Es muß so gegen zwei Uhr nachmittags gewesen sein, nach dem, was er uns erzählt hat. Auf dem Gelände war er dann leider, aufgrund seines Aggregatzustands, in ein Loch voller alter Eisengitter und Stacheldraht gefallen. Er hatte sich so abgestrampelt, dort wieder herauszukommen, daß er am Schluß eingewickelt war wie das kleine Jesuskind. Was ihn zunächst nicht weiter beunruhigte – er erholte sich erst mal bei einem

Nickerchen. Als er wieder aufwachte, brüllte er nach uns, wir sollten ihn aus seiner Gefangenschaft befreien. Doch wir konnten ihn nicht hören – wir waren zu weit weg, und unsere Maschinen waren zu laut. Also schrie er den ganzen Nachmittag aus der Tiefe seines Erdlochs um Hilfe. Als wir dann abends vorbeikamen, war er schon heiser und konnte nur noch röcheln: »Hilfe, Kumpels, helft mir, man hat mir 'ne Falle gestellt ...« Wir lachten uns kaputt, als wir ihn da unten in dem Loch sahen. Noch den ganzen Abend haben wir über ihn gelacht ... und holten ihn erst auf unserem Rückweg vom Essen heraus, damit er in seinem R16 seinen Schönheitsschlaf tätigen konnte und am nächsten Morgen fit für die Arbeit war.

Aber das heute war schlimm, uns hatte der Magen schon lange nicht mehr so durchgehangen. Zum letztenmal hatten wir bei Sonnenaufgang etwas gegessen – irgendwelche Teilchen und Francis' Glühwein mit Zucker und Zimt – »*Gévéor*, der Wein, der wärmt, vor allem, wenn er heiß getrunken wird«. Den Vormittag über mußten wir Kabel an den sechs Zeltmasten verlegen. Ein Mast ist eine viereckige Konstruktion aus sechzehn, siebzehn Meter hohen Aluminiumrohren. Man steigt dort hinauf wie an einer Leiter, und wenn man oben ist, nimmt man eine Sprosse zwischen die Beine, damit man die Hände frei hat. Die Kabel, das sind dicke schwarze Schläuche von fünf, sechs Zentimetern Durchmesser, die an die hundert Meter lang sind und innen voller Stromleitungen. An sich ist es kein Problem, nur mit einem Kabelschlauch auf der Schulter den Mast hinaufzuklettern, der Streß fängt erst an, wenn man das Kabel über seine ganze Länge heraufziehen muß, damit man es durch die Aussparung am Mast schieben kann, und es wieder herunterlassen muß, damit man am nächsten Mast weitermachen kann. Zunächst einmal schwellen die Unterarme auf doppelten Umfang an, sie füllen sich mit Blut und Schmerz und werden hart wie ein Amboß, denn dauernd schlägt dieses blöde Kabel daran, das man erst Meter für Meter und dann nur noch Zentimeter für Zentimeter hinaufzieht, weil einem die Kraft ausgeht. Die Schultern fühlen sich mittlerweile so an, als wollten sie sich vom Oberkörper verabschieden, taub von dem brutalen Gewicht des Kabelschlauchs. Die Hände sind zu starren Fäusten verkrampft. Der Schweiß läuft einem in die Augen und ist so voller Staub, daß der Blick von einer dicken grauen Schicht verschleiert wird. Und wenn man dann den letzten Meter dieses Scheißkabels zu sich heraufzieht und der Schlauch sich schließlich spannt – dann erwartet einen der nächste Mast. Drei Masten auf jeder Seite, zwei Kabel pro Mast. An jenem Tag begriff ich, wie schrecklich die Folter am Wippgalgen gewesen sein mußte. Und das alles für zweihundert Francs am Tag.

Wir hatten damals noch keine Duschen in Balard, und so wuschen wir uns in den Pfützen, die sich um das Zelt herum gesammelt hatten. Wir standen also um eine Pfütze herum, warteten auf den Belgier und schwiegen. Wenn der Hunger in einem bohrt, dann ist man zu nichts mehr fähig, kann nicht mehr denken, nicht mehr reden, ist kein Mensch mehr. Ich glaube, ich wäre fähig zu töten, um etwas zwischen die Zähne zu kriegen. Was bedeutet, daß der Unterschied zwischen Mensch und Tier nicht mehr als ein voller Bauch ist. Ich hatte mal gelesen, daß der berühmte Platon mehr Zeit damit verbrachte, sich etwas zu essen zu besorgen, als zu denken. Was wohl aus ihm geworden wäre, wenn er immer einen leeren Magen gehabt hätte?

Endlich sahen wir den Belgier kommen. Er trug Plastiktüten, und wir waren beruhigt. Als er vor uns stand, packte er aus: ein Camembert, zwei Baguettes und siebzehn Liter Glühwein. »Aber was sollen wir denn mit dem vielen Brot?« meinte Francis.

Bevor die Konzerthalle *Zénith* und das Wissenschaftszentrum gebaut wurden, stand in Pantin ein großes Zelt, in dem Konzerte und andere Veranstaltungen stattfanden. Es gehörte Monsieur Leponte, den man aber nur selten sah, weil er seinerseits nie einen Fuß ins Zelt setzte und weil wir unsererseits keinen Grund hatten, in sein Büro zu gehen. Dennoch war er der Chef, der oberste in der Hierarchie, und deswegen respektierten wir ihn.

Unser Chef war Marco. Marco war um die Vierzig, und er war ein Zirkusmensch. Bis er vierzehn war, hatte er bei seinem Großvater gelebt, einem Jagdaufseher in einem privaten Wald in der Sologne. Dann zog der Zirkus durch die Stadt, und Marco zog mit. Erst als Manegenhelfer, dann als Dresseur und Dompteur und schließlich als Chefmonteur. Seine Aufgabe war es, überall, wo der Zirkus haltmachte, das Zelt und die Zuschauerränge auf- und abzubauen. Er trug eine enorme Verantwortung, denn jeden Tag mußte er in Rekordzeit für die Sicherheit der Tiere, der Zirkusleute und der Zuschauer sorgen.

Ein Zirkus besteht aus zwei verschiedenen Typen von Menschen. Zum einen sind da die Artisten, die in der Manege im Rampenlicht stehen. Sie sind nicht an einen Zirkus, sondern an ihre Nummer gebunden und tingeln von Engagement zu Engagement. Es sind Zirkusleute, aber sie gehören nicht zu einem bestimmten Zirkus.

Wir hingegen, die Zeltbauer, wir gehören zu einem Zirkus. Wir schuften im Hintergrund, damit alles steht und klappt. Wir leben und sterben in unserem Zelt. Ich habe mich schon dabei ertappt, daß ich mit dem Zelt redete wie mit einem Menschen, einfach, weil ich so viel Zeit mit ihm verbrachte, mich ständig darum kümmerte und es reparierte ... An manchen Tagen, wenn ein leichter Wind über die Stadt wehte, sah ich sogar, wie es atmete, wie sich seine Plane von den Düften der Außenwelt bauschte und wie es ganz langsam unsere Mühen und unsere Erschöpfung ausatmete.

Marco war also der Chef der Zeltbauer.

Er war ziemlich groß und hatte schulterlange blonde Haare. Er hatte eindrucksvolle Muskeln und eine gefürchtete Rechte, die ihm den Respekt der Artisten, der Roadies – des Aufbaupersonals im Musikgeschäft – und seiner ganzen Mannschaft einbrachte. Marco war ehrlich und eine gute Haut. Er sprach wenig, doch wenn er etwas sagte, hatte es Hand und Fuß. Seine großartigste Eigenschaft war mir am Anfang gar nicht aufgefallen: Er konnte Entscheidungen treffen und die Verantwortung dafür übernehmen. Man neigt naturgemäß dazu, sauer zu sein, wenn jemand über die Entscheidungsgewalt verfügt und sie auch noch ausübt, und begreift nicht, wie bequem es letztlich ist, einfach nur auszuführen. In unserer kleinen Gruppe in Balard waren wir alle große Individualisten und versuchten oft, Marco den Schwarzen Peter zuzuschieben, aber mir war nie aufgefallen, daß er Schwäche gezeigt hätte. Er war der Chef, und er hatte auch vor, es zu bleiben. Und man muß sagen, daß er immer für uns da war und uns jedesmal half, wenn wir in der Scheiße saßen.

Marco hatte eigentlich nur eine Schwäche: Autos. Ein Auto durfte nie mehr als fünftausend kosten, und er tunte es nach seinem Gusto. Eines Morgens, einige Tage nachdem wir in Pantin das Zelt abgebaut und es in Balard wieder aufgebaut hatten, kam er mit seiner neuesten Errungenschaft an, einem Peugeot 304, Coupé, mittelblau. Mit schwarzem Isolierband hatte er auf die Kühlerhaube ein Paar »Buffalo«-Hörner geklebt und darunter Buchstaben, auch sie aus Isolierband, zu dem Satz zusammengebastelt: »It's the Law of the West.« Dieser Spruch stammte aus einem Tex-Avery-Comic, und Marco fand ihn toll. Er zitierte ihn zehnmal am Tag und sprach ihn mit diesem amerikanischen Kaugummiakzent aus.

Die Stoßstangen und den unteren Teil der Kotflügel hatte er mit roten Farbklecksen dekoriert. »Das ist das Blut der Outlaws, die ich zermalmt habe«, erklärte er. Er war sehr stolz auf seinen Wagen, doch eine Sache im Inneren der Kiste machte ihm ganz besonders Freude: der Griff seines Schaltknüppels. Es war eine Plexiglaskugel mit einem fürchterlich kitschigen Motiv darin – ein kleines Schatzkästchen neben einer Seeanemone auf einer Felsklippe. Das Ganze schwamm in künstlichem Meerblau – ähnlich wie das der WC-Duftsteine, wenn man die Spülung betätigt. Grauenvoll.

Marco überwachte alles im Zelt – den Aufbau der Ränge, den Aufbau der Manege, die elektrischen Anschlüsse, die Schweißnähte der Plane, die Fluchtwege ... er sprang von einer Baustelle zur anderen, er sparte nicht mit Ratschlägen und Flüchen, und er verteilte bei Gelegenheit auch Ohrfeigen und Arschtritte. An seinem Gürtel trug er ein riesiges Schlüsselbund, das bei jedem Schritt klimperte und uns sein Kommen ankündigte. Manchmal legte er die Hand auf die Schlüssel, um das Klirren zu dämpfen – und dann setzte es meistens was.

Marcos Schläge konnten brutal sein, aber sie waren nicht wirklich gewalttätig. In einer Welt, wo das Maß aller Dinge die Körperkraft ist und die Fähigkeit, diese auch zu nutzen, um sich Respekt zu verschaffen, ist eine Keilerei das einfachste Mittel, um sich auszudrücken. Von daher hat keiner von uns nach einer Abreibung von Marco je mit dem Gedanken gespielt, die Truppe zu verlassen. Äußerstenfalls zogen wir eine Art Stolz daraus, die Streicheleinheiten, die wir von Marco einstecken mußten, mit denen zu vergleichen, die wir an ihn austeilten, bevor er uns k.o. schlug. Und er hat uns immer k.o. geschlagen. Manchmal, nach dem Essen bei Maman Rose, lachten wir uns scheckig, wenn wir an die Backpfeifen dachten, die wir abwechselnd kassiert hatten. Bei den lustigsten Abreibungen hatte immer der Belgier den tragenden Part innegehabt. Insbesondere erinnere ich mich an eine Geschichte, die wir uns bei jeder sich bietenden Gelegenheit gerne wieder erzählten. Es ging um die Weihnachtsfeier der Kommunistischen Partei.

Etwa zwanzig Meter vom Zelt entfernt lag das Büro – ein rechteckiges Betongebäude von fünfzig Meter Länge auf fünfzehn Meter Breite und vier Meter Höhe. Eine Seite war völlig zugemauert, die andere Seite war über ihre ganze Länge offen. Zu beiden Seiten lagen Unterkünfte, auf der einen Seite der Werkzeugschuppen und zugleich das Zimmer von Salaam, dem Wärter, auf der anderen Seite lag das Büro von Leponte. Dazwischen war ein dreißig Meter langer offener Bereich.

Das Dach war flach und von einer dreißig Zentimeter hohen Kante umgeben. Wer das Gebäude errichtet hatte, hatte weder daran gedacht, das Dach wasserdicht zu machen, noch, einen Ablauf anzubringen. Und so sammelte sich bei jedem Regenguß das Wasser auf dem Dach und stand schließlich in den Büros, im Werkzeugschuppen und somit auch in Salaams Zimmer. Um diesem Problem abzuhelfen, spannten wir eine Plane übers Dach und befestigten sie mit Betonblöcken auf der Kante. Normalerweise garantierte die leichte Neigung, mit der wir die Plane angebracht hatten, daß das Wasser bei Regen ablief, aber unser ImNu-System hatte seine Grenzen. Wir arbeiteten nämlich nach der ImNu-Methode, und das ging so:
»Wir bauen jetzt die Ränge auf«, sagte Marco.

»Aha. Und wie?« war die Antwort.

»Wir machen ImNu, und dann geht das ganz von alleine.«

Nun, nach drei Tagen Dauerregen war die ImNu-Plane also an ihre Grenzen gestoßen. Bei den sintflutartigen Regenfällen hatte sie sich unter dem Gewicht des Wassers gesenkt und sich an das Dach geschmiegt, das sich in ein veritables Schwimmbecken verwandelt hatte. Damit das Dach nicht unter der flüssigen Masse einstürzte, mußten wir schöpfen. Mit dieser Aufgabe hatte Marco den Belgier und mich betraut. Wir schrieben den 23. Dezember, es waren kaum zwei Grad über Null. Natürlich hatten wir keine Gummistiefel, und so mußten wir barfuß mit Eimern und Kellen aufs Dach steigen. Am Anfang rissen wir noch Witze und sangen lauthals »Alle meine Entchen«, wie wir da mitten im Winter herumplanschten. Doch nach einer halben Stunde hatten das eisige Wasser und die fiese Kälte über unsere gute Laune gesiegt, und wir lachten nicht mehr. Eimer für Eimer schöpften wir dieses Schwimmbecken aus und beteten zu den Zirkusgöttern, daß es bald zu Ende sein möge.

Gegen Mittag holte Marco uns herunter. Wir hatten die Hälfte des Wassers geschöpft, und Marco fand, daß es nun reichte, vor allem brauchte er jeden Mann.

Leponte, der Chef von Pantin und nun auch von Balard, hatte eine Idee. Seiner Vorstellung nach könnte man aus der offenen Seite des Gebäudes, mit einigen Baumaßnahmen freilich, einen tollen Veranstaltungssaal machen.

»Und außerdem hat er ihn ja schon für Heiligabend an die Kommunistische Partei vermietet«, sagte uns Marco. In Wahrheit hatte er ihn an die Stadtteilgruppe der Kommunistischen Partei vermietet, für uns aber war es »die Partei«, und so nannten wir sie unter uns.

»Was hat er vermietet? Hier gibt es doch gar keinen Saal«, meinte der Belgier.

»Deshalb sollen wir ja auch die ganze Nacht schuften, damit dieser Saal morgen abend um sechs fertig ist. Wir müssen eine Wand einziehen und einen Boden legen. Tony wird sich um die Elektrik und um die Heizung kümmern, ihr anderen holt mir aus dem Werkzeugschuppen alles, was man braucht, um diese Wand hochzuziehen. Den Bodenbelag hole ich mit d'Artagnan in Pantin.«

»Ich scheiß auf die Roten. Die können mich am Arsch lecken. Und überhaupt – seit wann feiern Kommis Weihnachten? Ich dachte, die glauben nicht ans Christkind.«

»Mach bloß keinen Streß, Belgier. Los jetzt, *raboti*, und zwar dalli.«

Marco gab uns Anweisungen und fuhr weg. Wir gingen also in den Schuppen und holten das Material für die Wand. Der »Schuppen« war die alte Citroën-Werkshalle, die an unser Gelände grenzte und zu einem Teil der Präfektur von Paris als Stellplatz für abgeschleppte Autos diente. Im anderen, aufgelassenen Teil fand man in dem ganzen Gerümpel alle möglichen Baumaterialien, die für unsere Arbeiten nötig waren. Vor allem Holz und Alteisen. Nach etwas mehr als einer Stunde hatten wir alles gefunden, was wir brauchten, um eine Wand einzuziehen, die ihres Namens würdig war. Als Marco und d'Artagnan aus Pantin zurückkamen, hatten wir die Eisenkonstruktion, an die wir die Holzbretter nageln wollten, aufgebaut und befestigt. Es war fast schon acht Uhr abends, und wir hatten Hunger.

»Und wo ist nun dein Parkett?«

»Nada. Da waren so ein paar Vandalen vor uns da.«

»Und ihr habt die ganze Zeit gebraucht, um euch klarzuwerden, daß da keines ist? Ihr wollt mich wohl verarschen. Selbst zu Fuß brauche ich nach Pantin und zurück keine fünf Stunden.«

Eins zu null für den Belgier. Marco und d'Artagnan waren tatsächlich den ganzen Nachmittag unterwegs gewesen.

»Halt's Maul, Belgier. Ich muß mich nicht vor dir rechtfertigen.«

»Schon gut, schon gut ... Ich wette, ihr wart im Polimago einen heben.«

Das Polimago war die Bar, wo der Belgier freitagabends immer seinen Lohn versoff.

»Wir waren bei Braconnier, wenn du es genau wissen willst, und wollten sehen, ob er uns ein paar Meter Parkett leihen kann. Und dann waren wir bei Tarkey, der auch nichts hatte. Und überhaupt, hör auf, rumzumaulen. Wir essen jetzt bei Maman Rose, und ich spendiere den Aperitif.«

»Trotzdem haben wir uns hier abgerackert.«

»Halt's Maul, Belgier. Halt endlich dein Maul! Komm heute abend bloß nicht in meine Nähe, sonst vergesse ich mich. Ich habe nämlich ziemlich miese Laune. Eigentlich wollte ich mit der Marquise abendessen, aber mit diesem dämlichen Saal für die Kommunisten geht das jetzt nicht. Und sie mag es gar nicht, wenn man ihr im letzten Moment absagt.«

Die Marquise war Marcos Freundin, eine klasse Frau. Jeden Freitag, wenn Zahltag war, kam sie und wartete ein bißchen abseits, daß Marco ihr die Kohle gab. Wir grinsten immer, wenn wir sahen, wie er vor ihr kuschte. Dieses Prinzip begriffen wir nie – er arbeitete, und sie hielt das Geld zusammen. Doch dank dieser Arbeitsteilung wohnte Marco in einer sauberen Wohnung mit Heizung, während wir im Sommer in der Werkshalle und im Winter in einem alten Wohnwagen schliefen.

Die Marquise war nicht nur eine Frau von Charakter, sie war auch eifersüchtig. Sie wachte über ihren Mann wie über die Milch auf dem Herd, und dazu hatte sie auch allen Grund. Hinter Marco waren nämlich die Frauen her. Er sah ziemlich gut aus, er war stark, und er verdiente gutes Geld. Er war wirklich eine interessante Partie. Und jedesmal, wenn er das Abendessen absagte oder spät nach Hause kam, stellte die Marquise ihre Ermittlungen an und prüfte, ob sein Alibi auch hieb- und stichfest war. Eines Tages mußte er ein Geburtstagsessen absagen.

»Ich kann nicht kommen, Baby. Auf einem Parkplatz ist ein Nashorn abgehauen.«

»Für wie bescheuert hältst du mich eigentlich? Wenn du um acht nicht hier bist, brauchst du gar nicht mehr zu kommen. Ich schmeiß deine Sachen aus dem Fenster. Fünf nach acht ist alles auf der Straße.«

»Ich schwöre dir, es ist die Wahrheit, Baby!«

Sie glaubte ihm nicht. Und dann tauchte sie mit Marcos Koffern in der Hand auf dem Parkplatz auf, wo wir gerade das Nashorn jagten. Als sie das ganze Chaos sah – querstehende Autos und die ganze Truppe, die hinter diesem Vieh herrannte –, hatte sie den lebenden Beweis: Marco war kein Lügner. Das war ein Ding! Sie mußte lachen, und seitdem erzählt sie die Geschichte jedem, der sie hören will. Das war doch was – einen Mann zu haben, der mitten in Paris auf Großwildjagd ging. Damit konnte sie ihren Nachbarinnen das Maul stopfen, die sie scheinheilig bemitleideten, wenn Marco wieder mal aushäusig war, die hinter ihrem Rücken aber feixten.

Doch ungeachtet der Gründe für Marcos Abwesenheit – der Form halber hielt sie ihm trotzdem immer eine Standpauke, was ihn stinksauer machte. »Mein armer Marco, kaum pfeift Leponte nach dir, rennst du auch schon. Am liebsten nach Feierabend und für umsonst. Du hast eben doch eine Sklavenmentalität. ›Es gibt was zu tun, mein Junge‹, sagt Leponte, und du bist zur Stelle. Zum Glück hat er dich, denn sonst wäre das Zelt immer noch in Kisten verpackt.«

Die Marquise hatte Klassenbewußtsein und ein sakrisches Temperament, wenn es darum ging, Forderungen zu stellen. Wenn sie mit uns gearbeitet hätte, hätten wir ganz sicher mehr Kohle gemacht … aber bestimmt auch weniger zu lachen gehabt.

Marco war also stinkig. Wie der Belgier, der auch nicht gerne nachts arbeitete.

Kaum waren wir bei Maman Rose, wurde die Stimmung gleich besser. Die warme Kneipe, das Essen und Maman Roses nette Art ließen uns die Kälte und die bevorstehende Nacht erstmal vergessen.

Wie schon der Name sagt, war Maman Rose unser aller Mutter. Sie war an die Sechzig, hatte kurzes graues Haar, ein paar Kilo Zärtlichkeit zuviel auf den Rippen, und sie gab uns Kredit. Sie hatte nichts gegen unsere schmutzigen Klamotten, unsere verdreckten Gesichter, unser Geschrei und unser Gelächter, und sie richtete es immer so ein, daß wir als erste bedient wurden. Nicht, damit wir schneller wieder gingen, sondern weil sie mit ihrem feinen Gehör gleich mitbekam, daß unsere Mägen den Notstand ausriefen. Den Namen ihres Bistros, das sie an der Place Balard betrieb, habe ich nie erfahren. Für uns hieß es einfach *Maman Rose*, fertig. Einmal bestellten Tony und ich einen »Diabolo« mit Waldhimbeergeschmack. Maman Rose hatte keinen Waldhimbeersirup, und so erfand sie eine witzige Mischung mit Erdbeersirup, die sie mit einem Spritzer Zitronensirup verfeinerte. Das war gar nicht schlecht, und sie nannte ihren Cocktail »Die Mischung«. Die Mischung mixte sie immer nur selbst, ihr Kellner wurde nicht in das Geheimnis dieser raffinierten chemischen Zusammensetzung eingeweiht. Immer wenn Tony und ich hereinkamen, rief sie uns zu: »Eine Mischung, meine Schätzchen?«, und man wußte, man wurde gemocht.

Dieses Bistro war wirklich unser Hafen.

An jenem Abend gab es Fritten, aber der Belgier maulte immer noch rum.

»Ich mag die Roten nicht. Diese Schwuchteln kotzen mich an – wegen denen muß ich an Weihnachten malochen. Scheiße! Außerdem habe ich immer geglaubt, daß diese Prolos keine Kohle haben. Womit bezahlen die eigentlich den Saal?«

»Sie nutzen die Gutgläubigkeit der werktätigen Massen aus«, erklärte Francis, der ziemlich beschlagen war, wenn er sich nicht gerade mit Glühwein zugedröhnt hatte.

Doch Francis' zweifelhafter Scherz fiel ins Wasser, denn wenn man an unserem Tisch gerade mal wußte, was Masse war, so scheiterte es an den Werktätigen.

»Die Kommunisten sind unsere Kunden«, ging Marco dazwischen. »Es ist ihr Geld, mit dem wir bezahlt werden. Also hör auf zu motzen.«

»Das stimmt doch gar nicht. Wir werden von dem Bier bezahlt.«

Damit hatte er wiederum recht. Leponte, den man kaum je zu Gesicht bekam, sagte immer zu Marco – der ihn ständig sah, drei-, viermal am Tag –, daß das Gelände für das Zelt nur Geld fresse und daß er allein durch den Verkauf von Bier und Sandwichs bei den Veranstaltungen Kohle mache. Zehn Francs das Getränk, zwanzig Francs das Sandwich.

Freitagabends, am Zahltag, ging Marco in Lepontes Büro, holte zwei, drei Eimer mit Zehnfrancstücken, mit denen er uns bezahlte. Er kam dann mit den Eimern an, setzte sich auf einen der Zuschauerränge und fing an auszuteilen. Er stapelte die Münzen zu kleinen Säulen, nachdem er sie vor uns abgezählt hatte.

Damals bekamen wir zweihundert Francs pro Tag plus Zuschlag für die Nachtarbeit. Pro Woche verdienten wir also fast tausend Francs – ohne Lohnzettel und ohne Sozialversicherung.

Marco verdiente mehr als wir; das fanden wir ganz normal. Aber er zahlte sich nie vor unseren Augen selbst aus.

Freitagabends kamen wir uns mit unseren hundert Zehnerstücken in der Tasche vor wie Ali Baba nach dem Sesam-öffne-dich. In allen Taschen hatten wir Münzen, und sie waren richtig schwer. Es war ein beruhigendes Gefühl, mit Münzen bezahlt zu werden. Keiner behielt diesen Schatz lange am Körper. Jeder hatte sein Geheimversteck. Meines war ein Kochtopf bei Salaam, dem Wärter. Ich hatte volles Vertrauen zu dem Typen, und da er mir oft genug den Zutritt zu seiner Hütte verwehrte, konnte ich sogar etwas ansparen. Der Belgier und Francis versoffen ihr Geld immer gleich und machten sich über mich, den Geizhals, lustig.

Nach dem Essen und dem Kaffee gingen wir wieder schuften. Von der Place Balard führt eine breite Straße zur Seine. Auf der linken Seite, etwa hundert Meter hinter Maman Roses Bistro, lag unser Gelände, eine viereckige Fläche von ungefähr vierhundert Quadratmetern. Auf zwei Seiten war sie von hohen Mauern umgeben, auf der dritten von der ehemaligen Citroën-Fabrik und auf der vierten von den Eisenbahngeleisen, die am Fluß entlangliefen. Wir waren die einzigen Bewohner auf dieser verlorenen Insel mitten in der Stadt. Ganz hinten auf dem Gelände, direkt an der Seine, hatten wir unser Zelt aufgestellt, ein großes blaues Zelt, das aussah wie ein gestrandeter Wal; es bauschte sich im Wind und verströmte seinen Atem, der nach Plastik, Eisen und Sägemehl roch. Sitz- und Stehplätze inklusive konnte dieser Pottwal an die sechstausend Jonasse verschlucken.

Tagsüber waren wir vollkommen allein. Und diese Einsamkeit beruhigte uns und schützte uns vor den Unbilden der Außenwelt. Jeder auf seine Art, waren wir alle von der Gesellschaft ausgeschlossen. Darüber sprachen wir übrigens nie, und wir beklagten uns auch nicht darüber. Es war weder der Fehler der Außenwelt, noch war es unser Fehler ... es war einfach *The Law of the West*.

Unsere Insel hatte den Vorteil, daß wir hier nach unseren eigenen Regeln leben konnten. Und obwohl es zwischen uns eher grob zuging und die Arbeit anstrengend war, fühlten wir uns sicher. Hier, auf dieser verlorenen, geschützten Insel, waren wir unter uns, und wir hatten das Gefühl, frei zu sein. Der Rest der Menschheit konnte uns gestohlen bleiben.

Doch dieser Unterschied, den wir kultivierten, diese Grenze, die wir zwischen uns und dem Draußen zogen, dieser besondere Lebensstil entfernte uns weniger von der Welt, als wir dachten.

Bevor Marco mich einstellte, trieb ich mich mit dem Belgier bei Les Halles herum. Wir arbeiteten nicht, wir lebten von der Hand in den Mund und klauten hin und wieder ein bißchen. Damals nahm uns keiner wahr. Wie viele Tage lungerten wir in den Einkaufszentren herum, ohne daß eine Menschenseele uns die geringste Aufmerksamkeit geschenkt hätte? Wir existierten nur, wenn wir aggressiv wurden. Wenn wir einem Kerl die Jacke oder seine Kohle klauten, dann nahm man uns wahr, und wir waren endlich jemand.

Auch wenn die Leute in Balard uns wie Halbwilde ansahen, weil wir immer dieselben Klamotten trugen und weil wir immer schwarz waren vor Dreck, so beachteten sie uns wenigstens, und das war schon was. Ich glaube, in der ersten Zeit war das keinem von uns im geringsten bewußt. Eines Abends gegen sechs nahm ich mal die Metro, die brechend voll war. Um mich herum schubsten sich die Leute und drängten sich zusammen, um Abstand zu mir zu bekommen und mich nicht berühren zu müssen. Das fand ich klasse.

Marco bot uns Lohn und Brot, doch darüber hinaus gab er uns unsere Existenz zurück, und dafür waren wir ihm alle dankbar.

Wir gingen also zum Zelt zurück, um den Saal für die Kommunisten fertig zu machen. Eine Holzwand ziehen – das klingt nicht wirklich nach Arbeit, aber wenn man nicht weiß, wo man anfangen soll, kann es kompliziert werden. Vor allem, weil das Holz, das wir in der Halle geholt hatten, nicht dafür zugeschnitten war. Am Anfang waren wir alle bester Laune – außer dem Belgier – und packten richtig zu; nachts zu arbeiten ist erst mal gar nicht so schlimm, denn man nimmt die Zeit ganz anders wahr.

Bis zwei, drei Uhr vergeht die Zeit schnell. Doch dann kommt die Müdigkeit, und sosehr man auch in die Sterne blickt, sosehr man auch die Ohren spitzt – man hat einfach kein Gefühl mehr dafür, wie lange das alles noch dauert. Und dann wird die Nachtarbeit zur Strapaze. Jede Kleinigkeit nervt, jede Anstrengung wird zur Qual. Und der Gott der Holzwände, der sich darauf versteift hatte, sie nicht im Lot sein und auch nicht halten lassen zu wollen, machte unseren Verdruß nur noch größer. Außerdem waren wir schon bei unserem fünften Topf Glühwein mit Zucker und Zimt angelangt. Der Alkohol hielt uns zwar warm und wach, aber er hinderte uns auch daran, konzentriert zu arbeiten. Sogar Marco hatte Schwierigkeiten. Einer nach dem anderen wetterten wir gegen die proletarische Revolution.

»Sollen sich die Roten doch ihren Saal in den Arsch schieben. Genau dorthin!«

»Denen werd ich ihren Endkampf voll in die Fresse hauen, da könnt ihr Gift drauf nehmen. Patsch – auf die Rübe! Mit einer saftigen Rechten. Da hast du deinen bewaffneten Kampf, Towarischtsch.«

»Die machen mich echt fertig, die Roten, mit ihrer Weihnachtsfeier.«

»Na warte – denen werd ich morgen die Fete ganz schön verhageln. Morgen abend mach ich einen drauf. Ich bin doch Arbeiter, oder? Sie können mir den Zutritt nicht verwehren.«

»He, Belgier – wenn ich dich morgen hier rumhängen sehe, polier ich dir die Fresse. Verstanden?«

»Wieso das denn? Wir dürfen doch sonst immer zu den Veranstaltungen gehen, oder? Warum also nicht auch morgen? Es ist immerhin Weihnachten. Das Fest der Liebe. Und die Roten stehen doch auf so was.«

»Nerv mich nicht, Belgier. Ich will dich morgen hier nicht sehen. Keinen von euch. Ist das klar?«

»Warum dürfen wir denn nicht dabei sein? Bist du etwa Kommunist? Damals bei Le Pen und bei den Republikanern hast du nichts gesagt.«

Die Erinnerung daran stimmte uns fröhlich, lenkte uns von unserer Müdigkeit ab und letztendlich davon, uns in die Wolle zu kriegen.

Zum erstenmal wurde das Zelt der RPR – der neogaullistischen Partei des damaligen Bürgermeisters von Paris – für eine Versammlung zur Verfügung gestellt. Für Leponte war dies eine willkommene Gelegenheit, sich beliebt zu machen und um mögliche Behördenschikanen herumzukommen. Wir hatten wie die Ackergäule geschuftet, um den Saal rechtzeitig fertig zu bekommen. Wir hatten eine Bühne aufgebaut, dreitausend Stühle aufgestellt und das ganze Gelände aufgeräumt, damit es nicht so unwirtlich aussah. Zwei Tage lang rackerten wir uns unter den Augen des Technikteams der Partei ab, das sich um die Beleuchtung und den Ton kümmerte. Zum Dank luden sie uns am Schluß ein, mit ihnen am Büffet etwas zu trinken. Das war keine sehr gute Idee ... Mit unseren verdreckten Klamotten und verwahrlosten Polenmarktvisagen mitten unter den Parteifunktionären mit ihren Anzügen – das überforderte die Herren bereits. Als wir uns dann aufs Büffet stürzten und nach fünf Minuten alles leergefressen und -gesoffen hatten, war der Bogen überspannt. Man kann nicht direkt sagen, daß wir uns danebenbenommen hätten – wir waren eben einfach so, wie wir waren: getreu unserem berühmten *Law of the West*. Schließlich suchte der Chef des Sicherheitsdienstes Leponte auf.

»Sie müssen diese Horde Halbwilder sofort entfernen, Monsieur, sie schlagen sonst noch die geladenen Gäste in die Flucht.«

Entsprechend hatten wir uns zu verkrümeln. Wir waren ein bißchen sauer, weil man uns rausgeschmissen hatte, doch auf die »Horde Halbwilder« waren wir ziemlich stolz. Seit diesem Tag ist uns bei politischen Versammlungen der Zutritt zum Zelt untersagt.

Mit den Kerlen von Le Pen ging es noch ein wenig brutaler zu. Diese Typen konnten wir schon nicht ausstehen, bevor sie überhaupt angekommen waren. Le Pen ist ein Rechtsextremist, der Ausländer und Typen wie uns haßt ... Wenn es nach ihm ginge, gehörten wir alle ins Lager gesteckt. Und das behagte uns gar nicht. Aber Marco und Leponte hatten den Ärger gewittert und uns angewiesen, außerhalb des Geländes zu warten. Also vertrieben wir uns während der Versammlung die Zeit damit, uns auf der Straße die Ordner anzusehen, die sich mit ihren Bomberjacken und ihren Springerstiefeln aufspielten. Die meisten von ihnen hatten Knüppel und Baseballschläger, die sie uns in regelmäßigen Abständen unter die Nase hielten. Der Fetteste der Truppe führte einen Kampfhund an der Leine und reizte ihn immer, damit er uns anbellte. Marco hatte darum gebeten, daß wir uns ruhig verhielten, also verhielten wir uns auch ruhig, aber es juckte uns schon verdammt in den Fingern, diese Bande aufzumischen. Die Arschlöcher waren zwar bewaffnet, aber gegen uns hatten sie keine Chance, denn wir, wir konnten richtig fies sein.

Marco, der immerzu zwischen uns und dem Zelt pendelte, fand irgendwann, daß es nun genug sei mit der Provokation. Er kam mit einer Peitsche zurück, die er gut hinter seinem Rücken versteckt hielt – es war die Peitsche, mit der er damals als Dompteur gearbeitet hatte –, und ging zu dem Fetten mit dem Köter.

»Meinst du nicht, daß du ein ziemliches Risiko eingehst, wenn du meine Jungs dermaßen anstachelst?«

»Ach ja? Was können die mir schon?«
»Sie könnten dir zum Beispiel ein zweites Arschloch verpassen.«
»Sollen sie's doch versuchen. Ich warte.«
»Meinst du, du kannst den dicken Max markieren, weil du einen Köter an der Leine hast? Das ist doch ein Schoßhund, dein Bastard. Der wird dich nicht beschützen.«
»Na, dann versuch's doch mal!«
»Wie du willst. Nimm ihm den Maulkorb ab, und hetz ihn auf mich. Wenn er mich beißt, gebe ich dir hundert Eier. Wenn nicht, kriege ich hundert von dir.«

Diese Wette hat den Fetten doch einigermaßen verblüfft, aber er fing sich gleich wieder. Er war zu blöd, um eine Falle zu wittern. Wir dagegen kriegten uns nicht mehr ein, weil wir wußten, was nun kommen würde.

Marco ging zehn Schritte zurück und wartete mit den Händen auf dem Rücken, daß der Fette das Biest losließ. Und das tat er auch, nachdem er ihm den Maulkorb abgenommen hatte. Der Hund stürzte los, und Marco spannte mit einer ausholenden geschmeidigen Bewegung seine Peitsche. Sie pfiff durch die Luft und landete auf dem Hinterteil des Hunds, der einfach auf den Hintern fiel. Ein kurzes, trockenes, heftiges Klatschen, das kaum schmerzhaft gewesen sein dürfte. Aber der Hund war so verwirrt, daß er eine aufs Hinterteil bekommen hatte – wo sein Opfer doch vor ihm stand –, daß er durchdrehte. Er machte blitzartig kehrt, stürzte sich auf den Fetten und biß ihm in den Schenkel. Er biß nicht richtig zu, aber das fette Schwein war völlig verdattert, daß sein eigener Hund ihn angriff, und schlug mit dem Knüppel auf ihn ein.

Wir bogen uns vor Lachen.

»Ha! Geschieht dir recht, du Arschgeige!«
»Da bist du fertig, was, du Schwuchtel?«
»Faß, Rantanplan, faß!«

Die anderen Ordner wußten nicht, was sie machen sollten. Sollten sie sich auf uns stürzen, oder sollten sie den Fetten aus den Fängen seines Köters befreien? Schließlich machte Marco dem Theater ein Ende. Er ließ seine Peitsche noch einmal über dem Kopf des Hundes knallen, ohne ihn jedoch zu berühren. Der Köter verzog sich winselnd und mit eingezogenem Schwanz.

Der Fettarsch raste vor Wut. Auf seinen Köter, auf Marco, auf uns. Er hätte uns am liebsten zusammengeschlagen; das war klar. Aber er hatte doch einigermaßen Schiß, weil wir nicht so aussahen, als würden wir spaßen. Und dann war da auch noch Marcos Peitsche, die ihm Angst einjagte.

»He, Dicker, du schuldest mir einen Hunni.«

Marco spendierte uns von dem Schein eine Runde.

Die Erinnerung an diese alten Geschichten baute uns wieder auf, und Francis schlug vor, einen weiteren Topf Glühwein mit Zucker und Zimt aufzusetzen. Normalerweise hätte Marco das während der Arbeit verboten, aber nachdem wir ihm mit der Peitschengeschichte geschmeichelt hatten, hatte er nichts dagegen. Francis warf seinen Butangaskocher an, und wir setzten uns um die kleine Flamme. Sie erhitzte zwar nur den Topf, aber sie wärmte uns trotzdem, denn mit ein bißchen Phantasie und dieser Mischung aus Müdigkeit und Trunkenheit konnte man sich vorstellen, man säße in der Wüste von Nevada um ein Lagerfeuer herum. Und dann war man mitten im *Law of the West*, und das war gut so.

Wir lachten immer noch über diese Geschichte.

»Das Gesicht, als sein Köter ihn geschnappt hat!«

»Mensch, Marco, du hättest ihm eins mit der Peitsche überziehen sollen.«

»Und der große Dürre, der mit dem Schnauzbart – wie der glotzte, als er gesehen hat, daß wir ihm die Reifen seiner Kiste einbetoniert hatten!«

Der Beton war einer unser gelungensten Späße. Wenn jemand uns nervte und wir ihm nicht die Fresse polieren konnten, holten wir die Betonmischmaschine und schmierten die Räder seiner Rostlaube mit Beton ein. Wenn er wegfahren wollte, mußte er erstmal mit Hammer und Stichel zu Werke gehen, und meistens stach er sich dabei selbst die Reifen auf.

»Diese Le Pens sind alle Arschlöcher. Wir hätten sie vermöbeln sollen.«

»Die Le Pens sind wie die Kommunisten. Zum Kotzen.«

»Du hast recht, Belgier. Wir sind hier unter uns. Und es sind nicht die Roten, die uns sagen, wo's lang geht. Das hätte gerade noch gefehlt.«

Francis kochte wieder einen Topf Glühwein und verlangte gar nichts dafür. Es wurde immer gemütlicher. Wir lachten dämlich und fluchten wie die Kutscher. Dann schickte uns Marco wieder an die Arbeit. Wohl oder übel machten wir weiter, und schließlich zogen wir diese Wand ein. Es gab zwar ein paar Probleme mit den Türscharnieren, aber die Konstruktion hielt. Dann spendierte Francis zur Feier der beendeten Nachtarbeit noch einen weiteren Topf Glühwein.

»Was machst du denn morgen an Heiligabend, Belgier?« fragte Francis.

»Ich geh ins Polimago und gieß mir einen hinter die Binde.«

»Und du, Marco?«

»Die Marquise hat ihre Schwestern eingeladen.«

»Oh, ein Essen im Kreis der Familie. Du hast echt Schwein.«

»Na ja, das kann man so oder so sehen …«

»Ich hab seit Jahren keine Familie mehr. An Weihnachten bin ich immer allein … und nicht nur an Weihnachten. Ich bin immer allein.«

»Dann komm doch einfach mit mir und Trauerspiel ins Polimago. Wir machen uns einen Riesenspaß. Und dort gibt's auch haufenweise klasse Weiber.«

Trauerspiel war ein Kumpel vom Belgier. Er hieß so wegen seines Aussehens. Er hatte einen länglichen Schädel, große Glubschaugen, fettige Haare und eine Hautkrankheit, wegen der sich seine Haut ständig schuppte. Sobald er sich in einem Spiegel oder in einem Schaufenster sah, rieb er sich das Gesicht und sagte immer wieder: »Ach, so ein Trauerspiel, so ein Trauerspiel aber auch …«

»Gibt es dort auch Roten?«
»Was für Roten?«
»Wein. Ich mag kein Bier. Bevor ich einen Abend mit euch Schnarchern ohne Rotwein verbringe, bin ich lieber allein.«

»Ich weiß nicht ... bestimmt haben sie Wein. Aber du kannst ja für alle Fälle deinen Fusel mitbringen.«

Francis hatte immer eine katalanische Feldflasche am Gürtel, die mit seinem Glühwein gefüllt war. Dieses Getränk war sein Laster. Allerdings habe ich ihn nie betrunken erlebt – das heißt, ich habe ihn nie in einem anderen Zustand erlebt als so, wie er sowieso jeden Tag war.

»Verlangen sie im Polimago immer noch Vorkasse?« fragte Marco.

»Bei mir schon.«

»Bei dir ist das normal, Belgier. Dir kann man ja auch nicht über den Weg trauen, du Räuber.«

»Ich? Ich hab noch keinem was gestohlen.«

»Ach nee! Und die Typen, bei denen du dich bedienst? Ist das kein Diebstahl?«

»Nein, das ist nur Klauen ... Und außerdem, Scheiße, ich hab's satt, daß du dich ständig über mich lustig machst. Du kotzt mich an. Warum ist es normal, daß ich zahlen muß, bevor ich überhaupt was getrunken habe?«

»Weil du es nachher vergißt, du Dödel. Weißt du nicht mehr?«

Offensichtlich wußte er noch, denn er fing an zu lachen. Wir auch, denn wir kannten die Geschichte.

»Wie lange ist das her, Belgier?«

»Wir waren damals noch in Pantin. Nach dem *Motörhead*-Konzert.«

»Ja, genau. Dieser Depp stand die ganze Zeit vor der Bühne bei den Ordnern, weißt du, bei den Typen, die die Fans abtransportieren, wenn sie an die Absperrungen gedrückt werden, und sie zum Roten Kreuz bringen. Der Belgier hat sich gesagt, das sei wohl eine gute Stelle, um den Weibern an die Titten zu gehen.«

»Ich hatte ja keine Ahnung! Drei Tage zuvor war Julien Clerc da. Und da hab ich haufenweise Weiber gesehen, die sich an die Absperrungen drücken ließen. Die Ordner haben sich einen Spaß gemacht und sie an den T-Shirts gepackt und ausgezogen, einfach so.«

Wie Kinder konnten wir so eine Geschichte Dutzende Male hören, ohne daß sie uns langweilig wurde. Und wie Kinder unterbrachen wir den Erzähler, wenn er etwas ausließ. So wie wir waren, abgeschnitten von der Außenwelt, jenseits jeder Legalität und in gegenseitiger Unkenntnis unserer Vergangenheit, verhalf uns das gebetsmühlenartige Wiedererzählen gemeinsam erlebter Geschichten zu einer Existenz, einer Daseinsberechtigung.

»Also hat der Belgier die Ordner so lange beschwatzt, bis sie ihn mit in den Graben vor die Bühne nahmen. Erst waren sie nicht besonders scharf drauf, denn direkt vor der Bühne, das ist ein ganz spezieller Platz. Dort darf man sich nicht danebenbenehmen, aber der Belgier ließ nicht locker, und schließlich haben sie nachgegeben. Und mein Belgier stürzt sich in den Graben, direkt vor eine Barriere. Aber mit so einer Dröhnung hat er nicht gerechnet, der Ärmste. Die Ordner hatten alle Ohrstöpsel – sie wissen, was das ist, Hardrock, vor allem vor der Absperrung ... Aber der Belgier hat natürlich nicht mit diesem Lärm gerechnet. Beim ersten Akkord ist ihm schon das Trommelfell geplatzt. Du hättest sein Gesicht sehen sollen. Und dann hat er sich nicht mal mit den Weibern trösten können. Bei einem Hardrock-Konzert gibt's nämlich keine Torten in der ersten Reihe ... und überhaupt – im ganzen Saal gab's keine einzige Frau. Also hat er den ganzen Abend neben Typen mit langen Haaren und in schwarzen Lederklamotten verbracht. Er wollte abhauen, aber wenn man erst mal im Graben ist, kommt man bis zum Ende des Konzerts nicht mehr raus. Als es endlich vorbei war, hatte er keine einzige Titte gesehen – und war dazu auch noch vollständig taub.«

»Mann, hatte ich Ohrenschmerzen! Das hat da drinnen immer *wizz-wizz* gemacht. Ich hab praktisch nichts mehr gehört. Ich war völlig fertig.«

»Um ihn zu trösten, habe ich seine Einladung ins Polimago angenommen. Ich lade dich ein, hat er gesagt. Und weil wir gerade Lohn bekommen hatten, habe ich ihm geglaubt. Der Belgier hatte die Taschen voller Zehner. Überall, alles voll. Also gehe ich mit dem Belgier ins Polimago und hab mich ordentlich mit ihm besoffen. Alles mit Wodka-*GET*.«

»Und Äther, Mann. Vergiß den Äther nicht.«

»Ach ja, der Äther. Auch so ein Hirnfurz vom Belgier. Er hat gemeint, von Äther im Alkohol kriegt man einen Ständer, und es macht die Mädchen geil. Also haben wir in jedes Glas eine Dosis Äther geschüttet. Auch wenn wir den Mädchen ein Glas spendiert haben. Aber der Belgier war dermaßen taub, daß er keine mehr abschleppen konnte. Er hat kein Wort von dem verstanden, was die Mädchen gesagt haben, und hat sie seinerseits nur angebrüllt.«

»Logisch, ich hab ja mein eigenes Wort nicht mehr verstanden.«

»Und? Habt ihr gevögelt?«

»Laß ihn doch mal ausreden!«

»Hast du einen Steifen bekommen?«

»Keine Ahnung, ich war völlig bedröhnt. Nach zwei Gläsern ist alles aus, dann weißt du nicht mehr, was du tust. Dieses Zeug frißt dir das Hirn auf.«

»Hast du einen Ständer gehabt oder nicht? Ob man nun zugedröhnt ist oder nicht – man weiß doch, ob man einen Ständer hat.«

»Hast du Probleme mit deinem Schwanz, Francis?«

»Nein. Aber ich will wissen, was Sache ist. Wenn der Belgier sagt, man kriegt einen Steifen von dem Zeug, dann will ich wissen, ob das stimmt. Ich brauche das nicht, um steif zu werden.«

»Ich werd steif davon«, sagte der Belgier. »Aber auch ohne werd ich steif.«

»Du bist einfach zu bescheuert, Belgier. Ich hör dir gar nicht mehr zu. Los, erzähl weiter, Marco!«

»Gegen vier Uhr wollen wir uns also verkrümeln. Kennst du das Polimago? Das ist in einem Keller, man geht eine Wendeltreppe runter ...«

»Das weiß ich doch alles«, sagte ich, »ich bin schon mehr als einmal in diesem Schneckenhaus auf die Schnauze gefallen. Es ist verdammt rutschig.«

»Ja, vor allem beim Raufgehen.«

»Wie auch immer – wir verkrümeln uns. Daß der Belgier vergessen hatte, die Zeche zu bezahlen, wußte ich allerdings nicht. Ich ging als erster die Treppe rauf, der Belgier hinterher. Da höre ich, wie der Wirt uns anschnauzt: ›He, ihr da! Halt! Und die Zeche? Wer bezahlt die Zeche?‹ Ich sage: der Belgier. Und gehe weiter. Aber ich habe nicht daran gedacht, daß dieser Arsch ja taub war, von dem Konzert. Und er, er kommt einfach hinter mir die Treppe rauf, als sei nichts.«

»Wolltest du abhauen, ohne zu zahlen?«

»Nein. Aber ich war einfach so zu, daß ich es vergessen hatte.«

»Der Wirt hat nicht lange gefackelt, er hat einen Satz über den Tresen gemacht, ist die Treppe raufgestürmt und hat den Belgier am Hosenboden gepackt ...«

Der Belgier trägt nie einen Gürtel, und seine Hosen halten sich nur knapp über seinem Hintern. Oft genug sieht man das Ende seiner Arschritze zwischen Pullover und Hose.

»... aber die Hose hat nachgegeben – und damit hatte der Dicke nicht gerechnet, im Gegenteil, er hatte auf Widerstand gesetzt. Und pardauz, knallt er auf die Treppe und purzelt kopfüber hinunter wie ein Knödel und zieht den Belgier an der Hose mit. Da kullern also beide die Treppe runter, und aus den

Taschen des Belgiers prasseln den Gästen unten alle Zehner auf die Köpfe. Ein Wasserfall aus Münzen, ein Goldregen fiel auf sie herunter. Kling, klong, machte es auf die Rüben und auf den Boden. Eine Sekunde lang herrschte tiefstes Schweigen, aber dann ging's richtig los. Jeder wollte seinen Teil vom Schatz. Die Gäste stürzten sich auf Tische und Bänke und stießen sich gegenseitig weg. Zwangsläufig endete es in einer Rangelei. Der Belgier wollte natürlich seine Kohle wiederhaben, aber die Leute wollten sie ihm nicht zurückgeben, also fing er an zu randalieren. Ich mußte ihm natürlich helfen und habe getan, was ich konnte. Dann wollte der Wirt sich seinen Teil holen, und der Kellner wollte seinen Anteil, weil er dem Wirt geholfen hat ... und im Nu war im Polimago eine Riesenschlägerei. An das Geld dachte inzwischen keiner mehr, alle waren nur damit beschäftigt, sich gegenseitig zu vermöbeln. Als sie dann auch noch mit Tischen und Stühlen aufeinander losgingen, habe ich mir den Belgier geschnappt, und wir haben uns aus dem Staub gemacht.«

»Ohne die Kohle?«

»Natürlich ohne die Kohle, du Idiot. Woher sollte ich noch wissen, wo die war? Da hüpften ja die Leute drauf rum.«

»Und seither verlangt der Wirt vom Belgier Vorkasse. Das ist die Geschichte.«

»Und? Habt ihr dann gevögelt oder nicht?«

Marco sagte, wir sollten jetzt schlafen gehen; die letzten Handgriffe würden wir morgen erledigen. Der Belgier legte sich in den Kofferraum seines R16, ich quetschte mich mit den anderen in den Wohnwagen. Marco fuhr zur Marquise.

Am nächsten Morgen gingen Francis und der Belgier Frühstück holen.

»Bringt auch was zu essen mit«, sagte ich, »ich hab Hunger.«

»Keine Sorge, Großer, wir haben auch Hunger.«

Das beruhigte mich nicht wirklich, ich machte mich mit Tony und den anderen aber wieder auf in den Saal. Bei Lichte besehen war der Saal alles andere als schmuck – um nicht zu sagen: er sah schäbig aus. Wände und Boden aus Beton, die Zwischenwand aus vergammeltem Holz ... ehrlich, es war deprimierend.

»Das ist stalinistisch«, sagte Tony, »das wird den Roten gefallen.«

Ich war mir da nicht so sicher, sagte aber nichts.

Wir werkelten ein bißchen – Tony an der Elektrik, ich am Heizlüfter. Als Marco kam, war der Saal geheizt und beleuchtet.

Marco sah sich um. »Hm, ziemlich finster ... Zum Glück habe ich an alles gedacht.«

Wir folgten ihm zu seinem Wagen. Im Kofferraum standen ein paar große Eimer mit roter Farbe.

»Das ist Wasserfarbe. Den einen Abend wird sie halten. Wenn wir später abbauen, wäscht der Regen alles wieder ab.«

»Meinst du wirklich, Rot ist eine gute Farbe? Ich meine, für einen Festsaal ...«

»Wieso, der Kommunist steht doch auf Rot, oder? Außerdem habe ich nichts anderes. Wir sagen einfach, das ist der Rote Platz.«

Francis und der Belgier sind mit Brot und Croissants zurückgekommen. Daß sie feste Nahrung brachten, hätte uns stutzig machen sollen. Aber nach dem vielen Glühwein in der Nacht waren wir noch etwas matschig im Kopf – was jedoch weder Francis daran hinderte, seine morgendliche Ration zu kochen, noch uns daran hinderte, davon zu unserem Brot und den Croissants zu trinken.

Marco hatte uns versprochen, daß wir uns verziehen könnten, wenn der Saal fertig war. Schließlich war Weihnachten. Er selbst würde mit Tony bleiben und die Roten empfangen, Salaam würde nach der Feier alles abschließen.

Wir strichen die Wände also mit dieser Farbe, die so süßlich und schwer roch, daß wir Kopfschmerzen bekamen. Francis bot uns in regelmäßigen Abständen von seinem Fusel an, und wir sagten nicht nein. Das Zeug hielt uns warm und putschte uns irgendwie auf. Ich weiß nicht genau, aber mit der Zeit fühlte ich mich immer komischer. Mir drehte sich der Kopf, der Raum drehte sich, und die Kumpels drehten sich mit.

Die Wände fingen an, sich zu wellen, dann krümmten sie sich und verwandelten sich in einen Schlauch. Ich war in einer Ader. Ich war ein rotes Blutkörperchen, und Francis' Wein war das Blut der Erde ...

»Was ist das hier für ein Schlachthaus?« fragte Marco. »Wer blutet denn da so? Ich muß sofort die Feuerwehr rufen!«

Ich lachte schallend.

»Tatü tata, tatü tata ... der Rote Wagen für den Roten Saal ist da ...«

Ich begriff immer weniger, was ich da sagte und warum ich es sagte. Aber ich begriff, daß die anderen im gleichen Zustand waren. Man mußte sie nur ansehen. Alle torkelten herum, und keiner war mehr imstande zu arbeiten. Francis hatte die Hosen heruntergelassen und rieb sich den Schwanz.

»Komm, werd steif, mein Süßer, werd endlich hart. Mach dem Papi eine Freude.«

»Was habt ihr denn da reingetan, ihr Pflaumen?«

»Äther, Marco. Um uns zuzudröhnen.«

»Und Laudanum.«

Damals war dieses Zeug noch frei verkäuflich. »Das mußt du ex vor einer Musikbox trinken«, hatte ein Kumpel zu mir gesagt – ex, weil es scheußlich schmeckt, und vor einer Musikbox, damit du ihr dann einen Tritt verpassen kannst, weil das Zeug wirklich so scheußlich schmeckt. Es war ein Mittel gegen Durchfall. Ein Teelöffel am Tag – und man scheißt drei Wochen lang Kieselsteine. Die Fixer nehmen es gern, weil es auf Opiumbasis hergestellt wird und man davon einen Flash bekommt ... und tagelang einen entzündeten Arsch. Die »Glühwein-Äther-Laudanum-Mischung« – das hatten diese beiden Spinner erfunden. Die Freier des Todes.

»Wer will noch was?«

Marco wollte sich Francis schnappen und ihm eine kleben, verfing sich mit dem Fuß aber in einem Farbeimer und schlug der Länge nach hin. Pflatsch! Und die ganze Farbe lief aus. Wie eine große Blutlache. Wir haben uns totgelacht. Auch Marco lachte. Er kam gar nicht mehr auf die Beine, weil alles so glitschig war.

»Ha, da, seht mal, ich laufe Schlittschuh auf dem Roten Meer!«

Der Belgier langte nach einem Eimer und leerte ihn über seine Rübe. Dann streckte er die Arme aus und rannte im Saal herum: »Ich bin der Rote Baron. Wusch! Wusch!«

Auf einmal machten wir alle mit. Wir packten die Eimer und warfen sie uns gegenseitig an den Kopf. Alles war rot. Überall rotes Blut. Lava. Fegefeuer. Hölle.

Es spritzte in alle Richtungen. Es war wie eine Orgie. Überall rote Farbe, in den Augen, im Mund, und dieser süßliche Geruch in der Nase, wie frisches Blut. Francis, immer noch mit nacktem Arsch, fing an, seine Mischung in einem Eimer anzurühren. Wein, Blut, Äther, Wein, Farbe, Laudanum ... »Ich bin Bacchus, der König der Götter. Trinkt, Kinder! Gluck, gluck, trinkt von Papis Elixier!« Und er tauchte den Kopf in den Eimer, ganz tief hinein in die Brühe. Dann richtete er sich plötzlich auf, warf den Kopf zurück und streckte die Arme aus. Seine langen Haare fielen wie Dreadlocks auf die Schultern, sein Schnauzbart troff rot. »Voodoo! Vooodooo!« Er schrie wie ein Ferkel. Er schüttelte so heftig den Kopf, daß wir alle voller roter Spritzer waren. Dann steckte ich meine Birne in den Eimer, und schließlich tauchten alle ihre Köpfe, einer nach dem anderen, in den Saft. Und wir tanzten und brüllten wie die Wilden. Dann weiß ich nichts mehr ... auch nicht, wie lange alles gedauert hat. Jedenfalls beschloß der Belgier irgendwann, die Elektrik zu ruinieren. »Scheiß auf die Roten. Scheiß auf die Linke. Scheiß auf Weihnachten. Ich werde diesen Tunten den Spaß vermiesen.«

Und da kam Marco wieder zu sich. Er war zwar tödlich bedröhnt, aber er ließ nicht zu, daß man Hand an sein Haus legte. Und das Zelt und alles, was dazugehörte, das war sein Haus.

»Finger weg, Belgier, oder ich mach dich platt.«

»Du Scheißkommunist! Du bist nichts als ein Stück Dreck, Marco, du kannst mich mal.«

Und er versetzte Marco mit Schmackes einen Tritt ans Schienbein – so daß die Jeans rissen und er eine gut zehn Zentimeter lange Schramme hatte. Marco wollte ihm eine scheuern, aber der Belgier war darauf vorbereitet und wich aus. Also holte Marco mit der Linken aus. Und der Belgier fiel um. Wie ein Brett. Ein K.-o.-Schlag.

Das hat uns plötzlich ernüchtert. Es war lange her, daß Marco und der Belgier sich geprügelt hatten; und wir waren alle baff, wie schnell es gegangen war. Wir wußten natürlich, daß Marco gewinnen würde, aber wir hätten doch gedacht, daß der Belgier ihm noch einmal Kontra geben würde. Der Belgier war ausgekocht, und er war verdammt stark. Wir hatten ihn schon öfter im Clinch mit sehr viel stämmigeren Burschen gesehen, die er plattgemacht hatte. Aber jetzt lag er einfach da, mit blutendem Gesicht und die Arme auf der Brust verschränkt wie eine Mumie.

Und da sahen wir, daß der ganze Raum rot war. Der Boden, die Wände, die Decke. Alles rot. Wir waren ziemlich betreten.

»Es lebe Stalin«, sagte Tony.

»Wir machen ImNu und verteilen die Farbe überall, dann geht das schon«, meinte Marco.

Und das taten wir.

Als wir fertig waren, kam der Belgier wieder zu Bewußtsein.

»O Mann, diese Linke …«

»Was ist mit der Linken? Willst du schon wieder mit den Roten anfangen?«

»Mannomann, diese Linke kann ganz schön weh tun.«

Marco war der unangefochtene Chef im Zelt, er gab uns Anweisungen, er teilte die Arbeit des Tages ein, er bezahlte uns, und er schmiß uns auch mal für ein, zwei Tage raus. Aber es gab bei uns noch einen anderen Mann, der zwar weder Marcos Ausstrahlung noch seine Autorität besaß, der aber eine nicht weniger wichtige Stelle einnahm: Salaam. Er war der Wärter, er wachte Tag und Nacht über das Zelt und bewahrte in seiner Bude das Werkzeug auf. Keiner wußte, woher Salaam kam, aber er war immer schon dagewesen. Schon in Pantin hatte er das Zelt bewacht.

Salaam war ein Mann ohne Alter, aber er war zweifellos älter als wir. Seine Position und seine Autorität waren unbestritten, weil er zuverlässig war, weil er in einem richtigen Zimmer mit einem Dach über dem Kopf wohnte – und weil er sich nicht mit uns abgab. Trotzdem betrachteten wir ihn als vollwertigen Teil der Truppe. Er hatte seine Tätigkeitsbereiche, auch wenn ich bis heute nicht genau sagen kann, welche das waren. Nie habe ich gesehen, daß er mit Hand angelegt hätte, doch wir fanden, daß er genauso hart arbeitete wie wir alle. Auch erfuhren wir nie, wieviel er verdiente, denn er nahm nicht an dem Freitagabendritual des Zahltags teil. Er wohnte in dem Teil des Bürogebäudes, das dem Zelt am nächsten lag. Sein Zimmer dürfte höchstens zwanzig, fünfundzwanzig Quadratmeter groß gewesen sein, und es war immer dunkel. Außer ihm und Marco setzte dort niemand je einen Fuß hinein. Nicht, weil es uns untersagt gewesen wäre, sondern aus einer Art Scheu und Respekt gegenüber Salaams Privatleben.

Er war es, dem wir abends unser Werkzeug aushändigten. Und er nutzte jeweils die Gelegenheit, um uns wegen dessen erbärmlichen Zustand zusammenzustauchen und wegen unseres Mangels an Respekt vor der Arbeit anderer Leute, insbesondere vor seiner, und dann räumte er die Sachen sorgsam unter sein Bett.

Kurz nachdem ich zur Truppe gestoßen war, wies mich Marco an, zusammen mit dem Belgier an den Umläufen zu arbeiten. Die Umläufe sind die Gänge, die ringsherum durch das Zelt unter den Rängen hindurchlaufen. Sie dienen während der Vorstellung als Durch- und Notausgänge. Wir mußten nun auf dem Tragegerüst der Ränge lange Wellblechplatten anbringen. Diese Arbeit war körperlich nicht anstrengend, aber sie war knifflig. Wie der Name sagt, laufen die Umläufe rund, die Wellblechplatten aber sind gerade, das Blech hat keine geschmeidigen Rundungen und Wölbungen, sondern die Platte sieht aus, als sei sie aus erhabenen Rechtecken zusammengeschweißt.

Eine geschwungene Linie mit geraden Platten zu verkleiden ist nicht gerade leicht. Die erste Platte ist kein Problem, die zweite auch nicht ... und dann wird plötzlich alles kompliziert. Bei jeder Platte muß man den Schnittwinkel und die Art und Weise berücksichtigen, wie die rechteckigen Wellungen ineinandergreifen würden, und zu fünfzig Prozent täuscht man sich. Man kommt sich dann ganz schnell vor wie ein Vollidiot, denn die Aufgabe erscheint zunächst ja simpel. Mir graust es davor, mich wie ein Vollidiot zu fühlen; für mich gibt es nichts Demütigenderes.

Gott sei Dank machte es mir wenigstens Spaß, diese langen Platten zu sägen – das Geräusch der Flex auf dem Stahl, der Funkenschweif, der aus dem Schnitt stob, als feiner Regen wieder herunterfiel und auf Händen und Wangen brannte, und vor allem der Geruch des heißen Metalls. Angenehm und stechend zugleich. Nie werde ich diesen starken, schlichten Duft vergessen, der mir an diesen kalten Wintermorgen in die Nase stieg. Ich weiß nicht, warum – aber irgendwie verband ich mit diesen Geruch Ferien auf dem Land.

Nachdem wir die Platten zurechtgesägt hatten, nieteten wir sie auf den Unterbau der Ränge. Nach ein, zwei Stunden gingen uns die Nieten aus.

»Ich hole welche aus Marcos Auto«, sagte ich.

»Und ich geh pinkeln.«

»Aber bleib keine drei Stunden weg – wir müssen vorankommen, Belgier.«

»Keine Sorge, ich mach fix.«

Kaum hatte ich das Zelt verlassen, um zum Kofferraum und wieder zurück zu gehen, waren die Flex und die Nietpistole verschwunden. Ich suchte überall – aber nitschewo. Ich ging also zu den anderen Baustellen und guckte, ob sich die Kumpel nicht ganz zufällig das Werkzeug ausgeliehen hatten ... Sich gegenseitig Werkzeug zu klauen war eine alte Angewohnheit bei uns. Man muß dazu sagen, daß wir es nicht gerade im Überfluß hatten. Manchmal gab es nur einen Hammer für zwei Leute und nur eine Schachtel Nägel. Ein bißchen wie bei der Armee. Und so ging man öfters von Baustelle zu Baustelle und holte sich, was man brauchte. Das führte natürlich zu Spannungen. Aber an jenem Tag brauchten die anderen weder eine Flex noch eine Nietpistole.

Also ging ich zu Salaam und klopfte ein wenig aufgeregt an seine Tür. »Hallo, Salaam, ich suche meine Flex und meine Nietpistole. Hast du sie zufällig gesehen?«

»Nein.«

Über Salaams Schulter hinweg konnte ich den hinteren Teil des Zimmers und sein Bett genau sehen, und unter dem Bett lagen meine Flex und meine Nietpistole. Der Kerl wollte mich wohl verarschen.

»Bist du sicher, daß du sie nicht genommen hast?«

»Ja.«

»Und was ist das?« sagte ich und deutete mit dem Finger auf mein Werkzeug.

»Nix dein Werkzeug – verloren Werkzeug, gestohlen Werkzeug. Jetzt gehören Salaam, Salaam gefunden, Salaam aufpassen.«

»Aber ich habe sie weder verloren noch vergessen. Ich habe sie einfach liegenlassen, weil ich Nieten holen mußte. Ich weiß, daß ich dir das Werkzeug heute abend wieder zurückgeben muß, aber es ist noch nicht Abend.«

»Ich nix Werkzeug. Tschüs.«

Und er schlug mir die Tür vor der Nase zu. Bei jedem anderen hätte ich die Krise gekriegt. Aber nicht bei Salaam. Auf seine Weise war er geachtet und gefürchtet. Also brauchte ich Marcos Hilfe, um wieder an meine Sachen zu kommen. Damals begriff ich, daß Salaam jedes Werkzeug mitnahm, das er auf seinem Weg fand. Das war seine Manie, sein Laster. Alles mußte immer an seinem Platz sein.

Eines Tages kam ein abgemagerter, verängstigter Köter zu uns aufs Gelände, eine Promenadenmischung in der dritten Generation. Links am Maul hatte er eine große Beule – eine Art riesigen Abszeß. Wir versuchten mit vereinten Kräften, den Hund einzufangen, doch vergebens; offensichtlich fürchtete er die Menschen wie die Pest.

»Komm doch her, Bello, wir fressen dich schon nicht.«

»Nenn ihn doch nicht so, du Pflaume. Der heißt doch wahrscheinlich ganz anders. Du bringst ihn ja ganz durcheinander!«

Damit er zutraulich wurde, warfen wir ihm Brot hin, das er zwar mit herzhaftem Appetit, wegen des Abszesses aber auch mit großer Mühe fraß. Erst nach einer Stunde Füttern und Rufen kam er langsam näher.

Es war ein netter Hund. Er war nicht sehr groß und nur noch Haut und Knochen, und er hatte ein graues Fell, das ganz struppig war vor lauter Dreck. Aber er hatte Schlappohren und eine schöne schmale Schnauze. An den Pfoten war er weiß, als wäre er durch Schnee gelaufen.

Francis schaute ihm ins Maul. »Er hat einen faulen Zahn. Wir müssen ihn ziehen.«

»Kennst du etwa einen Hundedoc?«
»Brauchen wir nicht. Das machen wir selber.«
»Ach nee. Und wie?«
»Du mußt ihn nur festhalten, damit er sich nicht bewegen kann. Der Belgier stemmt ihm das Maul auf, und ich ziehe den Zahn.«
»Ich? Ich lang doch keinem Hund zwischen die Zähne, den ich nicht kenne!«
»Mach keinen Streß, Belgier. Wir müssen jetzt eine Entscheidung treffen: Wenn wir den faulen Zahn so lassen, dann entzündet sich sein ganzer Mund, und in kürzester Zeit kann er nicht mehr fressen, und wenn er nicht mehr fressen kann, verreckt er.«
»Müßten wir ihm nicht etwas geben, damit es nicht so weh tut? Hast du noch was von dem Fusel?«
»Gute Idee.«
Und Francis setzte den Topf auf.
Wir stellten dem Hund den Glühwein hin, doch der schnüffelte nur daran und wandte die Schnauze ab. Schöner Mist.
Aber Francis hatte dann doch noch die rettende Idee: »Wir machen ihm eine Brotsuppe.«
Sofort begannen wir, Brot in den Topf zu brokken. Diese Suppe servierten wir dann dem Hund, der sie auch gleich aufschlabberte. Nun mußten wir nur noch warten, bis der Alkohol seine Wirkung tat, und zur Operation schreiten.
Nach ein paar Minuten fing der Hund an zu wanken – das war ziemlich lustig. Es ist schon schwierig genug, auf zwei Beinen zu gehen, wenn man betrunken ist, mit vieren aber ist es richtig vertrackt. Das

arme Tier fiel über seine Läufe und sackte schließlich zusammen.

Ich setzte mich auf ihn, während Francis und der Belgier sich an seinem Maul zu schaffen machten. Mit einer Beißzange versuchte Francis, den faulen Zahn zu fassen, doch selbst unter Alkoholeinwirkung wehrte sich der Hund, und wir konnten nichts ausrichten.

Dann kam Salaam. »Was machen?«

»Dieser Köter hier hat einen faulen Zahn, wir müssen ihn ziehen. Aber er zappelt so, daß wir's nicht hinkriegen.«

»Ich machen.«

Salaam packte den Hund mit fester Hand. Er klemmte den Kopf zwischen seine Beine, stemmte ihm mit der linken Hand das Maul auf, und in Nullkommanichts hatte er ihm den kaputten Zahn gezogen. Der Hund jaulte auf vor Schmerz.

Salaam warf den Zahn weg und ließ den Hund los. Ich hatte ein bißchen Angst, daß der Köter sich nun auf uns stürzen würde, aber ganz im Gegenteil – er wedelte wild mit dem Schwanz und leckte uns die Hände, als wollte er sich bedanken.

»Siehst du, wie schlau er ist? Er hat begriffen, daß wir ihm helfen wollten. Dieser Hund ist ein Genie. Wir müssen ihn behalten.«

»Wie könnten wir ihn denn nennen? Hast du eine Idee, Salaam?«

»Weisnix.«

In diesem Moment dachten wir tatsächlich, Salaam hätte uns einen Namen genannt. Und wir fanden ihn gut. So wurde Weisnix ein Teil unserer Truppe. Doch wie sehr er unser Leben verändern würde, das ahnten wir zu diesem Zeitpunkt noch nicht.

Weisnix gewöhnte sich schnell ein. Er gehörte niemandem, und er schenkte seine Zuneigung allen, und wenn Salaam auftauchte, hatte er immer noch eine kleine Liebesreserve für ihn parat.

Marco sah ihn erst am Abend und schloß ihn gleich ins Herz. »Er hat einen schönen Kopf. Er sieht klug aus, er gefällt mir.« Er streichelte ihn, tastete seine Muskeln ab und betrachtete ihn. »Ganz schön dürr. Aber wir werden ihn schon wieder aufpäppeln. Er sieht noch jung aus.«

Und plötzlich riß Marco die Hand hoch, als wolle er das Tier schlagen. Doch Weisnix rührte sich nicht vom Fleck.

»Er ist noch nie geschlagen worden, das ist ein gutes Zeichen. Tiere, die geschlagen wurden, beißen nämlich immer.«

»Wir könnten einen Wachhund aus ihm machen. Er könnte das Zelt bewachen.«

»Nein, ich mag keine Wachhunde. Und warum sollten wir ihn auch schikanieren, nur damit er bissig wird? Er ist doch so lieb. Er soll so bleiben, wie er ist. Er ist ein guter Hund.«

»Und wenn er abhaut?«

»Wenn es ihm hier nicht mehr gefällt, dann geht er. Doch wenn wir ihn gut behandeln, bleibt er. Das ist wie bei den Löwen. Es heißt immer, in Gefangenschaft seien sie unglücklich, aber das stimmt nicht.

Gut – im Käfig sind sie natürlich deprimiert, aber in einem guten Zoo geht es ihnen ganz prima. Das kann man auch feststellen, wenn man ihnen in der Savanne das Fressen immer an dieselbe Stelle legt – die Löwen kommen, fressen und schlafen. Solange es Fressen gibt, bleiben sie brav da. Bei Weisnix ist es das gleiche. Wenn wir ihm zu fressen geben und ihn streicheln, bleibt er bis zu seinem letzten Tag bei uns.«

Wir gaben ihm also jeden Tag zu fressen und streichelten ihn, und er blieb bei uns. Ich habe nie gesehen, daß er das Gelände alleine verlassen hätte. Manchmal stand er am Eingang und sah auf die Straße und das Treiben dort hinaus, doch er setzte nie eine Pfote vors Gelände. Ich glaube, auf seine ganz eigene Hundeart hatte er mit der Außenwelt die gleichen Probleme wie wir, und er hatte keine Lust mehr, sich mit ihr anzulegen. Doch wenn wir Weisnix mit nach draußen nahmen, ging er natürlich mit.

Weisnix war zügig wieder aufgepäppelt, um es mit Marcos Worten zu sagen. Wir alle gaben von unserem Geld etwas ab und kauften ihm Hundefutter oder Knochen. Maman Rose wußte Bescheid und legte immer etwas vom Tagesgericht beiseite, das wir dann an ihn verfütterten. Tagsüber ging er von einer Baustelle zur anderen und besuchte uns, wir spielten ein bißchen mit ihm, und dann setzte er seinen Rundgang fort. Wenn abends die Konzerte stattfanden, flüchtete er sich ins Büro, das Leponte für ihn offengelassen hatte.

DER HUND VON BALARD

Am ersten Abend wollte der Belgier Weisnix zu sich in den R16 nehmen, aber der Hund wollte einfach nicht bei ihm bleiben – ganz sicher wegen des Gestanks.

Diesen R16 hatten der Belgier und ich eines Abends nach dem Polimago besorgt. Wir waren völlig besoffen und hatten keinen einzigen Zehner mehr für eine Taxe. Zu Fuß nach Hause zu gehen hätte uns zu lange gedauert, also besorgten wir uns diese Kiste – einen R16, grünmetallic mit zwei weißen Rallyestreifen an der Seite. Wir waren mächtig stolz auf unser Auto.

»Damit machen wir ganz tolle Spritztouren. Du wirst schon sehen. Am Wochenende fahren wir aufs Land, das ist besser, als in Paris rumzuhängen.«

»Und bei den Weibern kommt das auch gut an. Ohne Auto ist man doch ein Nichts bei den Mädchen, nur ein armer Schlucker.«

»Wir nehmen sie mit zur Marne und vögeln unter freiem Himmel.«

»Ja, Mensch! Das ist es!«

»Für die Mädchen, die sich nicht gerne den Hintern zerkratzen, müssen wir nur eine Decke auf die Rückbank legen.«

»Ja, Mensch! Mannomann!«

»Wir werden vögeln wie die Könige, Belgier. Und nicht nur eine, nein – alle, die hier einsteigen.«

»Oh, Mann, mir steht er schon fast!«

Als wir wieder in Balard eintrafen, waren der Belgier und ich davon überzeugt, daß wir mit diesem Wagen einen tollen Coup gelandet hatten. Endlich stand uns die Welt offen, und wir würden uns eifrig ins Getümmel stürzen. Wir hatten schon Pläne fürs kommende Wochenende, und ich wußte auch schon, welches Mädchen ich ausführen wollte – Miranda, die Portugiesin, die bei den Konzerten immer den Bierstand betrieb; sie hatte eine Schwäche für mich. Wegen der anderen Typen hatte ich mich noch nie getraut, ihr einen auszugeben, doch da wir nun den Wagen hatten, könnte ich sie einladen und mit ihr spazierenfahren.

Am nächsten Morgen ging ich zum Wagen – Grundgütiger! Da hatte uns so ein Drecksack alle vier Reifen aufgestochen. Plattfuß total.

»Belgier! He, Belgier! Komm mal.«
»Was ist denn?«
»Hier. Sieh dir das an. Das waren sicher Tarkeys Burschen.«
»Nein, nein, das war ich.«
»...«
»Ich hab heute nacht nachgedacht, Großer. Ich wußte, daß man uns die Karre klauen würde, also hab ich mir gedacht, mit vier platten Reifen wäre das ja Schwachsinn. Gar nicht so blöd, was?«
»Was? Und wir, du Penner? Wie sollen wir denn jetzt wegfahren?«
»Ach, Scheiße, daran hab ich gar nicht gedacht.«

Zwei Tage lang hatten der Belgier und ich wegen dieser Geschichte Krach, dann versöhnten wir uns wieder. Wie konnte man diesem Blödmann auch böse sein? Das wäre genauso, als wollte man einem Schwarzen böse sein, weil er schwarz ist. Völlig zwecklos.

DER HUND VON BALARD

Am Anfang schlief der Belgier mit uns im Wohnwagen, doch irgendwann schmissen wir ihn raus, weil er so fürchterlich stank. Nun, wir hatten keine Duschen auf dem Gelände, aber in der Nähe der Place Balard gab es ein öffentliches Bad, und so konnten wir uns einigermaßen sauberhalten. Jeden zweiten, dritten Tag gingen wir duschen, es kostete zwei Francs plus fünf Francs für Handtuch und Seife. Das Bad war ein großer, braungekachelter Raum mit einem Dutzend Duschköpfen an der ebenfalls gekachelten Decke. Der Pächter mochte uns, denn wir ließen ihn bei Veranstaltungen immer umsonst ins Zelt. Er stellte für uns alle Duschen an, und so hatten wir ein riesiges Bad von zirka zwanzig Quadratmetern, wo wir mit der Seife Fußball spielen konnten. Ich genoß zwar diese Augenblicke, wo wir nackt und in Dampf eingehüllt unter dem heißen Wasser standen und spürten, wie mit dem Schmutz auch alle Plackerei von uns abfiel, dennoch war es immer eine Überwindung für mich, dort hinzugehen – denn wir lebten in unserem Geruch und in den immer gleichen Kleidern und fühlten uns dadurch geschützt. Der Gestank der anderen mochte mich zwar anekeln, aber mein eigener gab mir Sicherheit, weil er andere Menschen von mir fernhielt.

Der Belgier kam fast nie mit ins Bad.

»Nur schmutzige Menschen waschen sich«, sagte er. »Ich wasche mich nicht.«

Das war eine unanfechtbare Logik; doch wenn seine Ausdünstungen unerträglich wurden, schleppten wir ihn mit Gewalt ins Bad. Am schlimmsten waren seine Turnschuhe – wenn er die Schuhe auszog, entwich ihnen ein so ätzendes Aroma, daß es einem ins Gesicht schlug wie ein gnadenloser rechter Haken. Übrigens hatten wir ihn damals wegen der Schuhe aus dem Wohnwagen geworfen, seitdem schlief er im Kofferraum des R16. Er hatte die Rückbank ausgebaut und eine Matratze hineingelegt. Mit der üblen Luft, die dort herrschte, hätte man die Reifen aufblasen können, ohne fürchten zu müssen, daß der Wagen geklaut wurde. Die Schweißfüße des Belgiers waren die beste Diebstahlsicherung.

Weisnix brachte meine Gewohnheiten ziemlich durcheinander. Ich trödelte morgens gerne herum, doch nun stand ich früh auf, damit ich noch eine Weile mit ihm allein sein konnte. Wir gingen zusammen einkaufen, ich kaufte ein Mandelcroissant für mich und hundert Gramm Rinderbäckchen für ihn. Dann setzten wir uns auf eine Bank und frühstückten. Ich legte das Wachspapier mit dem Fleisch auf meinen Schoß, und Weisnix bediente sich vorsichtig. Er war kein Gierschlund wie die meisten anderen Hunde, er ließ sich Zeit, als würde auch er diese ruhigen, vertraulichen Momente genießen. Ich erzählte ihm meine Träume, und er erzählte mir bellend die seinen.

Die Dinge entwickelten sich nach und nach, ohne daß wir – weder er noch ich – sagen konnten, wie und wann es angefangen hatte. Jedenfalls hatten wir schon nach wenigen Tagen gewisse Gewohnheiten angenommen.

Er saß neben mir, und ich legte ihm ein Stückchen Croissant auf die Schnauze.

»Das ist vom Belgier. Willst du?«

Er rührte sich nicht.

»Das ist von mir. Willst du?«

Und mit einem kurzen Zucken seines Kopfes flog das Croissantstückchen durch die Luft, und er fing es mit dem Maul auf. Dann gab er mir Pfötchen und gilfte leise zum Dank. Ich hatte ihm das nicht andressiert, es hatte sich ganz natürlich ergeben wie ein Spiel unter Freunden.

Wenn eine Frau an uns vorbeiging, eilig und gestreßt, sagte ich zu ihm: »Sag schön hallo zu Madame!« Dann hob er die rechte Pfote, schüttelte sie und bellte leise dazu. Manches Mal wurden wir mit einem Lächeln bedacht ... aber das war eher selten. Trotz dieser morgendlichen Vertrautheit gehörte Weisnix mir nicht mehr als den anderen. Wenn wir nach dem Frühstück aufs Gelände kamen, war er wieder der Hund von uns allen.

Es hatte in letzter Zeit viel geregnet. Der Boden war aufgeweicht, und die Zeltplane hatte zahlreiche undichte Stellen, durch die Wasser tropfte und auf dem gestampften Boden kleine Lachen bildete. Die Lecks waren weder durch die schlechte Qualität noch durch das fortgeschrittene Alter der Plane entstanden, sondern weil sich mit der Zeit und durch die Launen des Wetters, vor allem durch den Wind, bestimmte Teile der Plane voneinander lösten. Dann mußten wir hinaufsteigen und die abgelösten Teile mit einem Spezialschweißbrenner wieder verkleben. Aufs Zeltdach zu steigen war an sich nicht gefährlich, die Neigung war nur gering, und durch die Spannung, die wir dem Dach verliehen hatten, gab die Plane unter dem Gewicht unserer Körper nach. Doch bei Regen verwandelte sie sich in eine wahre Rutschbahn. Bei Massila hatte sich ein Monteur an Weihnachten das Kreuz

DER HUND VON BALARD

gebrochen, als er die Zeltspitze schweißen wollte, die leckte; er rutschte bis an den Rand der Plane und fiel quer auf einen Eisenpfeiler, mit dem das Zelt am Boden befestigt war. Ich erinnere mich noch an das schreckliche Geräusch, als seine Wirbelsäule unter der Wucht des Aufpralls krachte, ein unglaublich lautes und grauenvolles Knacken. Wir standen alle um ihn herum und warteten auf den Krankenwagen, stocksteif und mit den Händen auf dem Rücken wie bei einer Beerdigung.

»Es tut nicht weh, Kumpels, es tut nicht weh ... Das wird schon nichts sein, bestimmt nicht. Es tut nicht weh.«

Die Sanitäter haben ihn ins Krankenhaus gebracht, und wir sahen ihn nie mehr wieder. Ich habe gehört, daß er einen Bruder hat, der in der Nähe von Montargis Schnecken züchtet, und er hilft ihm nun in seinem Rollstuhl beim Verkauf der Schnecken.

Seit diesem Vorfall stieg bei Regen niemand mehr aufs Dach, Marco hatte es verboten.

An jenem Morgen, ich glaube, es war im April, war das Wetter herrlich. Der Himmel war klar und blau, die strahlende Sonne wärmte angenehm die Luft.

Marco kam zu Tony und mir: »Ihr steigt hoch und schweißt das Dach.«

Damit machte er uns eine echte Freude, denn oben auf dem Zeltdach herrschte eine ganz besondere Atmosphäre. Wir waren immer geschützt, doch da oben in der Luft, fernab von Lärm und Staub, war es, als würde man zwischen zwei Welten stehen. Wir stiegen mit der Leiter bis zum Rand hinauf, dann kletterten wir über das sanft ansteigende Dach bis zur Kappe – die Kappe ist der kleine rechteckige Abschluß, der an den Masten oben befestigt ist. Diesen Teil des Dachs mußten wir stellenweise schweißen – eine einfache und dankbare Aufgabe, denn die Arbeit ging schnell und leicht von der Hand. Man mußte nur mit einem kleinen Brenner die beiden Enden der Plane heiß machen und sie miteinander verkleben. Tony und ich hatten uns an die Arbeit gemacht und plauderten über dies und das. Die Geräusche drangen nur gedämpft zu uns herauf und entfernten uns sanft von der Wirklichkeit. Nach ein paar Stunden fläzten wir uns hin. Es war warm und sonnig, die Geräusche der Stadt plätscherten in der Ferne wie Wasser an einem Gestade ... es war wie Urlaub.

Die Zeltplane war königsblau, und wie wir da oben auf dem Dach und unter dem blauen Himmel lagen, kam es uns vor, als trieben wir auf dem Meer. Die Brise, die hin und wieder aus der Stadt herüberwehte, bauschte das Zelt, das uns wiegte wie Wellen. Tony zog einen kleinen Joint heraus und fing an zu rauchen.

»Das erinnert mich an damals, als ich zur See fuhr. Die See bewegt sich genauso.«

»Warst du Matrose?«

»Marineoffizier. Leutnant.«

»So, du warst bei der Armee.«

»Nein, bei der Handelsmarine.«

Tony war fast eins achtzig und ziemlich drahtig, er hatte kurze, krause blonde Haare und blaue Augen. Er war Marcos rechte Hand, denn er kannte sich mit der Elektrik aus. Ich mochte ihn. Es war das erstemal, daß er mir von seinem früheren Leben erzählte.

»Was macht denn ein Leutnant bei der Handelsmarine?«

»Das gleiche wie ein Lastwagenfahrer, nur, daß es eben sehr große Maschinen sind und man auf dem Meer fährt, aber sonst ist es das gleiche. In einem Hafen lädt man Container auf, im nächsten lädt man sie wieder ab.«

»Und macht das Spaß, als Job?«

»Ja ... Das heißt, man muß eben das Meer mögen. Ich finde es toll. Weißt du, ich bin Bretone, und das Meer gehört einfach zu meinem Leben.«

»Und was machst du dann hier?«

»Bin rausgeflogen.«

»Was hast du denn ausgefressen?«

»Ich habe illegale Waren transportiert.«

»Was?! Dope?«

»Diamanten.«

»O Scheiße. Du hast geschmuggelt wie im Film? Dann hast du bestimmt einen Sauhaufen Kohle gemacht, was?«

»War schon okay. Aber ich war kein Schmuggler. Ich habe die Steine in Asien gekauft und sie in Europa weiterverkauft, ohne Zoll zu bezahlen. Das haben die Leute in meiner Firma spitzgekriegt und mich gefeuert.«

»Kannst du jetzt nicht mehr Leutnant sein?«

»Doch, in fünf Jahren wieder.«

»Aha. Dann bist du also nicht gefeuert, sondern bestraft worden.«

»Das kann man so oder so sehen. Aber, egal – ich vermisse das Meer. Vor allem die Schreie der Möwen, jieck, jieck. Und die Gischt.«

Ich spuckte in die Luft, um Gischt zu spielen, Tony ahmte die Möwenschreie nach. Es ging uns richtig gut. Ich weiß nicht, wie lange wir da oben lagen und von der Gischt träumten, die uns ins Gesicht spritzte.

»Was macht ihr denn hier oben, ihr Lahmärsche? Ich rufe seit einer Stunde nach euch.«

Marco war zu uns heraufgekommen. Tony erzählte ihm alles, und Marco lachte.

Wir boten ihm den Joint an, aber er lehnte ab. Marco sagte nichts, wenn wir rauchten, aber er selbst war kein großer Kiffer, er war in der Hinsicht eher zurückhaltend. Manchmal trank er einen Schluck, aber wirklich nur gelegentlich, und betrunken war er nur selten. Er wußte maßzuhalten, selbst wenn er sich prügelte. Und dieses Maßhalten, diese Ruhe und Sicherheit, die er bei allem an den Tag legte, hatte auch auf uns eine beruhigende Wirkung. Ich hatte schon gefährliche Situationen mit ihm erlebt, aber nie Angst gehabt, wenn er dabei war. Ganz tief in meinem Inneren war ich davon überzeugt, daß dann nichts passieren konnte. Diese Gabe haben nur wenige Menschen. Ich wunderte mich, daß Marco nicht mehr Anerkennung genoß. In unserer Welt besaß er natürlich eine enorme Aura, aber ich fand, daß diese ihm auch draußen, in der zivilisierten Welt, zustand. Doch die Zeit war wahrscheinlich vorbei für Menschen wie ihn; alles, was nur ansatzweise nach Barbarentum roch, wurde abgelehnt, weil es angst machte. Und auf seine

Weise war Marco ein Barbar. Er hielt sich an seine eigene Moral. Über Regeln, die er schlecht fand, setzte er sich hinweg. Mußte er Entscheidungen treffen, so ging er hart vor, aber gerecht.

Als wir alle drei wieder runterstiegen, spielte Francis gerade mit dem Hund.

»Seht mal, was er kann: Weisnix, mach ›Bravo, Glühwein‹.«

Und Weisnix setzte sich aufs Hinterteil und schlug die Vorderpfoten zusammen.

»Habt ihr das gesehen? Dieser Hund ist genial.«

»Bei mir sagt er den Frauen auf der Straße ›hallo‹.«

»Bei mir rollt er um seine eigene Achse.«

Gesagt, getan – Tony gab dem Hund ein Zeichen, und dieser rollte wie eine Konservendose über den Boden.

Marco schien sehr interessiert an dem, was er da sah – offenbar kam ihm gerade eine Idee.

»Wie habt ihr ihm denn diese Kunststückchen beigebracht?«

»Ich hab ihm nichts beigebracht. Ich spiele mit ihm, ich mach's ihm vor, und er macht es nach.«

»Bei mir ist es genauso.«

Unsere Antworten stürzten Marco in tiefes Grübeln. »Wer wagt, gewinnt«, sagte er schließlich. »Kommt mit, ihr beiden«, sagte er zu Tony und mir. »Und bringt den Hund. Wir gehen zu Monsieur Koutsen.«

»Wer ist denn das?«

»Kennt ihr Walter Koutsen nicht? Na, dann habt

ihr vom Zirkus aber echt keine Ahnung. Walter Koutsen und sein Hund Poupy. Das war eine der tollsten Hundenummern, die es je gab. Koutsen ist mit Poupy mehrmals um die Welt gereist und in den größten Zirkussen aufgetreten – Pinder, Bouglione, Zavatta, Barnum und sogar im Moskauer Staatszirkus ...«

Im Auto erzählte Marco dann weiter: »Für Zirkustiere gibt es zwei Arten von Menschen, die Dresseure und die Dompteure. Die Dompteure stehen in der Manege. Damit man Tiere aber überhaupt halten und sie dem Publikum vorführen kann, muß man sie erst dressieren, und das ist die Aufgabe des Dresseurs. Er richtet das Tier ab, er entscheidet, ob es ein Zirkustier werden kann oder nicht – das können nämlich nicht alle Tiere. Es hängt von ihrer Intelligenz ab, von ihrem Wesen, von der Art und Weise, wie sie gefangen wurden, von der Erinnerung, die sie an den ersten Kontakt mit Menschen haben. All das muß man rasch spüren und begreifen – denn ein wildes Tier verzeiht nichts. Beim kleinsten Fehler rächt es sich, und das tut weh. Sehr weh. Ich kannte einen Dresseur, den ein Tiger ins Bein gebissen hat, weil er sein Rasierwasser gewechselt hatte und das Tier ihn nicht mehr wiedererkannte. Ein Dresseur muß alle Schwächen und Stärken eines Tieres kennen, bevor er es einem anderen übergibt. Und er muß einen Dompteur finden, der dem Tier liegt.«

»Und was hat das mit diesem Typ zu tun?«

»Mit Koutsen? Nach zehn Jahren in der Manege ist Poupy gestorben, daraufhin hat sich Koutsen zurückgezogen und wurde Dresseur. Und im Hintergrund war er genauso großartig wie früher im Rampenlicht. Von ihm habe ich meinen Beruf erlernt.«

»Warum hast du denn aufgehört, Marco? Warum bist du Zeltbauer wie wir, anstatt in einem richtigen Zirkus zu arbeiten? Massila würde dich sicherlich nehmen, wenn du sie fragst.«

»Wenn ich eines Tages wieder in einem Zirkus arbeiten sollte, dann in meinem eigenen, Tony. Ich habe eine bestimmte Vorstellung von einem Zirkus, und die stimmt nicht unbedingt mit der von anderen überein. Weißt du, ein kleines Zelt würde mir gefallen, höchstens fünfhundert Plätze. Damit würde ich von Stadt zu Stadt ziehen. Ich hätte Raubtiere, Akrobaten, Kunstreiter, Trapezkünstler, Clowns. Das reicht schon.«

»Warum hast du denn aufgehört?«

»Wenn man dich fragt, dann sagst du, du weißt es nicht. Und wenn dir jemand erzählt, warum ich aufgehört hätte, dann glaub's nicht, es ist eine Lüge. Denn warum ich aufgehört habe, das weiß nur ich allein und sonst niemand.«

Wir fuhren weiter und redeten über andere Dinge. Das Gespräch war etwas beschwerlich, denn der Auspufftopf des Peugeot hatte ein Loch und röhrte wie ein Lamborghini.

Walter Koutsen wohnte in Méry-sur-Oise, einem Kaff am nördlichen Stadtrand von Paris. Auf der Fahrt hatte sich Weisnix an der wertvollen Kugel von Marcos Schaltknüppel gütlich getan.

»Schau dir diesen Dödel an! Also wirklich, schaut

euch das an. Meine Kugel! Er hat meine Kugel zerfressen.«

»Du hast doch noch zwei ... Also reg dich nicht auf.«

»Ich verstehe den Hund. Deine Kugel ist ja auch zum Anbeißen. Und vielleicht hat er ja Hunger.«

»Meine Kugel! Ich hatte sie seit Jahren – in allen meinen Autos. Das ist mein Markenzeichen. Scheiße noch mal, so ein Mist aber auch.«

Weisnix hatte aufmerksam zugehört und legte seinen Kopf auf Marcos Schoß, damit er ihm verzieh.

Und Marco streichelte ihn. »Ach, das konntest du ja nicht wissen, mein Guter. Ich hatte es dir ja nicht gesagt.«

Walter Koutsen wohnte in einer Villa aus der Zeit der Jahrhundertwende; es war ein großes dreistöckiges Haus mit quadratischem Grundriß und Waschbetonputz. Ein großer Garten, auch er quadratisch, umgab die Villa. Vom Tor zur Eingangstür führte ein Kiesweg, gesäumt von kümmerlichen Bäumchen und schmalen Rabatten.

»Tretet nicht auf den Rasen. Koutsen hat überall Fallen aufgestellt.«

Marco warnte uns vor Koutsens Sicherheitswahn. Einige Jahre zuvor hatten Vandalen das Haus verwüstet, sie hatten die wenigen Wertsachen gestohlen, die Koutsen besaß, sie hatten die Vorhänge heruntergerissen, die Betten beschmutzt und alles kaputtgeschlagen, was sie nicht mitnehmen konnten. Dieser Vorfall hatte Koutsen verändert, er empfing nur noch selten Gäste und sah in jedem Besucher einen potentiellen Einbrecher.

»Er hat seinen Garten mit Wolfsfallen gespickt und Gitter vor allen Fenstern angebracht. Er hat sein Haus so gesichert, daß er einmal sogar die Feuerwehr rufen mußte. Er hatte die Schlüssel drinnen liegenlassen, als ein Windstoß die Tür zuschlug. Die Feuerwehr konnte weder die gepanzerte Tür aufbrechen noch die Securit-Scheiben einschlagen und mußte sich durch den Kamin herunterlassen. Aber das tollste Sicherheitssystem in seiner Bude ist das Chaos.«

»Chaos? Ist das eine Diebstahlsicherung?«

»Ja, die beste. Du wirst nachher sehen, daß in jedem Zimmer das totale Chaos herrscht. Alles ist durcheinander, die Möbel sind umgekippt, die Wäsche liegt auf wilden Haufen. Wenn du reinkommst, meinst du, es sei gerade eingebrochen worden. Und genau das sagt Koutsen: ›Jeder Einbrecher wird denken, einer seiner Kollegen sei gerade hier gewesen, und wird wieder gehen, ohne etwas mitzunehmen.‹«

»Bist du sicher, daß dein Koutsen nicht völlig übergeschnappt ist?«

»Er hat sicherlich eine Macke, aber er ist der beste Dresseur, den es gibt.«

»Und er soll den Hund dressieren?«

»Er soll mir erst seine Meinung sagen. Vielleicht bin ich ja vorschnell, aber ich habe das Gefühl, daß der Hund ein Subjekt ist. Wenn Koutsen das bestätigt, habe ich eine Idee, über die wir dann sprechen.«

Ich hätte gerne gefragt, was denn ein Subjekt sei, aber dazu blieb keine Zeit.

Kaum setzten wir einen Fuß auf die Treppe, die zur Veranda hinaufführte, als ohrenbetäubendes Hundegebell ertönte. Unser Hund machte einen Satz nach hinten, und wenn Marco ihn nicht festgehalten hätte, wäre er bestimmt abgehauen.

Die Tür öffnete sich einen Spalt, und in diesem Spalt erschien ein halbes Gesicht.

»Was wollen Sie?«

»Ich bin's – Marco. Erinnern Sie sich an mich, Monsieur?«

»Marco? Der Marco von Rita oder der Marco von Marie?«

»Der von Marie, Monsieur.«

Die Tür wurde erst wieder geschlossen, dann ging sie weit auf. Mit einem breiten Lächeln auf dem Gesicht streckte Walter Koutsen die Arme aus und drückte Marco an seine Brust. Koutsen war ein kleiner Mann mit einem runden Gesicht und einem dichten Schnauzbart, der die Hälfte seiner Oberlippe verdeckte.

»Komm in meine Arme, Junge. Ich freue mich, dich zu sehen.«

»Ich freue mich auch, Monsieur. Wie gut das tut!«

»Warum kommst du nicht öfter?«

»Tja, wie es nun mal so ist im Leben ...«

»Ja, ja, da hast du recht, so ist das Leben ... die Alten eingesperrt, die Jungen in der Manege. Und wer ist das?«

Einen Moment lang dachte ich, »das« seien wir, aber Koutsen meinte den Hund.

»Deswegen bin ich hier, Monsieur. Ich glaube, er ist ein Subjekt.«

»Ein Subjekt! Hoppla! Dieses Wort habe ich seit Jahren nicht mehr gehört. Komm rein, mein Junge, komm rein, und ihr auch, Kinder, kommt rein.«

Das Innere des Hauses entsprach in allen Punkten Marcos Beschreibung. Es war eine Rumpelkammer ohnegleichen. In der Diele spuckte ein umgekippter Schrank Geschirr aus, auf dem Boden lagen Papiere und Schachteln, überall waren Tageszeitungen verstreut.

Merkwürdigerweise hatte Koutsen keinen Hund. Das wunderte mich – wo wir doch von diesem Höllengebell empfangen worden waren.

»Das ist ein Tonband. Wenn jemand einen Fuß auf die erste Stufe setzt, schaltet es sich automatisch an. *Fichet* liefert das nicht, aber es ist sehr wirkungsvoll.«

Koutsen führte uns in den Salon, der genauso chaotisch aussah wie die Diele. Er forderte uns auf, uns eine Sitzgelegenheit zu suchen, er selbst setzte sich mit Marco auf ein Louis-quinze-Sofa und ließ den Hund neben sich aufs Sofa.

»Das soll also ein Subjekt sein.«

»Er macht kleine Kunststückchen, ohne daß sie ihm jemand beigebracht hätte. Er ist uns vor etwa zehn Tagen zugelaufen, und die Jungs spielen mit ihm. Er kann mit der Pfote hallo sagen, kann auf dem Boden rollen ... kleine Kunststückchen eben. Aber ich bin der Meinung, wenn ein Hund das ohne Dressur kann, dann könnte etwas aus ihm werden.«

Koutsen nahm Weisnix' Kopf zwischen seine Hände, blickte ihm in die Augen und sprach leise mit ihm. Der Hund schien volles Vertrauen zu Koutsen zu haben und ließ furchtlos alles mit sich machen. Ich hatte den Eindruck, er verstand, daß Koutsen ihm nichts Böses wollte.

Schief an den Wänden hingen Glasrahmen mit Fotos – Koutsen mit Tieren. Einige Bilder zeigten ihn mit einem schwarzen Pudel. Das war wohl Poupy.

»Was ist denn ein Subjekt?« fragte Tony.

»Ein Subjekt«, Koutsen hob den Kopf und ließ den Hund los, »ein Subjekt ist ein außergewöhnliches Tier. Man begegnet solch einem Tier nur selten. Ich hatte dieses Glück mit Poupy ... und wenn Marco recht hat, dann wäre ich der einzige Mensch auf der Welt, der zwei Subjekte kennengelernt hat. Ein Subjekt ist ein Tier, das begreift, daß es sich um eine Vorstellung handelt, es ist ein Tier, das Applaus mag und Kunststücke aufführt, weil es ihm gefällt. Ein Subjekt braucht keine Dressur, es braucht nur Liebe. Poupy war ein Subjekt, ich mußte ihr nur das Kunststück erklären und vormachen, dann machte sie es von selbst. Wenn man einmal mit einem Subjekt gearbeitet hat, kann man mit keinem anderen Tier mehr in der Manege auftreten. Nicht wahr, Marco?«

Marco nickte.

»Normale Tiere kann man nur auf zweierlei Weise zum Arbeiten bringen: durch Bestrafung oder durch Belohnung. Ich selbst wende die erste Methode nicht an, aber viele tun das, weil es schneller geht. Ich erinnere mich, daß ich zu Beginn meiner Karriere das Glück hatte, Juskowiak mit seiner Nummer in einem Cabaret zu sehen. Seine Spezialität war es, Enten das Zählen beizubringen. Damals hatte er einen großen Namen in der Branche, er war sehr gefragt. Juskowiak sagte: ›Was macht zwei plus zwei?‹ – ›Quack, quack, quack, quack‹, machte die Ente. Das Publikum liebte diese Nummer und wollte sie immer wieder sehen, denn gelehrige Enten sind sehr selten. Vor Juskowiak hatte noch niemand eine Entennummer. Er hielt seine Ente auf dem Arm, wie in einem Körbchen, und die Ente rechnete und mischte sich in das Gespräch ein, das Juskowiak mit dem Publikum führte. Es war wirklich sehr lustig. Es schien eine echte Freundschaft zwischen Mensch und Tier zu bestehen, und ich war überzeugt, daß Juskowiak seine Ente liebte. Für mich wäre es undenkbar gewesen, ein Tier anders als mit Liebe zu dressieren. Ich besuchte diese Vorstellung oft, weil ich Juskowiaks Arbeit sehr schätzte. Eines Abends kam er mit einer anderen Ente auf die Bühne. Einen Augenblick lang hatte ich Angst um ihn – wie konnte er mit einer anderen Ente auftreten? Ein Tier – und noch dazu eine Ente – dazu zu bringen, daß es auf diese Weise reagiert, braucht sehr viel Zeit. Und doch führte Juskowiak exakt die gleiche Nummer vor, und das Tier reagierte haargenau gleich. An jenem Tag begriff ich, daß es einen Trick geben mußte, der mit Liebe allein nicht zu erklären war. Nach der Vorstellung ging ich zu ihm in die Garderobe. Er kannte mich, denn damals begann ich bereits, mir einen Namen im Zirkusmilieu zu machen. Ich beglückwünschte ihn herzlich zu seiner Nummer und zu dieser Heldentat, mit einem anderen Tier genauso erfolgreich aufzutreten. Ich fragte ihn, wie lange er brauche, um eine Ente zu dressieren. Und da gab er mir die verblüffende Antwort: ›So lange, wie es braucht, ihr den Daumen in den Arsch zu stecken.‹«

»Den Daumen in den Arsch?« wunderte sich Tony.

»Genau. Juskowiak, den ich so bewunderte, war in Wahrheit ein Anhänger der Bestrafungsmethode. Die

Hoden des Erpels liegen direkt unterhalb des Anus. Juskowiak steckte dem Tier also den Daumen in den Hintern und kniff dann mit Daumen und Zeigefinger in die Hoden, damit es quakte. An jenem Tag begriff ich, daß das Wesen des Tieres bei der Bestrafungsmethode nichts gilt, es wird nicht als ein Subjekt, als ein Lebewesen mit Charakter und Persönlichkeit betrachtet, sondern als ein Objekt, das zwar lebt, das aber keine Seele hat, die man durch die Dressur brechen kann. So eine Beziehung zwischen Tier und Dompteur basiert ausschließlich auf Schmerz. Nie zuvor war ich von jemandem so enttäuscht gewesen wie an jenem Abend von Juskowiak. Als ich seine Garderobe verließ, schwor ich mir: Egal, wieviel Zeit es kostet, ein Tier zu dressieren – niemals werde ich es quälen und an seinem Leid verdienen. Dank dieses Versprechens lernte ich Poupy kennen. Hätte ich bei ihr Gewalt angewandt, um sie zu dressieren, hätte ich niemals gemerkt, daß sie ein Subjekt war. Ich erhob gegen Poupy nie die Hand, auch nicht gegen ein anderes Tier, und dennoch war ich einer der erfolgreichsten Dresseure auf der Welt. Und ich prahle nicht, wenn ich das sage, nicht wahr, Marco?«

»Ja, das ist wahr, Monsieur.«

Ich hätte Koutsen gerne eine Frage gestellt, doch ich merkte, daß es nicht der richtige Zeitpunkt war; wenn ich eine Antwort wollte, müßte ich warten, bis ich mit ihm alleine wäre. Wer war Marie, nach der Koutsen an der Tür gefragt hatte? Ich hatte automatisch an eine Frau gedacht, doch nun kam mir der Gedanke, daß Marie ein Tier gewesen sein mußte und daß sie vielleicht der Grund war, warum Marco seine Karriere als Dresseur aufgegeben hatte.

Koutsen bat uns, ihn mit dem Hund allein zu lassen. Wir gingen in die Küche, in der Hoffnung, dort etwas zu futtern zu finden. Der Kühlschrank war das einzige Möbelstück in diesem Schuppen, das gerade stand, und er enthielt tatsächlich die verschiedensten Lebensmittel – Wurst, Käse, kalten Braten ... richtiges Essen; nicht wie die Kühlschränke der Mädels, die immer nur voller Gemüse, Joghurt und Karottensaft sind. Da sowieso alles ein einziges Chaos war, konnte ich tun, wovon ich schon immer geträumt hatte – mit einer ausladenden Armbewegung alles vom Tisch auf den Boden fegen. Tony hatte in einem Korb auf dem Kühlschrank frisches Brot gefunden, einen dicken Laib Schwarzbrot, mit weicher, hellgrauer Krume. Dieser Koutsen gefiel mir so langsam.

»Und was machen wir, wenn Weisnix ein Subjekt ist? Lassen wir ihn dann bei Koutsen?«

»Nee, nee, Subjekt hin oder her – Weisnix gehört uns. Wir geben ihn nicht her.«

»Keine Sorge, Großer. Der Hund bleibt bei uns, egal, was passiert. Aber vielleicht kommt Koutsen ja auch zu uns.«

»Was? Dieser alte Mann?«

»Was heißt hier ›alter Mann‹, Großer – das ist Monsieur Koutsen!«

»'tschuldigung. Also, soll Monsieur Koutsen bei uns am Zelt arbeiten kommen?«

»Nein – er soll sich um Weisnix kümmern.«

»Was versprichst du dir denn davon?«

»Das erzähle ich euch später. Jetzt essen wir erst mal.«

Wir aßen friedlich, während wir auf Koutsen warteten. Nach ungefähr einer halben Stunde kam er mit dem Hund wieder. Er lächelte.

»Er ist ein Subjekt, Marco. Ich bin fast hundertprozentig sicher. Du hast immer noch einen Blick dafür, mein Junge. Ich glaube, mit ihm kannst du groß rauskommen.«

»Das will ich aber gar nicht.«

»Was? Du läßt dir dieses Tier durch die Lappen gehen? Du bist wirklich verrückt! Mit einem solchen Subjekt kannst du deine Karriere neu starten. Laß die Vergangenheit ruhen, und schwing dich noch mal in den Sattel. Wenn man jung ist, darf man nicht in Trauer versinken.«

»So, wie Sie es nach Poupy getan haben, Monsieur?«

Marcos Bemerkung traf den alten Mann wie ein Schlag. Sein Gesicht verschloß sich.

Marco wartete seine Antwort nicht ab. »Ich brauche Sie, Monsieur, Sie müssen mir helfen ...«

»Nein.«

»Lassen Sie mich ausreden. Von der Manege will ich nichts mehr wissen. Wie Sie. Aber der Zirkus an sich – der reizt mich immer noch wie früher. Jeden Morgen, wenn ich mein blaues Zelt in Balard sehe, träume ich davon, daß es ein richtiges Zirkuszelt ist und kein Konzertsaal. Jeden Morgen nehme ich mir vor, meinen eigenen Zirkus zu gründen, und jeden Morgen sage ich mir, daß das nicht geht. Bis Weisnix kam ... Er ist ein Subjekt, das haben Sie selbst gesagt. Mit ihm allein könnte man ein Spektakel aufziehen. Mit ihm könnte ich die Jungs überreden mitzumachen. Mit ihm kann ich Sie überreden, bei mir einzusteigen. Natürlich nicht für die Manege, aber für die Tiere.«

Tony und ich hörten mit großen Kinderohren zu. Sprachlos und mit offenem Mund saßen wir da. Was wir hörten, faszinierte uns, aber es erschreckte uns auch. Wenn Marco einen Zirkus aufzog, was sollte dann aus uns werden? Zum Glück antwortete er auf unsere stumme Frage.

»Die Crew für die Technik habe ich bereits. Und mit dem Hund und Ihnen hätte ich die Hauptnummer. Ich hätte selbst keine Zeit, den Hund zu dressieren, und die Jungs können das nicht. Ich brauche Sie, nur Sie können aus ihm einen Star machen, während ich mich um den ganzen Organisationskram kümmere.«

»Nein.« Koutsen stand ganz gerade, Fäuste geballt, Gesicht verschlossen.

Marco stand auf und machte uns ein Zeichen, ihm zu folgen.

Schweigend gingen wir zum Auto. Ich setzte mich mit dem Hund auf den Rücksitz. Marco fuhr los. Eine Zeitlang schwiegen wir, dann sagte Tony: »Dann gibt es jetzt also keinen Zirkus?«

»Nun mal langsam. Man muß ihm Bedenkzeit lassen. Ich kenne Koutsen, einem Subjekt kann er nicht widerstehen. Ihr werdet schon sehen – morgen kommt er zu uns, und die Nummer hat er sich dann auch schon ausgedacht.«

»Sagst du's auch den anderen?«
»Warten wir ab, was Koutsen sagt. Und bis dahin – Klappe halten, und zwar eisern.«

Für den nächsten Tag hatten die Zeugen Jehovas das Zelt gemietet. Ihre Versammlung fand erst um sieben Uhr abends statt, aber die Leute kamen schon ab acht Uhr morgens. Sie umkreisten in kleinen Gruppen das Zelt und boten immer wieder ihre Hilfe an. Am Anfang lehnten wir stolz ab, aber mit der Zeit wurden sie immer dreister und fingen an, unsere Arbeit zu bekritteln. Der Boden sei nicht gut genug gefegt, die elektrischen Leitungen nicht vorschriftsmäßig verlegt, die Sitze nicht richtig aneinandergereiht ... Sie begannen, uns auf den Keks zu gehen. Der Belgier krempelte bereits die Ärmel hoch. Schon immer hatte mich dieser abgrundtiefe Haß verblüfft, den der Belgier gegen jeden hegte, der in irgendeiner Weise organisiert war – Militärs, Militante, Gläubige. Er verabscheute zutiefst jedes Dogma, alles, was das Denken in ein Schema zwängt. Ich hatte mich schon öfters gefragt, warum ihn das derart aufbrachte, und nun nutzte ich die Gelegenheit, ihn danach zu fragen.

»Das sind doch alles Schwuchteln«, war die Antwort.

So der Stand der Dinge, als Monsieur Koutsen eintrat. Er trug einen langen Tweedmantel und einen Hut. Der Belgier sah ihn als erster: »Der zum Beispiel – der sieht doch aus wie eine Schwuchtel, oder?«

Als ich ihm erklärte, um wen es sich bei Monsieur Koutsen handelte, war der Belgier ganz perplex.

»Entschuldigen Sie, junger Mann, wissen Sie, wo ich Marco finden kann?«

»Ich hole ihn, Monsieur Koutsen.«

»Das ist sehr freundlich.«

Ich ließ Koutsen in der Obhut des Belgiers und ging zu Marco, der mit Tony an den Stromaggregaten arbeitete. Als ich ihm sagte, wer gekommen sei, strahlte er übers ganze Gesicht. Tony, Marco und ich machten uns also auf den Weg zu Koutsen, der gerade mit dem Belgier sprach.

Als Koutsen Marco sah, rief er: »Er wird den Schlappsack machen. Der Schlappsack – das wird deine Nummer.«

Im Zelt konnten wir uns nicht richtig besprechen, also überließen wir es den Jehovas, den Saal vollends herzurichten – was sie zu erleichtern schien.

Koutsen, Marco, der Belgier, Tony, Francis, d'Artagnan und ich standen auf der Rue Balard und unterhielten uns. D'Artagnan hatte übrigens den gleichen Schnauzbart wie Buffalo Bill, aber da Bill Zirkusdirektor war, konnten wir unserem Kumpel diesen Namen nicht geben. Da der Bart aber auch genauso aussah wie der von Ludwig XIII., nannten wir ihn d'Artagnan.

»Ich bin dabei, Marco«, sagte Koutsen. »Weisnix wird den Schlappsack machen. Ich glaube, das kann er.«

»Gut. Also, alle mal herhören: Wir gründen einen Zirkus.«

Um diese Neuigkeit zu feiern, gingen wir alle ins Polimago und hauten unsere letzten Zehner auf den Kopf. Wir hatten viele Fragen. Die Zeugen Jehovas hatten mit ihrer kleinen Versammlung begonnen, und wir beschlossen, daß sie keine Ordner brauchten, denn Gott war mit ihnen – um die Sicherheit der Jehovas könnte schließlich Er sich kümmern.

Der Wirt des Polimago wurde etwas nervös, als er uns alle auf einmal kommen sah.

»Wir wollen nur eine gute Neuigkeit feiern«, sagte Marco, um ihn zu beschwichtigen. »Du brauchst keine Angst zu haben.«

»Ich kenne eure Art zu feiern. Ihr benehmt euch wie Rotz am Stecken und vertreibt mir die Gäste.«

»Wir sind deine Gäste, Papi.«

»Erst mal will ich Geld sehen. Und wenn ihr das Geld vertrunken habt, schmeiße ich euch raus.«

»Warum bist du denn so garstig zu uns? Okay, einmal haben wir dir hier die Bude auf den Kopf gestellt. Aber ein einziges Mal ist doch gar nichts. Und außerdem war es deine Schuld, weil du dem Belgier die Hosen runtergezogen hast. Auf die Idee mußte man erst mal kommen.«

»Okay, aber ich habe ein Auge auf euch. Bei der kleinsten Kleinigkeit rufe ich die Bullen.«

Seine schlechte Laune konnte uns nicht die freudige Erwartung verderben, von der wir alle beseelt waren. Wir hatten so viele Fragen an Marco.

»Und was wird aus Balard?«

»Wo sollen wir ein Zelt auftreiben?«

»Wer tritt mit dem Hund auf?«

»Wie können wir dir helfen?«

»Was kostet so ein Zirkus?«

»Spielen wir richtige Zirkusmusik oder Rock?«

»Gibt es einen Stehausschank?«

»Was frißt denn ein Löwe?«

»Wer fährt die Lastwagen mit dem Zelt?«

»Treten wir alle mit einer Nummer auf?«

»Meinst du, Nandy macht den Conférencier?«

»Und Clowns! Clowns sind wichtig. Als ich klein war, mochte ich die Barrios. Vielleicht könnten wir sie fragen, ob sie mitmachen.«

Fast eine Stunde lang redeten wir auf Marco ein, ohne ihm die Chance zu lassen, auch nur eine einzige unserer Fragen zu beantworten. Die Idee, einen Zirkus zu gründen und endlich etwas zu haben, was uns ganz allein gehörte und für das wir ganz allein verantwortlich waren, fesselte uns derart, daß seine Antworten gar keine Rolle mehr spielten. Nichts konnte unseren Enthusiasmus bremsen. Endlich gehörte uns die Welt, und wir würden dieser Welt schon zeigen, wozu wir fähig waren.

Schließlich stellte der Belgier doch noch die Frage, die uns allen unter den Nägeln brannte: »Was ist denn der Schlappsack?«

»Der Schlappsack ist ein absolutes Muß – der

Traum eines jeden Dresseurs«, sagte Koutsen. »Du selbst, Marco, hast dich doch einmal an dieser Nummer versucht, wenn ich mich recht entsinne.«

»Ja, aber ich hab's nie geschafft. Es ist zu schwierig.«

»Deshalb ist es ja auch die schönste Nummer, die man mit einem Hund aufführen kann. Das Publikum sieht nicht die Arbeit, es sieht nur die Magie. Ich kenne lediglich ein Paar, das diese Nummer beherrschte – Zingatiev und sein Cockerspaniel Datscha. Sie waren in den vierziger Jahren bei Médrano. Sogar den Deutschen verschlug es die Sprache. Seit damals habe ich den Schlappsack nicht wieder gesehen.«

»Aber wieso sollen wir das unserem Hund zumuten, wenn es so schwierig ist?«

»Weil es unsere einzige Chance auf Erfolg ist, Francis. Einen Zirkus macht man nicht, indem man am Tisch sitzt und diskutiert. Man braucht Artisten, ein Zelt, Material. Um das zu bekommen, braucht man Kohle ... und genau die haben wir nicht. Uns wird auch niemand etwas leihen, weil wir weder Bankkonto noch Steuernummer oder festen Wohnsitz haben. Mit dem Hund und einer Nummer könnten wir schnell Bares verdienen. Es ist doch so: Wenn ich zu meinen alten Freunden gehe und frage, ob sie in meinem Zirkus arbeiten wollen, werden sie Garantien verlangen. Das ist normal, keiner kann nur für Ruhm und Ehre arbeiten, vor allem nicht diejenigen, die Tiere haben. Wenn ich ihnen aber den Hund in einer absoluten Glanznummer zeige, dürfte das eine ausreichende Garantie sein. Ich kenne jedenfalls keinen Artisten, der es ablehnen würde, in einem Zirkus zu arbeiten, der ein Subjekt und eine ganz außergewöhnliche Nummer bietet. So läuft es doch immer: Wenn man mit den Besten arbeitet, wird man auch selbst besser.«

»Euer Hund kann es schaffen, ich spüre es. Ihr dürft euch diese Chance nicht entgehen lassen.«

»Sie haben den Hund doch erst einmal gesehen. Reicht das schon?«

»Ich habe mit ihm gesprochen, und er hat mir geantwortet.«

»Dein Freund ist echt nicht ganz dicht, Marco. Wie soll denn das gehen – mit einem Hund sprechen? Ich spreche auch mit Weisnix, aber mir gibt er keine Antwort.«

»Deshalb bist du ja auch Zeltbauer, Belgier, und Monsieur Koutsen ist der beste Dresseur der Welt.«

»Wissen Sie, junger Mann, es gibt verschiedene Arten des Sprechens. Die wörtliche Sprache ist nur eine davon. Alle Tiere sprechen, nur können wir sie nicht verstehen. Glauben Sie denn, daß die Nachtigall einfach nur so ›kui kui‹ singt und nichts damit sagen will? Nein. Im Leben hat alles eine Bedeutung. Die ganze Natur spricht zu uns – die Farbe der Rose, der Duft des Jasmins, die Wolken am Himmel, das Gebrüll des Löwen. Wenn Sie Ihre Augen und Ihr Herz öffnen und lernen, nicht mehr das zu glauben, was man Ihnen als absolute Wahrheit beigebracht hat, dann werden Sie eines Tages auch in der Lage sein, mit einem Hund zu sprechen.«

DER HUND VON BALARD

Schweigend sahen wir Koutsen an, hin und her gerissen zwischen dem Bedürfnis, ihm zu glauben, und dem Impuls, uns über ihn lustig zu machen.

»Sie dürfen nicht glauben, daß Wörter eine Universalbedeutung haben. Nichts ist besser getarnt als die gesprochene Sprache. Haben Sie schon einmal ein Wort so oft wiederholt, daß sein Klang Sie befremdete? Im Grunde bedeuten Wörter nichts. Wenn man das weiß, kann man mit Tieren genauso selbstverständlich sprechen, wie man atmet.«

Auch wenn wir von Koutsens Erklärung nicht ganz überzeugt waren und sie im übrigen auch gar nicht so richtig verstanden hatten, wollten wir ihm doch glauben. Warum hätten wir an seinen Worten zweifeln sollen, nachdem Marco uns Koutsen als den Größten vorgestellt hatte und so enormes Vertrauen in ihn setzte?

Später sagte der Belgier zu uns: »Das ist wie mit den Ausländern – mit denen kann man sich auch nicht unterhalten. Aber wenn man mit ihnen mehr Französisch spricht, dann verstehen sie einen irgendwann. Mit Hunden ist das bestimmt genauso.«

So eigenartig seine Logik auch war, diese verstanden wir zumindest.

»Wir können den Zirkus nicht von heute auf morgen starten. Da steckt viel Arbeit drin. Für den Anfang bleibt alles, wie es ist, wir machen ganz normal in Balard weiter. Und ich werde mich umhören und umsehen, wer mitmachen würde und wie ich die nötige Kohle auftreiben kann. In der Zwischenzeit haltet ihr den Mund. Ich will nicht, daß sich die Sache gleich herumspricht. Ich will keinen Neid in der Branche wecken – es gibt nämlich ein paar Leute, die unser Projekt nur zu gern scheitern sehen würden. Doch ich verspreche euch was: Wenn es klappen sollte, bleibt keiner auf der Strecke, dann nehme ich euch alle mit. Aber es wird nicht einfach – wenn das was werden soll, müssen wir ganz schön ackern.«

Bei Marcos letzten Worten war uns plötzlich bewußt, wie die nächsten Wochen aussehen würden: Maloche. Wir wußten, daß wir darin gut waren. Die Maloche war unsere zweite Natur. Wir hatten es noch nie leichtgehabt. In unserer Kindheit schon nicht und in unserem Alltag heute auch nicht. Aber nein, nicht daß wir uns beklagen wollten – es gab immerhin Leute, die noch tiefer in der Scheiße saßen als wir selbst –, man könnte nur sagen, daß ein ebener Weg, gesäumt von blühenden Bäumen, nicht unbedingt in die Landschaft unserer Hoffnungen paßte.

Als wir zum Zelt zurückkehrten, brachen die Zeugen Jehovas gerade auf. Sie wirkten ganz sanft und verzückt. Im Zelt lag nicht ein einziger Papierschnipsel auf dem Boden, keine Kippe, nichts. Alles sauber.

»Man muß zugeben, die Religion hat auch ihr Gutes«, meinte Francis und verschwand im Wohnwagen.

Am nächsten Morgen weckte uns Koutsen, um den Hund abzuholen. Koutsen kam mir plötzlich wie ein Eindringling vor. Bis zu diesem Tag war unser Zirkus ein Traum gewesen, in dem ich mir alles schön ausgemalt hatte. In meinem Traum war das Zelt aufgestellt, die Vorführung fand statt, und wir ernteten unsere ersten Lorbeeren. Doch dann bekam ich auf einmal Angst: Angst, daß wir scheitern, Angst, daß wir es nicht schaffen könnten, Angst, daß diese schöne Zukunft nur eine reine Illusion ist. Zum Glück waren die anderen da; in ihrem Beisein konnte ich mich nicht gehenlassen.

»Sagen Sie, Monsieur Koutsen, als wir Sie gestern gefragt haben, was der Schlappsack ist, haben Sie uns keine Antwort gegeben. Was ist denn das nun?«

»Der ›Schlappsack‹ trägt diesen Namen nicht umsonst, mein Junge. Ich werde dem Hund diese Nummer beibringen, und in ein paar Wochen wird er so weich und biegsam sein wie Mäusespeck.«

»Und das ist eine Nummer?«

»Warum glaubt ihr mir denn nie? Dann fragt eben Marco. In ihn habt ihr doch Vertrauen, oder?«

»Klar.«

»Dann ist es ja gut. Ihr habt doch gehört, was er

gesagt hat – der Schlappsack ist die beste aller Nummern.«

»Deshalb wissen wir aber noch lange nicht, was wir uns darunter vorzustellen haben.«

Koutsen ging mit dem Hund weg und kam erst am Abend wieder. Den ganzen Tag über warteten wir auf unseren Hund. Seine Abwesenheit zeigte uns, wie unverzichtbar er für uns geworden war und wie sehr er zu unserer Truppe gehörte.

Wir wußten, daß wir ihn in den kommenden Monaten nicht sehr oft sehen würden, und das bedrückte uns. Doch darüber hinaus befürchteten wir, daß er sich uns entfremden und Koutsens Hund werden könnte. Zum Glück konnte uns Weisnix' Freude bei seiner Rückkehr etwas beruhigen. Dennoch diskutierten wir am Abend wieder.

»Irgendwie ist mir dieser Koutsen nicht ganz geheuer.«

»Du hast recht, d'Artagnan. Wir wissen ja nicht mal, woher er kommt und warum er den Hund den ganzen Tag behalten muß. Warum dressiert er ihn denn nicht hier bei uns?«

»Genau. Als würden wir aus dem Maul stinken! Immer hält er uns auf Distanz.«

»Jetzt redet doch keinen Mist. Immerhin ist er ein Freund von Marco.«

»Er ist nicht sein Freund – Marco siezt ihn.«

»Eben – er sagt Monsieur zu ihm, und das ist ein Zeichen von Respekt.«

»Ich scheiß auf den Respekt! Weisnix gehört uns, das dürfen wir nicht vergessen.«

»Es ist unglaublich, wie bescheuert ihr seid. Da lächelt uns einmal im Leben das Glück zu, und ihr streitet euch um das größte Stück vom Kuchen. Ihr seid wirklich ein Haufen Arschlöcher – aus eurem Maul kommt nichts als Scheiße. Ihr kotzt mich an.«

Was Tony uns da ins Gesicht sagte, brachte uns eigenartigerweise wieder auf den Teppich. Wir kamen uns ziemlich beschissen vor und gingen früh schlafen.

Tony und ich waren die einzigen, die Marco hin und wieder zu sich einlud – Tony, weil er eine Art geistiger Ziehsohn Marcos war, und mich, weil ich die Marquise mit den Geschichten über unsere Heldentaten zum Lachen brachte. Doch an diesem Tag stand ich vor einer ziemlich kniffligen Aufgabe.

»Sie hat gestern abend ein fürchterliches Theater gemacht, als ich von unserem Zirkus erzählte – frag nicht nach Sonnenschein! Den ganzen Abend hat sie mir verdorben. Du mußt ihr die Sache verklickern, Großer. Und streng dich an – denn wenn die Marquise nicht einverstanden ist, dann können wir das Ganze gleich begraben.«

Marco und die Marquise hatten eine kleine Wohnung in der Nähe der Bastille, genau gegenüber dem Büro der anarchistischen Vereinigung. In meiner Jugend war ich dort Mitglied gewesen, aber nur für kurze Zeit. Sie redeten mir zuviel und zu kompliziert daher. Mit der absoluten Freiheit für alle war ich zwar einverstanden, nicht aber damit, alles zu teilen. Ich wußte, wie der Hase läuft, und man konnte mir nichts vormachen. Bei den Aktionen der Anarchos gab es immer zwei, drei Leute wie mich, die sich einen abschufteten, und alle anderen profitierten davon. Ein bißchen wie im wirklichen Leben ... nur daß man im wirklichen Leben nicht mit leeren Versprechungen vollgesülzt wird. »Das Leben«, sagte mein Vater immer, »ist kein Spaß. Du fährst in den Schacht runter und schiebst dort die Kohle hin und her, um deine Familie zu ernähren. Das ist das Leben. Alles andere ist Kintopp.« Natürlich wollte ich ihm das früher nicht glauben, aber mit der Zeit wurde mir klar, daß zumindest er mir keine Märchen erzählt hatte.

Es war hübsch eingerichtet bei Marco. Er hatte sogar ein eigenes Zimmer nur für all die Souvenirs – Löwenklauen, Peitschen, Messer, Büffelhörner, ein Elefantenfuß, der zu einem Schirmständer umfunktioniert war (man durfte bloß nichts in den Ständer hineinstellen) ... Einmal hatte er hier eine Party geschmissen und das Zimmer einem Mädchen gezeigt, das Marco angehimmelt hatte wie einen Zentaur, auf dem sie am liebsten davongeritten wäre. Marco warf sich in die Brust und zeigte ihr all die Schätze aus seiner Vergangenheit.

»Meine Peitschen, meine Revolver, meine Fotos ...« Und als er dem Mädchen die Geschichte der Büffelhörner erzählen wollte, sagte die Marquise, die den beiden unbemerkt gefolgt war: »Und das sind die Hörner, die ich ihm aufgesetzt habe.« Wir haben alle gelacht, nur das Mädchen nicht, und Marco hörte auf, den Platzhirsch zu spielen.

DER HUND VON BALARD

Ein Essen bei Marco war immer ein echtes Vergnügen, denn mit ein bißchen Phantasie konnte man sich vorstellen, man sei daheim. Die Marquise konnte wunderbar kochen, das Essen war immer großartig. Und obwohl Maman Rose uns wirklich verwöhnte und uns Stoffservietten mit Ring gegeben hatte, damit sie sie voneinander unterscheiden konnte, war das Essen im Bistro nicht mit einem Essen bei der Marquise zu vergleichen.

Die Marquise, Marco, Tony und ich saßen also am Tisch. Die Marquise ahnte wohl, was wir vorhatten, und noch bevor ich zu meinem Sermon anheben konnte, versetzte sie uns eine volle Breitseite.

»Marco hat mir schon von seinen neuesten Flausen erzählt. Ein Zirkus! Und ihr findet das natürlich ganz toll.«

»Es ist toll.«

»Sicher – um weiter als Zeltbauer zu arbeiten, ist das toll. Aber für jemanden, der mit beiden Beinen im Leben steht, sieht die Sache anders aus. Vielleicht habt ihr ja bemerkt, daß ich mich über eure Phantastereien schon lange nicht mehr wundere. Kaum hat jemand eine Schnapsidee, seid ihr alle Feuer und Flamme. So seid ihr eben. Kaum winkt die Welt mit irgendeinem Quatsch, seid ihr dabei. Und jetzt hat es euch also ein Hund angetan. Der hat euch gerade noch zu eurem Glück gefehlt, werdet ihr behaupten. Ja, richtig. Weil ihr nichts als Zeltbauerideen im Kopf habt.«

Prima. Ich wußte nicht so recht, was ich dem entgegnen sollte, und versuchte es deshalb mit Bescheidenheit.

»Du hast recht, Marquise. Als Zeltbauer hat man keine Zukunft. Und mit zweihundert Kröten am Tag macht man kein Vermögen. Da stimme ich dir völlig zu. Das Leben bietet nur zweierlei: Licht oder Schatten. Das Licht – Applaus, Ruhm und Geld –, das ist anderen vorbehalten. Unser Platz ist der Schatten – Schweiß und Arschtritte als Zulage. Das ist nun mal so, daran kann man nichts ändern. Kein Mensch sieht je wieder das Licht, wenn er einmal im Schatten gelandet ist. Der Schatten zeichnet einen für immer. Und wer im Schatten lebt, träumt davon, im hellen Licht zu stehen. Licht und Schatten – das sind die Alternativen. Stimmst du mir da zu?«

»Vollkommen.«

»Und doch hast du unrecht. Es gibt nämlich noch einen dritten Platz, zwischen Licht und Schatten: den Stehausschank.«

»Den Stehausschank? Was soll denn das heißen?«

»Als ich klein war, guckte mein Vater immer Roland-Garros im Fernsehen. Dieses Turnier faszinierte ihn. ›Es ist toll‹, sagte er, ›zuzusehen, wie die besten Spieler der Welt gegeneinander antreten. Wie gerne wäre ich an ihrer Stelle! Es muß wunderbar sein, Tennis zu spielen, Applaus zu ernten und Millionen zu verdienen …‹ Mein Vater lebte im Schatten, und wie alle armen Schlucker schaute er nur ins Licht. Ich aber sah weder den Schatten noch das Licht, ich sah etwas anderes, ich sah den Stehausschank … In den Zuschauerrängen kommt man fast um vor Durst. Und was machen all die braven Leute beim Seitenwechsel? Sie rennen zum Stehausschank. Leponte hat das längst begriffen. Womit bezahlt er uns? Mit dem Geld, das er am Stehausschank verdient. Wovon lebt er? Vom Stehausschank. Der ganze Zirkus läuft nur über den Stehausschank. Der strategisch wichtigste Punkt ist der Stehausschank.«

»Und was soll jetzt dieses ganze Geschwätz? Wollt ihr einen Zirkus eröffnen oder eine Kneipe?«

»Es ist nur ein Bild. Aus dem Schatten kommen wir nicht heraus. Also setzen wir uns an die Kasse, denn auf dem Weg vom Schatten ins Licht müssen alle an der Kasse vorbei. Alle wollen das Licht sehen, und wir, wir verkaufen ihnen die nötige Beleuchtung. Das ist unser Ding. Das ist unser Part im Zirkus. Wir sind keine Artisten, wir hüpfen nicht in Glitzerklamotten durch die Manege, also stehen wir am Stehausschank – nicht im Licht und nicht im Schatten, sondern genau dazwischen. Das wird unser kleiner Platz an der Sonne. Es ist der einzige Platz, wo Leute wie wir weiterkommen können, ohne aus ihrer Rolle zu fallen. Solange wir am Rand stehenbleiben und den Schatten nicht verlassen, kann man uns nichts anhaben. Verstehst du?«

So schief meine Metapher des Stehausschanks auch war – die Marquise war beeindruckt. Sie sah sich schon an der Kasse Eintrittskarten gegen Geldscheine tauschen.

»Habt ihr auch schon an Waffeln gedacht? Waffeln sind toll. Milch, Mehl, Eier – fertig. Hundert Francs für die Zutaten, und dann verkaufen wir die Waffeln für fünfzehn das Stück.«

Ich war richtig stolz auf meinen Erfolg. Wenn die Marquise sich um die Finanzen kümmerte, konnte gar nichts schiefgehen.

Die natürliche Begabung der Frauen für Geldangelegenheiten hat mich schon immer beeindruckt. Zumindest der Frauen, die rechnen müssen. Für die anderen ergibt eins und eins nie zwei, sondern hier noch ein Kinkerlitzchen und da noch eine Wundercreme. Zu diesen Frauen zählte die Marquise nicht, sie kam aus einer Familie, in der es öfter Pellkartoffeln als Braten gegeben hatte.

»Zuerst müssen wir ein Zelt finden.«

»Massila schuldet mir noch einen Gefallen. Ich weiß, daß sie ihre alte Plane noch hat. Ich glaube nicht, daß sie ablehnen wird, wenn ich sie darum bitte.«

»Wann gehst du zu ihr?«

»Morgen.«

Der Zirkus Massila stand an der Porte Champerret, ein großes rot-weiß gestreiftes Zelt, das bis zu tausend Personen faßte. Wir halfen öfters bei Massilas Truppe aus, und wenn wir einen Engpaß hatten, schickte auch sie uns Verstärkung. Man respektierte sich. Die Jungs respektierten uns, weil Marco unser Chef war und wir in Balard aus nichts etwas gemacht hatten, und wir respektierten die Jungs, weil Massila ihre Chefin war und sie als eine der wenigen Zirkusdirektorinnen ein Händchen dafür hatte, wie man seine Truppe zusammenhält. Massila dürfte damals so um die Vierzig gewesen sein, sie hatte langes braunes Haar, das ihr bis zum Hintern reichte und alle Männer der Branche ins Träumen versetzte. Ich hatte Massila nur wenige Male aus der Ferne gesehen, wenn ich Marco begleitete. Sie war schön, und sie mochte starke junge Männer. Soweit ich wußte, hatte Tony eine Zeitlang in ihrer Gunst gestanden, denn wenn sich die beiden sahen, umarmten sie sich immer leidenschaftlich. Ich habe nie mit Tony darüber gesprochen, schließlich ging mich das nichts an, aber ich hätte natürlich nur zu gerne gewußt, wie Massila im Bett war. In unserer Truppe waren Gespräche über Sex eher selten, und wenn, dann beschränkten sie sich auf derbe Witze.

Marco bat mich, ihn zu begleiten.

»Du hast ein gutes Mundwerk. Wenn Massila Streß macht, übernimmst du.«

Ich war ganz schön aufgeregt bei der Aussicht, die hübsche Massila aus nächster Nähe zu sehen. Und ich fühlte mich geschmeichelt, weil der Erfolg unseres Projekts vielleicht auch von mir abhing.

Massila empfing uns in ihrem Büro, das in einem Luxuscontainer hinter der Tierschau untergebracht war. Es war mit Teppichen und Wandbehängen dekoriert, in der Mitte stand ein polierter Holzschreibtisch, und eine gelbliche Beleuchtung schuf eine gemütliche Atmosphäre. Mit unseren Zeltbauerklamotten wirkten Marco und ich völlig fehl am Platz. Aber Massila schien den Staub an unseren Kleidern und den Dreck an unseren Schuhen gar nicht zu bemerken. Sie war schon zu lange Zirkusdirektorin, um sich mit solchen Nebensächlichkeiten aufzuhalten.

»Ja, ich habe die alte Plane noch. Sie ist im Lager bei Champigny-sur-Marne. Warum fragst du?«

»Ich will einen Zirkus aufmachen.«

»Einen Zirkus? Hast du dich endlich entschlossen? Bravo – und viel Glück dabei. Ich leihe dir die Plane, das kann ich dir nicht abschlagen. Aber überleg's dir gut, bevor du dieses Risiko auf dich nimmst, Marco. Einen Zirkus aufzumachen heißt, ein Unternehmen zu gründen und dafür die Verantwortung zu tragen. Du hockst mehr über irgendwelchen Papieren, als am Trapez zu schaukeln. Du mußt alles im Griff haben.«

»Das bin ich gewohnt.«

»Du bist die Schwierigkeiten gewohnt, die ein Zeltmeister hat, Marco. In der Flut der Probleme, die du als Zirkusdirektor bewältigen mußt, ist das nur ein verschwindend kleiner Teil. Da sind zunächst die Artisten, sehr eigene Menschen. Du kennst sie ein bißchen – sie halten sich für einzigartig und meinen, ihre kleinen Sorgen seien so wichtig, daß man sie auf der Stelle aus der Welt schaffen müßte. Artisten in einem Zirkus sind wie Frauen in einem Harem, und du bist der Sultan. Da fliegen ständig die Fetzen. Sie sind schrecklich eifersüchtig, liegen sich andauernd in den Haaren, belauern sich und ziehen übereinander her. Es vergeht kein Tag, an dem nicht alle, einer nach dem anderen, zu dir kommen und dich bitten, ihnen auf Kosten der vorhergehenden oder der nächsten Nummer irgendeinen Gefallen zu tun. Tag für Tag wirst du mit Konflikten konfrontiert, die du salomonisch zu lösen hast. Und wenn du endlich jemanden zufriedengestellt hast, dann würde er lieber verrecken, als sich bei dir zu bedanken – denn du hast ja nur deine Pflicht getan –, während alle anderen bis zum Sankt-Nimmerleins-Tag sauer auf dich sind. Glaub bloß nicht, daß du jemals ihr Freund wirst; das ist ein Ding der Unmöglichkeit – du bist der Direktor, und als solcher beutest du die Artisten aus. Sie werden immer der Meinung sein, daß du zuviel verdienst und sie zuwenig. Und dann mußt du noch dafür sorgen, daß es den Tieren gutgeht. Du brauchst einen guten Tierarzt, der bei einem Elefanten die Verstopfung und bei einem Bären die Bindehautentzündung kuriert. Vor deinen Kollegen mußt du ebenfalls auf der Hut sein, weil sie dir ständig deine besten Artisten abspenstig machen, indem sie astronomische

Gagen bieten. Selbst bei den älteren Artisten mußt du aufpassen, denn sie gaukeln dir immer vor, sie hätten ein Angebot, natürlich ein phantastisches, nur damit du ihre Gage erhöhst. Aber das ist längst nicht alles. Diese kleinen Nervereien sind nur Peanuts, all das ist nur menschlich. Du mußt dich dann nämlich noch mit den französischen Behörden rumschlagen und dafür sorgen, daß du alle nötigen Genehmigungen kriegst. Wird der TÜV nicht doch noch etwas finden, was nicht vorschriftsmäßig installiert ist? Hast du alle Auslandssteuererklärungen ausgefüllt? Ist mit dem Bezirksamt, mit dem Rathaus, mit der Departementverwaltung, mit dem Kultur- und dem Gesundheitsministerium alles abgeklärt? Hast du die Erlaubnis der Außenhandelsbehörden zur Einfuhr von exotischen Tieren und die Erlaubnis des Innenministeriums, überhaupt eine Veranstaltung zu machen? Tag für Tag mußt du all das im Kopf haben und dir immer darüber im klaren sein, daß du trotz sämtlicher Bemühungen bestimmt vergessen hast, Formblatt B612 auszufüllen oder die Tierschutzerklärung zu unterschreiben. Am Abend, wenn dann die Zuschauer ins Zelt kommen, wirst du aus lauter Panik jeden einzelnen für irgendeinen Beamten halten, der dir gleich einen Schrieb vorlegt, mit dem er dir untersagt, die Abendvorstellung zu geben, weil du vergessen hast, das Papier, das dir vorschreibt, diese und jene Vorkehrungen für öffentliche Veranstaltungen zu treffen, auf Seite 27 zu unterschreiben. Nicht zu vergessen natürlich das Publikum – das dich liebt und haßt zugleich, denn überall und immer wird man dir alle Diebstähle und Einbrüche anlasten, die in der Gegend begangen werden, in der du gastierst, was aber niemanden daran hindern wird, zur Vorstellung zu kommen. Und wenn du dann all diese Kleinigkeiten bewältigt hast, darfst du dich an die Abrechnung machen. Du wirst Ausgaben und Einnahmen gegeneinander verrechnen, und du wirst keinen Schlaf mehr finden, weil du dich jede Nacht fragst, wie du morgen das Futter für die Löwen bezahlen sollst. Also reduzierst du die Ausgaben, und dafür springen dir deine Leute mit dem nackten Arsch ins Gesicht. Erhöhst du aber die Ausgaben wieder, geht dein Geschäft den Bach runter. So. An all das mußt du denken, wenn du einen Zirkus hast. Und das ist nur ein Bruchteil.«

»Aber warum machen Sie diesen Job dann, wenn alles so schwierig ist?«

»Weil das Zirkus ist, Monsieur! Weil es nichts Schöneres gibt als einen Clown im Scheinwerferlicht! Weil ein einzelner Mann inmitten von wilden Tieren einen Zauber entfacht, der erhalten bleiben muß. Wovon sollen Kinder denn träumen, wenn es keinen Zirkus mehr gibt?«

Wir schwiegen eine Weile. Massila starrte vor sich hin, und wir warteten.

»Danke für deine Ratschläge, Massila. Aber ich will es trotzdem versuchen.«

»Warum?«

»Wenn ich es jetzt nicht mache, mache ich es nie. Und das würde ich mir nicht verzeihen.«

»Gute Antwort, Marco. Die Plane gehört dir. Wohin sollen wir sie bringen?«

Wir kehrten aufs Gelände zurück und trafen auf Koutsen, der angeregt mit dem Belgier diskutierte. Koutsen fuchtelte wild herum und tobte, der Belgier versuchte, ihn zu beruhigen. Kaum sah Koutsen uns kommen, stürzte er sich gleich auf Marco.

»Unter solchen Bedingungen kann ich nicht arbeiten. Macht mit dem Hund, was ihr wollt, aber mit mir braucht ihr nicht mehr zu rechnen. Schluß! Aus! Finito! Ich wußte ja, auf was für einen Saftladen ich mich da einlasse, aber daß es gleich so schlimm kommt, hätte ich nicht gedacht. Es reicht – lebt wohl!«

»Was ist denn passiert, Monsieur? Würden Sie mir bitte erklären, was vorgefallen ist?«

»Frag doch diesen Trottel da!«

»Ich höre, Belgier.«

»Ich war's nicht, ich schwör's.«

»Was warst du nicht?«

»Das mit Weisnix. Ich war's nicht.«

»Aber natürlich war er es nicht! Und die anderen auch nicht. Keiner war's. Der Hund ist verschwunden, und keiner war's.«

»Der Hund ist verschwunden?«

»Ja, mein Freund, verschwunden, er hat sich plötzlich in Luft aufgelöst. Oder sollte ich besser sagen, er ist entführt worden – wenn ich diesem Wahnsinnigen Glauben schenken soll?«

»Vielleicht könnte mir das mal jemand ganz langsam, von Anfang an, und in Ruhe erklären. Ich verstehe nämlich kein Wort.«

»Heute morgen wollte ich, wie zuletzt jeden Morgen, den Hund abholen. Und dann lief mir dieser Bärtige über den Weg ...«

»D'Artagnan.«

»D'Artagnan! Dumas würde sich im Grabe umdrehen, wenn er mitansehen müßte, was aus seinem d'Artagnan geworden ist. Nun, jedenfalls kam euer Musketier und hat mir einfach so en passant verkündet, daß der Hund nicht hier sei, daß er von nun an überhaupt nicht mehr hier sein würde und daß ich mir nicht mehr die Mühe zu machen brauchte, ihn abzuholen. Als ich ihn bitte, mir das genauer zu erklären, hat mich dieser Flegel einfach nur aufs übelste angeschnauzt, weggeschickt und auf dem Absatz kehrtgemacht. Und dann traf ich diesen Neandertaler hier, der mir erzählte, daß der Hund weit weggebracht worden sei, weil er euch gehöre, und daß ich bloß nicht mehr in seine Nähe kommen solle ... oder so etwas in dieser Tonart.«

Wutentbrannt stürzte sich Marco auf den Belgier und packte ihn am Kragen.

»Du hast zehn Sekunden, mir zu erklären, was dieser Unsinn soll, Belgier. Und dann bring ich dich um.«

»Ich war's nicht, Marco, ich schwör's, ich war's nicht. Es war d'Artagnan. Er traut dem Alten nicht ...«

Marco drückte dem Belgier brutal die Kehle zu.
»Das ist Monsieur Koutsen, Belgier, nicht ›der Alte‹.
Monsieur Koutsen.«

»Wie auch immer, Marco – Monsieur, Madame,
Eure Exzellenz –, aber ich war's nicht. Ich war sogar
dagegen. Es waren d'Artagnan und Francis. Du kennst
doch d'Artagnan, wenn er sich mal was in den Kopf
gesetzt hat.«

Marco stieß den Belgier so grob von sich, daß
der auf dem Arsch landete. Koutsen wirkte ziemlich
beunruhigt, als er Marcos blinde Wut sah, und ich
bekam langsam Angst um d'Artagnan.

»Und wie ich ihn kenne, diesen Scheißkerl! Aber
jetzt wird er mich kennenlernen. Kommen Sie mit,
Monsieur, wir holen den Hund.«

Marco ging mit großen Schritten zum Zelt, gefolgt
von Koutsen, der versuchte, ihn zu beruhigen, und
immer wieder betonte, daß im Grunde doch alles gar
nicht so schlimm sei. Gefolgt auch vom Belgier und
von mir, die wir uns auf eine ordentliche Schlägerei
gefaßt machten.

D'Artagnan war Ende Dreißig und sah gut aus
für sein Alter. Er hatte schulterlanges graumeliertes
Haar, Schnauzer und Bärtchen, auch sie graumeliert,
zierten vornehm sein Gesicht. Er trug immer Jeans –
Jacke wie Hose, wobei die Jacke ein weißer Pelzkragen
schmückte. D'Artagnan war zwar nicht sehr groß,
aber er ging immer ganz aufrecht und mit erhobenem
Kopf, womit er anderen Respekt einflößte. Er sah von
uns allen am besten aus und hatte auch großen Erfolg bei den Frauen. Im Prinzip erkannte er Marcos

Autorität an, was ihn nicht daran hinderte, sie immer wieder in Frage zu stellen. Aber er war klug genug, nicht auf Konfrontationskurs zu gehen und seine Kritik nicht vor Marco anzubringen. Er ließ lieber die anderen die Suppe auslöffeln. Francis und der Belgier hatten schon oft Prügel kassiert, weil sie laut ausgesprochen hatten, was er dachte. Diesmal aber war Marco so aufgebracht, daß d'Artagnan wohl kaum um eine Abreibung herumkam.

D'Artagnan stand mitten im Zelt, als er Marcos Schlüssel klirren hörte. Er drehte sich um, sah, daß Marco fuchsteufelswild war, und wollte schon die Flucht ergreifen, doch zu spät – Marco fing ihn mit einem gigantischen Schlag ein.

»Du Scheißkerl, du Drecksack! Wo ist der Hund?«

»Ich weiß es nicht.«

»Willst du noch eine, du Mistkerl? Du hast drei Sekunden, um mir zu sagen, wo Weisnix ist, und um dich bei Monsieur Koutsen zu entschuldigen.«

»Nein!«

Die Antwort kam so unerwartet, daß sie Marco für einen kurzen Moment aus dem Konzept brachte.

»Was soll das heißen – ›nein‹?«

»Weisnix gehört uns, nicht ihm.«

»Wer hat denn behauptet, daß Weisnix ihm gehört? Ich bestimmt nicht.«

»Trotzdem sehen wir ihn kaum noch, den ganzen Tag lang hat der Alte ihn ...«

»Das ist Monsieur Koutsen, d'Artagnan. Wenn du noch einmal so respektlos von ihm sprichst, kriegst du von mir einen Tritt, an den du dich dein Leben lang erinnern wirst.«

»Gut, von mir aus. Monsieur Koutsen. Aber das ändert nichts an der Tatsache, daß er unser Hund ist und bleibt. Und deshalb habe ich entschieden, ihn in Sicherheit zu bringen.«

»Das war eine grandiose Idee, d'Artagnan. Spitze! Und was hast du jetzt mit dem Hund vor?«

»Also ...«

»Also was, du Arschloch? Schön, wenn man eine Entscheidung trifft – aber man muß auch die Konsequenzen tragen. Ohne Hund keine Nummer, und ohne Nummer kein Zirkus. Also, was nun?«

D'Artagnan wußte nicht, was er sagen sollte. Marco ließ ihm auch keine Zeit, darüber nachzudenken.

»Du holst jetzt den Hund, und zwar dalli. Keiner von uns kann mit diesem Hund je eine Nummer aufführen. Das kann nur Monsieur Koutsen. Du solltest dich also damit abfinden, daß Monsieur Koutsen von nun an zu unserer Truppe gehört und die gleichen Rechte hat wie du und ich. Ohne seine Hilfe wird aus dem Hund nichts.«

Doch d'Artagnan rührte sich immer noch nicht. Statt dessen sah er Marco trotzig an.

»Hol meine Peitsche, Belgier!«

»Was?«

»Die Peitsche, verdammte Scheiße noch mal!«

Der Belgier eilte davon.

»Darf man erfahren, was du vorhast, Marco?«

»Ich werde den Hund holen, Monsieur. Wenn die Peitsche es seinerzeit geschafft hat, den Sklaven ihren

Freiheitsdrang auszutreiben, dann kann sie sicher auch der Erinnerung dieses Vollidioten hier auf die Sprünge helfen.«

D'Artagnan bekam Angst. Er begriff, daß er aus dieser Klemme nur herauskam, wenn er Marcos Bitte sofort und unverzüglich nachkam. Bis dahin hatte sein Stolz es ihm verboten, das Versteck des Hundes zu verraten. Nun beugte er sich der Macht der Peitsche.

»Du wirst doch nicht ...«

»Doch, das werde ich. Ich lasse mir nicht von so einem Stück Scheiße wie dir meinen Plan durchkreuzen. Von niemandem. Von nun an tanzt mir keiner mehr auf der Nase rum. Ich werde diesen Zirkus auf die Beine stellen – und wehe dem, der mich daran hindern will!«

Der Belgier kam mit der Peitsche zurück. Bevor er sie Marco überreichte, warf er uns ein paar ängstliche Blicke zu. Tony und Francis waren gekommen, auch Salaam war da. Wir zogen Marcos Entscheidungen normalerweise nicht in Zweifel, und wir wußten, daß das, was sich d'Artagnan da leistete ein schwerer Angriff auf Marcos Autorität und auf unsere Zukunft war. Dennoch fanden wir, daß der Einsatz der Peitsche doch zu radikal und zu brutal war, als daß wir Marco ohne Widerrede gewähren lassen konnten. D'Artagnan saß in der Patsche. Er konnte Marco weiterhin die Stirn bieten und die Prügel seines Lebens beziehen, dafür würde er sein Gesicht nicht verlieren, oder er konnte vor uns allen klein beigeben und riskieren, daß sein Ansehen in der Gruppe schweren Schaden nahm.

»Der Hund ist bei Maman Rose«, sagte er zu unserer großen Erleichterung. »Ich beuge mich der Gewalt«, fügte er mit leisem Aufbegehren hinzu.

Er hätte besser die Klappe gehalten. Diese Bemerkung trieb Marco zur Weißglut. Wir alle kannten seinen rechten Haken, aber wir waren doch erstaunt, mit welcher Geschwindigkeit und Brutalität er in d'Artagnans Visage landete.

Wir gingen alle zu Maman Rose, wo Weisnix uns freudig begrüßte. Francis und ich hatten d'Artagnan bis zum Bistro gestützt. Er blutete aus der Nase, und an seinem geschwollenen Mund stachen die Barthaare heraus wie Igelborsten. Marco war ihm schon nicht mehr böse, und wir waren froh, daß die Sache vorerst erledigt war.

Der Belgier versuchte, d'Artagnan wieder aufzumuntern. »Du bist wirklich verrückt, Alter. Ich hab schon gedacht, er zertrümmert dir die Fresse ... Was du da abgezogen hast – dazu braucht es echt Mumm.«

Monsieur Koutsen schien von dem Vorfall peinlich berührt, aber er kannte unsere Umgangsformen nun mal nicht. Uns sah er freundlich an, Marco hingegen beäugte er besorgt von der Seite.

»Ich geb einen aus. Champagner für alle.«

»Für mich nicht. Für mich ein großes Glas Roten.«

»Rotwein, sehr gut. Damit kann man auch anstoßen, es ist das Blut des Weinbergs. Also, Kameraden, heben wir das Glas auf unsere wiederentstandene Freundschaft und auf den Erfolg unseres Projekts.«

Koutsen merkte, daß wir eher wegen der Wirkung des Alkohols tranken, als das Wiedersehen mit dem

Hund zu feiern. Die Stimmung war immer noch gedämpft. Diese rohe, brachiale Gewalt, die wir noch vor wenigen Minuten erlebten, hatte uns alle befremdet. In gewisser Weise hatte Marco seine Kompetenzen als Chef überschritten, und das trugen wir ihm nach. Noch nie hatten wir bei ihm eine so blinde Wut erlebt. Wenn er die Hand gegen einen von uns erhob, lag in seinen Schlägen immer ein Hauch von Mitgefühl, ich würde sogar sagen, von Freundlichkeit. Mit seiner Peitsche aber ging es nur darum, d'Artagnan Schmerz zuzufügen, das stand außerhalb jeder Diskussion. Das würden wir nicht so schnell vergessen können.

Weisnix merkte, daß es keinen Sinn hatte, um Streicheleinheiten zu betteln. Er hatte es immer wieder versucht und mit seiner Schnauze unsere Hände angestupst, doch dann hatte er es aufgegeben. Alles schwieg. Erst nach ein paar Minuten erhob Marco das Wort, und schon die ersten Sätze verrieten, daß er sich rechtfertigen und uns erklären wollte, warum er so reagiert hatte.

»Léon war es, der mich damals mit Joseph Stromboli bekanntgemacht hat ... Léon von den Elefanten. Er hat damals bei Stromboli gearbeitet. Der Zirkus Stromboli war nicht sehr groß; ein grün-orangefarbenes Zelt mit zirka dreihundert Plätzen, aber mit einer beachtlichen Menagerie. Vier Löwen, drei Tiger, zwei Braunbären, zwei Dromedare, sechs Pferde und die drei Elefanten von Léon. Stromboli suchte einen Stallmeister, der sich um die Viecher kümmerte. Ich hatte zwar keine große Erfahrung, aber ich wurde engagiert, weil gerade kein anderer zur Stelle war und ich nicht viel Gage verlangte. Joseph Stromboli war ein kleiner Mann mit einem strammen dicken Bauch. Er war kahl wie ein Mönch und trug stolz einen spitzen Schnauzbart zur Schau, den er jeden Morgen mit Kerzenwachs einrieb, damit er waagerecht abstand. Er war ein Bild von einem Zirkusdirektor – cholerisch, großmäulig und schroff –, doch er verstand es, seine Leute zusammenzuhalten, und der Zirkus lief gut. Eigentlich war ich Dresseur und Dompteur, doch in so einem kleinen Zirkus erfüllt jeder mehrere Aufgaben. Außer Léon natürlich, der sich nur um seine Elefanten kümmerte. Alles lief gut, bis dann in Turin eine Frau mit einer Bitte an mich herantrat. Sie hatte mich am Abend zuvor bei der Vorstellung gesehen und war überzeugt, ich könne ihr helfen.

›Ich habe eine große Dummheit begangen, Monsieur. Vor zwei Jahren bin ich nach Schwarzafrika gefahren. – Kennen Sie Schwarzafrika?‹

›Die Gefängnisse von Mali kenne ich ein bißchen.‹

›Tatsächlich? Na ja, ist ja auch egal. Zumindest kennen Sie sich aus und wissen, wie es dort unten ist. Das Land, die Leute, die Sonne ... Eine Europäerin kann dem nicht widerstehen. Niemand kann dem widerstehen. Mit einemmal fühlt man sich frei wie ein Vogel und glaubt, alles sei möglich, weil alles dort so einfach ist. Ich liebe Afrika! Und so bin ich dem Charme eines liebenswerten Äffchens erlegen, das seine Mutter verloren hatte. Das Tier mochte mich, und ich habe ihm meine ganze Zeit gewidmet. Ich habe es gefüttert und überallhin mitgenommen, es schlief sogar in meinem Bett ...‹

›Und dann wollten Sie das Äffchen mit nach Europa nehmen.‹

›Ja, es war so süß, so putzig. Verstehen Sie?‹

›Ich verstehe Sie sehr gut. So ein Tierchen ist ja auch liebenswert, vor allem wenn es klein ist.‹

›O ja! Es war wirklich ein verschmustes kleines Teufelchen – und so unberechenbar. Ich bereue es keineswegs, daß ich das Tier mitgenommen habe, das heißt, ich bereute es damals noch nicht ...‹

An dieser Stelle hätte ich das Gespräch abkürzen können, denn ich wußte ganz genau, was sie mir erzählen würde. Doch ich wollte, daß sie es bis zum bitteren Ende erzählte – daß sie sich vor mir erniedrigte, daß ihr das eine Lehre sein und sie hindern würde, in Zukunft noch einmal so einen Unsinn zu machen. Mir graut es vor Menschen, die meinen, Tiere seien aus Plüsch, und man könne sie ihrer natürlichen Umgebung entreißen, ohne daß das Folgen hätte. Der Frau war es sehr peinlich, mir ihre Geschichte zu erzählen, denn so mußte sie ihrer Verantwortungslosigkeit ins Gesicht sehen, und ich kam ihr mit keinem Wort zu Hilfe.

›Marie – so nannte ich sie – hat sich am Anfang sehr gut in meiner Wohnung eingelebt. Sie war sogar schnell stubenrein. Schon nach wenigen Monaten brauchte sie keine Windeln mehr. Und sie wuchs.‹

›Und damit hatten Sie nicht gerechnet.‹

›Schimpfen Sie nicht mit mir. Woher sollte ich das denn wissen?‹

›Daß ein Kind heranwächst? Ja, in der Tat, woher sollten Sie das wissen? Das ist schließlich eine ganz neue Erkenntnis.‹

›Ich bitte Sie – sie war so klein, so süß ... Ich hatte zuvor noch nie einen ausgewachsenen Schimpansen gesehen. Für mich war sie wie Judy aus *Daktari* – wissen Sie, diese Fernsehserie damals ... Judy war so klein, und sie blieb klein. Und ich dachte, ein Schimpanse wird niemals größer als Judy.‹

Natürlich kannte ich *Daktari*. Wir sprachen hin und wieder über diese Serie, über Judy und Clarence, den schielenden Löwen, der sich immer nur bewegte, wenn man an seiner Kette zog ... Ich weiß nicht, wie viele Schimpansenbabys verschlissen wurden, um diese Judy zu spielen, jedenfalls hatte sie immer dieselbe Größe. Durch den Erfolg dieser Fernsehserie waren viele Leute ganz vernarrt in Schimpansen ... Doch diese Trottel stellten sie sich immer vor wie Judy, klein und brav. Ein ausgewachsener Schimpanse aber besteht auf einen Meter Größe aus achtzig Kilo Muskelmasse. Er ist so stark wie Superman und Batman zusammen und reißt einem Menschen so leicht den Kopf ab wie ich einem Teddybären. Und erst die Hauer! Eckzähne von fünf, sechs Zentimetern. Das ist dann plötzlich gar nicht mehr süß und kann in kürzester Zeit verdammt gefährlich werden, wenn man dem Affen nicht klarmacht, wer der Chef ist. Aber dieses naive Hausmütterchen hatte das nicht begriffen. Anstatt die Zähne zu zeigen und sich wie ein dominantes Weibchen zu verhalten, hat sie den Affen mit erhobenem Zeigefinger gescholten. Eine

Katastrophe! Will man gegenüber einem wilden Tier das Sagen haben, muß man sich wie ein Wilder aufführen – niemals wie ein Mensch.«

»Ich kannte mal eine Frau, die hatte zwei kleine Affen. Um sie zu beruhigen, gab sie ihnen Whisky. Bis sie ins Delirium fielen.«

»War das nicht zufällig deine Frau, Francis?«

»Halt's Maul, Belgier.«

»Monatelang erlebte diese arme Frau nun die Hölle auf Erden«, fuhr Marco fort. »Marie sagte, wo's langging, und nahm sorgfältig die Wohnung auseinander, die schließlich zu ihrem Revier geworden war. Die Frau konnte keinen Besuch mehr empfangen und traute sich selbst kaum noch nach Hause. Die ach so süße Marie hatte in ihrer Paarbeziehung die Rolle des Leittiers übernommen.

›Das ist kein Leben mehr, das ist eine Katastrophe. Ich weiß nicht, wie ich mir helfen soll. Ich habe einen Horror davor, meine Wohnung zu betreten. Marie schlägt mich!‹

Und die Frau zeigte mir ihre Arme – voller blauer Flecke und Bißwunden.

›Sie müssen mir helfen, Monsieur. Nehmen Sie Marie in Ihrem Zirkus auf, dort ist sie glücklicher als bei mir.‹

›Nein, Sie wären glücklicher – das ist die Wahrheit.‹

›Wenn Sie Marie nicht aufnehmen, lasse ich sie einschläfern. Ich kann so nicht mehr weiterleben. Ich gebe Ihnen auch gerne Geld, wenn es nur das ist.‹

›Behalten Sie Ihr Geld, ich will es nicht. Ich werde Ihre Marie abholen. Aber Sie versprechen mir, daß Sie in Zukunft die Finger von wilden Tieren lassen. Legen Sie sich einen Goldfisch zu oder einen Hamster, aber lassen Sie die Löwen und Schimpansen im Dschungel. Damit tun Sie sich einen großen Gefallen, und den Tieren ersparen Sie Quälerei.‹

›Das verspreche ich.‹

So holte ich Marie dann ab. Die Wohnung glich einem Schlachtfeld. Es gab kein einziges intaktes Möbelstück mehr, vom Gestank ganz zu schweigen ... schlimmer noch als im R16 vom Belgier. Marie war ein prächtiges Weibchen, sie war um die viereinhalb, fünf Jahre alt und körperlich voll entwickelt. Nur ihr seelischer Zustand war jämmerlich. Sie hatte keinerlei Orientierung, keinerlei Struktur, in der sie sich hätte zurechtfinden können. Sie war in einer für sie völlig unnatürlichen Umgebung aufgewachsen und mußte sich nun innerhalb der Regeln der Menschenwelt, die sie nicht verstand, eigene Regeln schaffen. Ich hatte meine liebe Not, sie einzufangen und in den Käfig zu stecken.«

»Und wie hat dieser Tromboli reagiert?«

»Stromboli. Stromboli hat getobt wie ein Irrer.

›Was soll das? Was glaubst du eigentlich, wo du bist, du Zeltbauer! Ist das hier etwa dein Zirkus? Was fällt dir ein, einfach irgendwelche Tiere anzuschleppen, ohne mich zu fragen? Wo kommen wir hin, wenn jeder dahergelaufene Zeltarbeiter plötzlich anstelle des Direktors Entscheidungen fällt? Ich bin kein Kommunist, Marco, ich bin hier der Chef. Ich,

ich ganz allein entscheide, ob ein Tier aufgenommen wird. Und überhaupt – was kann dieses Tier denn?‹

Ich erzählte ihm die Geschichte von dieser Frau.

›Pah! Ein Maul mehr, das ich füttern muß! Aber das, das geht dir natürlich am Arsch vorbei. Ist ja nicht dein Problem, ist ja nicht dein Geld. Ich, Stromboli, darf dafür blechen. Stromboli, dieses Riesenarschloch, mit dem du machen kannst, was du willst – das denkst du wohl. Ja, ja, ich weiß sehr wohl, was hinter meinem Rücken getuschelt wird – daß ich gar nicht mehr weiß, wohin mit meiner ganzen Kohle, daß ich die Taschen randvoll habe, daß ich nur zu knausrig bin, was abzugeben ... Aber, Bürschchen, ich sag's dir klipp und klar: Für dieses Tier gebe ich keinen Heller aus. Keinen einzigen Heller. Wenn du das Tier behalten willst – bitte sehr, behalt es. Aber die Kosten trägst du selbst. Ich werde dir das Futter von deiner Gage abziehen. Und wenn es zuviel frißt, krieg ich von dir noch was raus. Ach, das hätte ich fast vergessen – daß dich dieses Viech ja nicht von der Arbeit abhält! Ich bezahle dich. Ich! Verstanden? Also, mach damit, was du willst, aber mach es außerhalb deiner Arbeitszeit. Sollte ich feststellen, daß du deine Pflichten auch nur im geringsten vernachlässigst, kannst du dich warm anziehen. Dann behalte ich deine Gage ein. Und das meine ich ernst.‹

Immerhin hat er mir einen Käfig zur Verfügung gestellt, den ich aber weitab von den anderen Tieren aufstellen mußte. ›Daß mir dieser durchgedrehte Affe ja nicht meine Tiere verschreckt!‹ sagte er. Also stellte ich Maries Käfig weit vom Zelt entfernt auf. Ich habe sehr bald gemerkt, daß Stromboli recht hatte: Marie war völlig durchgedreht. Sie klammerte sich brüllend an die Gitterstäbe und schüttelte ihren Käfig wie eine Wahnsinnige. Und wehe dem, der in ihre Nähe kam! Einmal packte sie mich und drückte mich mit einer solchen Kraft an die Gitterstäbe, daß ich mir den Kopf aufschlug und ohnmächtig wurde. Wäre Léon nicht dagewesen, hätte Marie mich getötet. Sie war wirklich ein wildes Tier.

Ich weiß nicht, warum, aber ich fühlte mich irgendwie verantwortlich für sie. Ich ging mehrmals am Tag zu ihr und redete ihr gut zu, erklärte ihr, wer ich bin, was ein Zirkus ist und daß sie mit dem ganzen Theater nichts erreicht. Zehn Tage lang tobte und brüllte sie in ihrem Käfig herum. Es machte einen ganz verrückt. Die Schreie eines wütenden Affen sind schrecklich laut und durchdringend. Stromboli wollte sie schon einschläfern lassen.

›Sie ist total irre. Unheilbar. Glaub mir, Marco. Sie macht uns alle verrückt. Ich mache kein Auge mehr zu – hier, sieh dir meine Augenringe an, mein Gesicht ... Ich bin schon ganz grün. Ich brauche meinen Schlaf, um den Laden hier am Laufen zu halten. Der Tierarzt soll ihr eine Spritze geben.‹

›Geben Sie mir noch eine Woche, Monsieur. Wenn ich es bis dahin nicht schaffe, sie zu beruhigen, gebe ich auf.‹

›Eine Woche? Eine ganze Woche? Warum denn nicht gleich bis in alle Ewigkeit? Bis du es geschafft hast? Noch eine Woche ohne Schlaf – das überstehe ich nicht. Es sei denn ... Klar, das ist es! Jetzt habe ich begriffen: Du willst mich fertigmachen, du willst mich mürbe machen, mir auch die letzte Kraft rauben und dann meinen Platz einnehmen. Alle wollen meinen Kopf. Aber ihr kriegt mich nicht – du wirst meinen Skalp nicht bekommen. Nein, du nicht! Du bist viel zu jung, um mir angst zu machen, viel zu unbedeutend ... Aber ich, ich bin ja ein netter Mensch, und niemand soll später behaupten, daß ich ein Tier grundlos eingeschläfert hätte. Also: Ich gebe dir zwei Tage. Genau zwei! Danach – pieks – und leb wohl, du blöder Affe!‹«

»Das ist ja vielleicht ein Typ! War der immer so?«

»Ein Italiener. Er hat immer den Mund so voll genommen. Er war eifersüchtig und immer auf der Hut. Er mochte niemanden, allen mißtraute er. Nach dieser Auseinandersetzung ging ich zu Marie. Ausnahmsweise saß sie mal ganz still und reglos hinten in ihrem Käfig. Ich erklärte ihr, daß ich zwei Tage hätte, sie zu retten, zwei kurze Tage ... Sie hörte mir zu, dann drehte sie mir den Rücken zu. Ich war wirklich völlig verzweifelt, ich wußte einfach nicht, was ich machen sollte. Nur eines wußte ich mit Sicherheit: daß man sie nicht töten durfte. Das wäre eine schreiende Ungerechtigkeit gewesen. In der Nacht hat Marie keinen Mucks von sich gegeben, dafür habe ich kein Auge zugemacht. Frühmorgens ging ich zu ihr. Sie saß immer noch ganz hinten in ihrem Käfig, als hätte sie aller Mut verlassen. Ich weiß nicht, was in diesem Moment in mich gefahren ist, aber ich tat das, was mir als die normalste Sache der Welt erschien – ich ging zu ihr in den Käfig, schloß die Tür und setzte mich wortlos hin. Lange Zeit starrte sie mich erstaunt an, dann stand sie auf, kam vorsichtig näher und setzte sich mir gegenüber. So saßen wir von Angesicht zu Angesicht da, ohne zu sprechen, ohne uns zu bewegen. Dann machte ich den Mund auf – und sofort fuhr sie mir mit der linken Hand an den Hals. Ich hatte keine Zeit mehr, um zu reagieren. Ihre kräftigen langen Finger hielten meinen Hals umklammert wie ein Schraubstock. Ich spürte, daß sie immer noch enorme Kraftreserven hatte und mir den Hals brechen konnte, wenn sie wollte. So verharrten wir ein paar Sekunden, bis Marie ihre andere Hand an mein Gesicht führte, den Zeigefinger ausstreckte und mir ganz behutsam die Augenwinkel säuberte. Sie tat dies mit großer Zärtlichkeit, wie eine Mutter, die ihr Kind wiegt, wenn es Fieber hat und nicht einschlafen kann.«

»Sie hat dir den Sand aus den Augenwinkeln geholt? Das ist ja eklig! Und was hat sie dann gemacht? Hat sie ihn dann gefressen?«

Ich gab dem Belgier eine Kopfnuß, damit er den Mund hielt.

»Dann nahm ich Marie an der Hand, und wir verließen zusammen den Käfig. Wir gingen zum Zirkus, ich zeigte ihr alles, die Wohnwagen, die Käfige, und erklärte ihr alles. Im Zelt sagte ich dann zu ihr, daß das hier ihr Reich werden könnte, wenn sie wollte. Ich ließ sie mitten in der Manege stehen, holte einen Ball und warf ihn ihr zu. Sie fing ihn gleich auf und warf ihn mir zurück. In diesem Moment wußte ich, daß Marie gerettet war.«

Marco hielt inne. Er schien sich ganz in seinen Erinnerungen verloren zu haben.

»Léon sah mich als erster mit Marie. Er konnte es gar nicht fassen. Mit seiner näselnden Stimme sagte er immer wieder: ›Du bist der Größte, Marco, du bist der Größte. Ich habe einen Hunderter drauf verwettet, daß sie die Spritze bekommt.‹

›Das hätte ich nie zugelassen.‹

›Ach was! Stromboli hätte dich gefeuert, wenn du dich quergestellt hättest. Das weißt du. Aber es spielt ja keine Rolle mehr, jetzt bleibt sie ja hier. Wie hast du das nur geschafft?‹

›Ich bin zu ihr in den Käfig gegangen.‹

›Im Ernst?‹

›Im Ernst.‹

›Du spinnst, Marco, sie hätte dich töten können.‹

›Hat sie aber nicht.‹

Die Neuigkeit verbreitete sich schnell im Zirkus, und alle beglückwünschten mich. Für sie war es eine große Überraschung, denn keiner hatte mir eine Chance gegeben. Schon gar nicht Stromboli.

›Nur, weil dieser Affe jetzt nicht mehr schreit, füttere ich ihn noch lange nicht durch, Marco – solange er nicht arbeitet, kommst du für ihn auf. Es ist dein Affe, du bist für ihn verantwortlich. Und eines sage ich dir: Ein wildes Tier ist und bleibt ein wildes Tier. Du wirst schon sehen – Marie wird nichts als Ärger machen. Und mit Ärger kenne ich mich aus; den habe ich nämlich den lieben langen Tag.‹«

»Wie hast du Marie dann dressiert?«

»Ganz normal. Wir haben gespielt. Erst mit einem Ball, dann mit Keulen. Danach haben wir mit ungleichen Stöcken jongliert und die üblichen Balanciernummern gemacht. Mit Marie zu arbeiten hat riesigen Spaß gemacht. Nach und nach begriffen die Leute im Zirkus, daß zwischen Marie und mir etwas ganz Besonderes ablief. Der erste, dem dies auffiel, war Stromboli. Als er mitbekommen hatte, daß ich mit Marie arbeitete, setzte er sich immer auf die Tribüne und sah uns beim Training zu. Langsam kamen immer mehr Leute. Erst fürchtete ich, daß Marie bei diesen vielen Menschen wieder durchdrehen könnte – aber je mehr Menschen da waren, desto besser arbeitete sie, und es wurde schnell klar, daß sie gerne im Mittelpunkt stand. Ich bereitete eine kleine Nummer vor, bei der sie auf einen Hocker steigen und mir die Jonglierbälle stibitzen mußte. Die Nummer war eigentlich gar nicht besonders lustig, und ich verstand nicht, warum die Leute, die an jenem Tag zusahen, lachten. Marie aber, die mir eigentlich nur die Bälle klauen mußte, war von dem Gelächter wie angestachelt. Sie hatte begriffen, daß die Leute ihretwegen lachten. Sie fing einen Ball, fing auch den zweiten, doch anstatt den dritten zu fangen, hielt sie mir die Augen zu, und ich ließ den Ball fallen. Das Publikum klatschte. Von diesem Tag an machte Marie immer wieder neue Sachen, sie probierte alles, wiederholte aber nur die Kunststücke, die die Leute zum Lachen brachten. Ich muß dazusagen, daß ich Marie zu diesem Zeitpunkt schon nichts mehr beibrachte – sie erfand ihre Kunststückchen inzwischen selbst. So etwas hatte ich zuvor nie erlebt, und ich begriff, daß Marie ein Subjekt sein mußte.«

»Ein Subjekt wie unser Hund?«

»Ja, genau wie unser Hund. Wir trainierten nun immer frühmorgens und spätabends nach der Arbeit. Marie schlief bei mir im Wohnwagen, wir aßen zusammen, wir spielten zusammen. Ich habe mich einem Tier nie so verbunden gefühlt ... auch nicht einem Menschen. Marie und ich verstanden uns, wir hatten die gleiche Wellenlänge. Sie war meine Freundin geworden. Ich muß gestehen, daß mich die anderen Tiere nicht mehr sonderlich interessierten, und das spürten sie auch. Stromboli schimpfte ununterbrochen.

›Das ist doch zum Kotzen, Marco! Was richtest du hier für ein Chaos an? Die Tiere sind deprimiert und verkümmern, während der gnädige Herr sich mit seiner Äffin vergnügt! Vögelst du sie eigentlich auch? Das sollte man mit Tieren nicht tun, das verstört sie. Und dann auch noch in deinem Bett? Das wird ja immer schöner. Ein Tier muß in seinem Käfig schlafen, so ist das im Zirkus Stromboli. Meine Tiere haben in den Betten meiner Leute nichts verloren. Aus!‹

›Marie ist nicht Ihr Tier – das haben Sie mir deutlich genug klargemacht. Sie gehört mir, ich bezahle ihr Futter, und ich trainiere außerhalb meiner Arbeitszeiten mit ihr. Also, lassen Sie mich in Frieden damit!‹

›Ah ja. Jetzt kommen wohl die Drohungen und die Beleidigungen. Aber damit hätte ich rechnen müssen. Einer muß ja schuld sein – und das ist natürlich

Stromboli, der gute Stromboli! Das ist ja auch so einfach. Aber mir reicht's. Ich habe die Nase gestrichen voll von diesem Theater. Dieses Affenweib benebelt dein Hirn und das Hirn meiner Tiere. Entweder du kümmerst dich auch wieder um die anderen Tiere, oder du verschwindest von hier!‹

Strombolis Gebrüll ließ mich kalt. Ich war einfach glücklich. Marie und ich hatten jetzt monatelang an unserer Nummer gearbeitet, und die Ränge wurden immer voller. Nur Stromboli kam nicht mehr.

Léon warnte mich: ›Paß bloß auf – Stromboli will dir ans Leder.‹

›Ans Leder? Wie das denn?‹

›Mach die Augen auf, Marco! Marie ist ein ganz außergewöhnliches Tier. Mit ihr kannst du eine Jahrhundertnummer aufziehen. Stromboli hat das schon lange spitzgekriegt.‹

›Soll er doch froh sein! Dann hat er eine Attraktion.‹

›Ja, klar. Und wenn du dann dein eigenes Geschäft aufziehst – und das wirst du zwangsläufig eines Tages tun –, glaubst du, dann läßt er dich mit Marie gehen? Meinst du, er läßt sich ein Huhn, das goldene Eier legt, einfach so durch die Lappen gehen? Stromboli will Marie. Sei auf der Hut, ich sag's dir, er wird versuchen, sie dir wegzunehmen.‹

Ich maß Léons Worten keine große Bedeutung bei; ich war so auf Marie konzentriert, und mit ihr zu arbeiten machte mir derart Spaß, daß ich nichts hören wollte, was einen Schatten auf mein Glück werfen konnte. Ich glaubte Léon auch deswegen nicht so recht, weil Stromboli weiterhin wegen jeder Kleinigkeit herumbrüllte, die Marie betraf. Ich muß allerdings sagen, daß Marie auch ziemlich viel Mist gebaut hat. Glaubt bloß nicht, daß es nur ein Vergnügen ist, mit einem Subjekt zu arbeiten. Denn hohe Intelligenz bringt auch ausgefeilte Dummheiten mit sich. Einmal hat sie die Gitterstäbe abgeschraubt und ist aus ihrem Käfig abgehauen. Damals wuschen die Frauen im Zirkus ihre Wäsche noch in großen Eisenkesseln, die sie aufs Feuer stellten. Marie, die sie beobachtet hatte, wollte es ihnen gleichtun. Sie schnappte sich also einen Kessel, stellte ihn aufs Feuer und füllte Öl hinein – was für Marie eine Flüssigkeit war wie jede andere. Dann warf sie ein paar alte Kleider hinein, die irgendwo herumlagen, und stampfte die Wäsche. Das Öl fing natürlich Feuer, und ein Wohnwagen brannte ab. Für Stromboli war das ein willkommener Anlaß.

›Ich war zu gut zu dir, Marco, zu nachsichtig, ich hätte dir niemals solche Freiheiten lassen dürfen. Aber ich war blind, ich habe an dich geglaubt, denn ich habe dich geliebt wie einen Sohn. Du bist so talentiert, daß ich dir alles durchgehen ließ ... Mea culpa! Mea culpa! Aber jetzt reicht's. Du hast nichts mehr im Griff – deine Tiere nicht, und Marie schon gar nicht. Sieh dir nur diesen Haufen Asche an! Das ist dein Verdienst – ein Haufen Asche. Ein sehr symbolträchtiges Bild. Ich habe dir ein Juwel in die Hand gegeben, und du hast es verbrennen lassen. Aber noch ist nicht alles verloren. Marie kann noch einmal davonkommen, und du mit ihr.‹

›Worauf wollen Sie hinaus, Stromboli?‹

›Ich leide, Marco, ich leide, weil ich einen großen Fehler gemacht habe. Alles ist meine Schuld. Aber es fuchst mich, es vor dir einzugestehen. Du kennst mich doch. Ich bin stolz. Ich bin der Chef. Einen Fehler zuzugeben fällt mir schwer. Aber dir kann ich es sagen: Ich hätte dir Marie niemals überlassen dürfen. Du bist zu jung und zu gutmütig für eine solche Aufgabe. Du hast keine Erfahrung. Aber das ist normal, es ist nicht dein Fehler, Marco, nein, es ist nicht dein Fehler. Ich allein trage die Schuld. Ich, Joseph Stromboli, habe dir eine viel zu große Verantwortung übertragen. Das wurmt mich. Du glaubst gar nicht, wie mich das wurmt. Da kannst du mal sehen, wie aufrichtig ich zu dir bin, ich kehre mein Innerstes nach außen, ich gestehe vor dir alle meine Irrtümer ein – ja, ich bitte dich sogar, mir Vorwürfe zu machen. Schnauz mich an, Marco! Komm schon, keine Angst: Stromboli! Stromboliii! Warum hast du mich verlassen? Schrei mich an, mein Junge!‹

Als ich nicht reagierte, beruhigte er sich wieder.

Dann sagte er mir ins Gesicht: ›Ich habe Carling gebeten, sich um Marie zu kümmern.‹ Und er machte auf dem Absatz kehrt und wollte davonstapfen.

›Marie gehört mir, Stromboli. Um Marie wird sich niemand kümmern außer mir selbst. Klar?‹

›Dir? Marie gehört dir? Du jämmerlicher Wicht! In diesem Zirkus gehört dir gar nichts. Ich habe Marie aufgenommen. Ich habe ihr Futter besorgt. Ich habe für sie bezahlt. Sie gehört dem Zirkus Stromboli. Wenn du es wagst, mit Marie auch nur einen Schritt aus diesem Zirkus zu machen, hetze ich dir die Bullen auf den Hals. Und dann kommst du ins Kittchen und dort, im finstersten Knast, lasse ich dich verrecken. Was bildest du dir eigentlich ein, du Wurm? Daß du dich Joseph Stromboli widersetzen kannst? Selbst wenn ich dir auf den Kopf scheiße, kannst du nichts dagegen tun. Und weißt du, warum? Weil ich Stromboli bin und du nur ein lächerlicher kleiner Zeltbauer. Paß bloß auf, Franzmann – hier bist du nämlich bei mir, in meinem Land, mit meinen Carabinieri. Ich darf hier alles.‹

›Noch ein Wort, Stromboli, und ich trete dir die Fresse ein. Ich gehe jetzt. Zusammen mit Marie verlasse ich diesen Zirkus. Schon morgen bin ich nicht mehr da. Und Marie auch nicht. Und Sie wissen, daß Sie nichts dagegen tun können, denn alle hier stehen hinter mir.‹

›Das glaubst auch nur du!‹

Und er wandte sich an das Dutzend Leute, die sein Geschrei angelockt hatte. Er brauchte sie nur anzusehen, um zu wissen, daß ich recht hatte.

›Verdammtes Pack! Ihr wollt doch schon lange meinen Kopf, das könnte euch so passen!‹

Dann eilte er mit großen Schritten davon.

Léon kam zu mir. ›Du solltest schleunigst verschwinden, Marco. Ich kenne Stromboli – er wird das nicht auf sich sitzen lassen.‹

Ich brachte Marie wieder in ihren Käfig und besorgte die nötigen Papiere, damit ich das Land mit ihr verlassen konnte. Ich war mir sicher, daß ich in Frankreich schnell ein Engagement bekommen würde. Mit Marie war das ein Kinderspiel.«

Marco hielt jäh inne, als wäre die Geschichte hier zu Ende.

»Und dann? Bist du nach Frankreich zurückgekehrt, Marco?«

»Nein.«

»Wie – ›nein‹? Was ist denn passiert?«

»Während ich die Papiere besorgte, ist Marie abgehauen ... oder man hat ihr geholfen abzuhauen. Ich weiß nicht, was da genau passiert ist. Jedenfalls lief sie weg und spazierte in der Stadt herum. So ein großer Affe jagt den Leuten Angst ein, sie sind an so etwas nicht gewöhnt. Schnell brach Panik aus, und auch Marie bekam Panik und drehte durch. Sie kletterte an der Fassade eines Hauses hinauf und drang durch ein offenes Fenster in eine Wohnung ein, in der ein Baby allein in seiner Wiege lag. Die Mutter war nur kurz einkaufen gegangen. Ich habe das Bild genau vor Augen: Die Mutter kommt zurück und sieht den Menschenauflauf und die Polizei vor ihrem Haus und erfährt, daß ein wilder Affe mit ihrem Kind in der Wohnung ist ...«

Marco hielt inne, er hatte einen Kloß im Hals.

»Aber was ist dann passiert, Mann?«

»Stromboli war benachrichtigt worden, er erschien sofort vor Ort. Den Carabinieri erzählte er, daß Marie gefährlich und unberechenbar, daß sie ein wildes Tier sei und er selbst nicht wisse, was er mit ihr machen soll, und um das Leben des Kindes zu retten, bliebe nichts anderes, als den Affen auf der Stelle zu töten.«

»Dieser Scheißkerl.«

»Léon berichtete mir später, daß Marie das Kind in der Wiege schaukelte, als die Carabinieri die Wohnung betraten. Marie stürzte sich sofort auf Stromboli, Stromboli brüllte, man solle endlich schießen, und die Polizei schoß.«

In diesem Augenblick wanderten alle unsere Blicke zum Hund. Jeder fragte sich, was er wohl empfinden würde, wenn jemand unseren Hund tötete. Weisnix begriff, daß er plötzlich im Mittelpunkt unserer Aufmerksamkeit stand, er wedelte mit dem Schwanz und wollte gestreichelt werden. Doch wir reagierten nicht, und er sah einen nach dem anderen mit diesem Hundeblick an: Er legte den Kopf schief, stellte die Ohren auf und legte sie wieder an, zog die Brauen zusammen, und in seinen braunen Augen lag tiefe Verwunderung: Was ist los? Was habe ich getan? Antwortet mir doch! Ich glaube, in diesem Moment begriffen wir, welche Bedeutung der Hund für den Erfolg unseres Projekts hatte. Ohne ihn konnten wir Zirkus, Reichtum und Ruhm vergessen. Bis dahin war er einfach nur unser Freund gewesen, unser Gefährte, doch von nun an hüteten wir ihn wie unseren Augapfel.

Eine Zeitlang störte mich dieses neue Gefühl. Ich wehrte mich dagegen, daß der Hund mehr sein sollte als nur das Objekt unserer Zuneigung. Was verstand denn dieses arme Tier von unseren Träumen und ehrgeizigen Plänen? Hatten wir denn überhaupt das Recht, ihm eine solche Verantwortung aufzubürden?

Ich sah unseren Hund an und sagte mir, daß er all diese Menschengeschichten sowieso nie verstehen würde. Für ihn zählten nur sein Napf und unsere Streicheleinheiten, alles andere war ihm egal. Und selbst wenn wir mit unseren Plänen scheitern würden, wäre er der letzte, dem ich es anlasten würde.

Wir baten Marco an jenem Abend nicht, uns die Fortsetzung der Geschichte zu erzählen. Wir hatten genug gehört, um ihn zu verstehen und ihm zu verzeihen.

»Wo ist der Belgier? Und wo ist Francis? Ich muß sofort mit ihnen sprechen. Diese Idioten haben meinen normannischen Schrank auf die Straße geworfen. Verdammte Scheiße – mein normannischer Schrank ist doch nicht irgendein Schrank, das ist ein Erbstück. Sie haben echt vor gar nichts Respekt. Als hätte die Geschichte mit dem Nachttisch nicht schon gereicht ...«

»Das ist mir doch egal, Trauerspiel. Wieso lädst du sie auch ein?«

»Ein Freund. Das hieß es vorher immer: Du bist ein Freund. Doch dann – Pustekuchen. Nur noch Geschrei und die Möbel auf der Straße. Ich muß mit Marco sprechen, er muß mir helfen.«

»Er ist bei Leponte. Du kannst ja auf ihn warten.«

Und Trauerspiel wartete auf Marco. Trauerspiel, der Kumpel vom Belgier, der so trockene Haut hatte, daß sich sein Gesicht ständig schuppte. Wenn ich sage »der Kumpel vom Belgier«, dann muß man dazusagen, daß sie eine eher unkonventionelle Freundschaft pflegten, die mit viel Gewalt, Gezeter und Streit verbunden war, aber auch die darauffolgende Versöhnung einschloß. In regelmäßigen Abständen spielte der Belgier seinem Kumpel üble Streiche, doch dann lud er ihn aus einer Art unbewußter Reue wieder zu

DER HUND VON BALARD

einem Fest, zu einem Konzert oder ins Polimago ein. Man konnte dennoch nicht behaupten, daß Trauerspiel der Prügelknabe vom Belgier war, denn der Belgier versuchte nie, ihn runterzumachen oder zu demütigen. Nur konnte er es einfach nicht lassen, ihn ständig zu provozieren wie Meister Reineke den Isegrim. Ich glaube, der Belgier ertrug es einfach nicht, wenn Trauerspiel sich über sein trauriges Dasein beklagte und damit hausieren ging.

Trauerspiel hing oft bei uns herum, bei allen Konzerten, allen Veranstaltungen. Wir ließen ihn umsonst rein, denn wir kannten ihn, und irgendwie gehörte er zu uns. Außerdem versuchten wir, das Schicksal zu beschwören, indem wir eine solch tragische Figur zu uns hereinließen.

Trauerspiel wohnte in einem Loch im Obergeschoß desselben Gebäudes, in dem Maman Rose ihr Lokal hatte. Ich glaube, die Bude hatte er von seinen Eltern geerbt. Außerdem bezog er eine Invalidenrente – warum, weiß ich nicht – und konnte davon leben, ohne zu arbeiten.

Vor zwei Wochen hatte er den Belgier zu sich nach Hause zum Essen eingeladen. Danach war der Belgier so knülle gewesen, daß er dort eingeschlafen war. Am nächsten Abend ging der Belgier – diesmal mit Francis – wieder zu Trauerspiel. Wieder machten sie einen drauf, und wieder schliefen sie dort ihren Rausch aus. Drei Tage später packten der Belgier und Francis ihren Krempel und zogen bei Trauerspiel ein, dem es zunächst gefiel, daß er Gesellschaft hatte, aber an der Zügellosigkeit der beiden schon sehr schnell keinen Gefallen mehr fand. Mehrere Male kam er zu uns und beklagte sich.

»Ich bin doch nicht ihr Kindermädchen, verdammt! ›Du tust doch den lieben langen Tag nichts‹, sagen sie, ›da kannst du doch wohl kochen und das bißchen Haushalt schmeißen.‹ Scheiße! Das ist immer noch meine Wohnung. Nicht einmal haben sie eingekauft oder Kohle fürs Essen dazugegeben. Immer habe ich alles bezahlt. Jetzt reicht's. Ihr müßt ihnen sagen, daß jetzt Schluß ist, daß sie abziehen sollen.«

Wir haben uns totgelacht und uns über ihn lustig gemacht.

»Du bist doch schon ein großer Junge, Trauerspiel, du schaffst das schon allein. Uns sind deine Geschichten mit den beiden Spinnern schnuppe. Warum hast du sie überhaupt reingelassen? Du kennst sie doch.«

Notgedrungen sah Trauerspiel ein, daß es an ihm war, zu handeln, und so versuchte er, die beiden vor die Tür zu setzen. Au weia. Der Belgier und Francis nahmen ihm das sehr übel. Im Gegenzug setzten sie Trauerspiel an die Luft. Doch aus seiner eigenen Wohnung geworfen zu werden, das gefiel Trauerspiel nun ganz und gar nicht. Er wurde stinksauer. Und dann drehte der Belgier durch und warf Trauerspiels Nachtkästchen aus dem Fenster.

»Jedesmal, wenn du uns wieder auf den Sack gehst, werfe ich ein Möbelstück auf die Straße, Trauerspiel. Nimm dich in acht!«

Beim zweitenmal bugsierte der Belgier dann mit Francis' Hilfe den normannischen Schrank aus dem Fenster, ein Riesenteil aus Eiche. Aus dem fünften

Stock – rawums – auf die Straße. Da schimpfte selbst Maman Rose – ein zerbröselter Schrank vor ihrem Bistro vergraulte ihr die Gäste.

Ich gebe zu, daß es nicht gerade die feine Art war, Trauerspiels Möbel aus dem Fenster zu werfen. Aber warum hatte er Francis und den Belgier überhaupt reingelassen? Wenn ich eine Bude hätte, würden die beiden keinen Fuß über die Schwelle setzen. Sie waren zwar meine Kumpel, aber die bescheuertsten Typen, die ich kenne. Sie waren nett, lustig und hilfsbereit, aber mit ihren eigentümlichen Anwandlungen waren sie völlig unberechenbar und sogar gefährlich. Hinzu kam, daß Francis es in letzter Zeit mit dem Äther übertrieb. Er schnüffelte den ganzen Tag seine Mischung in der Hoffnung, wieder geil zu werden. Ich weiß nicht, ob es die erwünschte Wirkung zeigte – fest stand, daß sein Hirn von diesem Zeug noch benebelter war als sonst.

Francis war der Typ »kräftige Bohnenstange«. Lange Arme, lange, schlanke Beine, längliches Gesicht, schiefer Zinken, und der Hals ging gleich ins Kinn über. Er hatte lange, meist fettige schwarze Haare und ein rotes Gesicht mit dunklen Flecken, die noch dunkler wurden, wenn er zuviel Glühwein trank. Man hatte immer den Eindruck, bei ihm liefe alles in Zeitlupe ab, dabei arbeitete er genauso hart wie wir. Doch er legte bei der Arbeit ein gewisses Phlegma an den Tag, so daß man ihn für einen Waschlappen halten konnte. Und das war er beileibe nicht.

Soweit ich weiß, war er der einzige unter uns, der

sich nie geprügelt oder Gewalt angewandt hatte, obwohl er sich nicht vor einer Schlägerei drückte. Seine Sache war das Gespräch. Zweifellos war er der Gebildetste und Klügste von uns allen, was er aber nur selten zeigte. Er war eines Tages bei uns gelandet, ohne zu sagen, woher, und er sprach auch nie über die Zukunft. Sein Interessenschwerpunkt war der Glühwein, heiß, mit Zucker und Zimt.

Gerüchten zufolge war er Informatiker und mit einer bildhübschen Frau verheiratet gewesen. Manche Leute in unseren Kreisen behaupteten, sie hätten sie schon mal gesehen, und sie sei eine Wucht. Es hieß auch, sie liebte ihn immer noch und bäte ihn zurückzukommen, aber er lehnte es ab. Ich fand nie heraus, was an der Geschichte dran war, fragte aber auch nicht nach. Jeder von uns hatte seine eigene Geschichte, die die anderen nicht kannten. Es spielte einfach keine Rolle, was man vorher gemacht hatte und woher man kam; es war ein ungeschriebenes Gesetz in unserer Welt, keine Fragen zu stellen.

Als ich mit Francis eines Tages eine Abstellkammer ausräumte, erzählte er mir von seiner Vergangenheit und von seiner Frau. Da stand er mit nacktem Oberkörper mitten in Müll und Plunder, eingehüllt in das goldene Band des Staubes, der im Sonnenstrahl tanzte.

»Als ich noch da draußen lebte und ein richtiges Leben führte, da hatte ich eine Arbeit, ein Büro und jede Menge Kollegen. Ich war sogar verheiratet. Mit einer wunderbaren Frau ... lange blonde Haare: eine bildschöne Frau. Mit meiner Visage hatte ich sie nicht verdient. Ich habe damals schon nicht verstanden, warum sie mit mir zusammen war, und verstehe es bis heute nicht – mit meiner Visage ...«

Mehr sagte er nicht, und ich fragte auch nicht nach. Ich mochte Francis, aber der Äther hatte ihn wirklich völlig verstrahlt. Er quatschte ein unglaubliches Blech daher und zog den Belgier auch noch in diesen ganzen Mist hinein. Der Belgier allerdings hätte keinen Äther gebraucht, um bekloppt zu werden, er machte einfach mit, weil er bei allem mitmachte.

Am späten Vormittag standen Marco, Tony, Salaam und ich im ehemaligen Festsaal der Roten. Die Zwischenwand und das Parkett waren wieder entfernt worden, nur ein rötlicher Schimmer an den Wänden erinnerte noch an diese Episode.

Salaam sagte zu Marco: »Micmac kaputt.«

Der Micmac war das Größte für Salaam. Es war ein motorisch betriebener Hubwagen, mit dem er Paletten transportierte.

»Idioten immer zu schnell fahren mit Micmac. Micmac kaputt.«

»Nein, Salaam, der Wagen ist einfach alt. Wir reparieren ihn wieder.«

»Nix reparieren, Marco, nix reparieren. Geht nix. Micmac kaputt.«

Salaam hätte gerne noch weitergeschimpft, aber er merkte, daß Marco dazu nicht in der Stimmung war, und selbst Salaam wagte es nicht, sich in so einer Situation mit ihm anzulegen. Also ging er wieder auf seine Bude und brummelte etwas vom Ende des Zirkus und vom Ende der Welt vor sich hin.

»Hast du mit Trauerspiel gesprochen?«

»Hör mir bloß mit diesem Schwachkopf auf.«

»Schwachkopf oder nicht – Francis und der Belgier haben es diesmal einfach zu bunt getrieben: Sie haben seinen Schrank aus dem Fenster geworfen. Sie hätten damit jemanden erschlagen können!«

»Ach, das war doch nachts, mach kein Drama draus.«

»Na, dann sieh dir mal das Chaos vor Maman Roses Kneipe an.«

»Wieso?«

»Der Schrank ist vor Maman Roses Tür gelandet. Alles Kleinholz, und da liegt nun der ganze Mist und blockiert den Eingang.«

»Scheiße, ich hatte ja keine Ahnung ... Na gut, ich werde den beiden sagen, daß sie einen Gang zurückschalten sollen.«

»Du solltest bei der Gelegenheit Francis sagen, daß er mit dem Äther ruhig zwei Gänge zurückschalten sollte. Das ist langsam ziemlich bedenklich. Sein Gehirn löst sich in seine Bestandteile auf. Eines Tages verreckt er uns an einer Überdosis.«

»Arbeitet er denn noch gut?«

»Schon ...«

»Dann ist es sein Bier, das geht uns nichts an.«

Dennoch hat Marco den beiden Spinnern den Marsch geblasen und Francis befohlen, wieder in den Wohnwagen, dem Belgier, wieder in seinen R16 zu ziehen.

»Wenn ihr Maman Rose noch einmal Ärger macht, dann landet *ihr* auf der Straße, klar?«

Marco hatte Tony und mich auf ein Glas eingeladen. Aber nicht bei Maman Rose. Er wollte die anderen nicht dabeihaben, und so gingen wir ins Bonne Gamelle, eine Fernfahrerraststätte an der Rue Lourmel. Marco sah ziemlich fertig aus, sein Gesicht war angespannt, sein Schritt schwer.

»Ich hab die Schnauze voll von diesen Typen, versteht ihr? Ständig muß ich auf sie aufpassen wie auf kleine Kinder. Wenn nicht gerade d'Artagnan den Hund entführt, dann schmeißt der Belgier irgendwelche Möbel aus dem Fenster ... und bringt Maman Rose gegen uns auf. Es kotzt mich langsam an. Als hätte ich keine anderen Sorgen! Ich muß mich um unseren und um Lepontes Zirkus kümmern. Um alles auf einmal. Aber es gibt auch gute Nachrichten: Leponte hat mir erlaubt, in der Fabrik zu werkeln, damit wir die Tribüne bauen können. Ich habe ihm offen gesagt, daß ich etwas Eigenes aufziehen will und daß ihr bei mir bleibt. Er wollte es mir überhaupt nicht ausreden. Es war mir ein bißchen unangenehm, ihm das zu sagen, aber es mußte sein. Schließlich vertraut er mir, und ich mag ihn. Er hat mir angeboten, mir für den Anfang Fanny zu überlassen. Für die Buchhaltung. Das ist klasse. Sie wird uns helfen, Ordnung in das ganze Chaos zu bringen.«

»Wird die Marquise dann nicht sauer? Ich dachte, sie wollte die Buchhaltung machen.«

»O Scheiße! Du hast recht, Großer – daran habe ich gar nicht mehr gedacht. Ich werde Leponte sagen, daß wir Fanny nicht brauchen.«

»Glaubst du, Leponte meint es ehrlich? Ich meine ... vielleicht will er dir ja nur Steine in den Weg legen.«

Diese Anspielung war vielleicht nicht sonderlich subtil, aber so erfuhren Tony und ich immerhin das Ende von Marcos Geschichte.

»Leponte ist nicht Stromboli. Er ist vielleicht strange – aber kein Schwein. Außerdem ist ihm der Zirkus wurst; wir sind für ihn keine Konkurrenz. Er hat mich nur gebeten, für Ersatz zu sorgen. Bloß weiß ich wirklich nicht, wem ich diese Arbeit andrehen könnte. Und so viele Leute, die in Frage kämen, gibt es ja auch nicht. Vielleicht Long Skalp. Was meinst du, Tony?«

Long Skalp war ein Roadie, mit dem wir uns hin und wieder trafen. Er war ein Kerl wie ein Baum und hatte lange, glatte schwarze Haare wie ein Indianer, daher sein Spitzname. Ein sympathischer Bursche.

»Er ist gut, aber er arbeitet allein. – Aber, Marco, was hast du dann gemacht?«

Marco tat zunächst so, als verstehe er nicht, was Tony meinte, aber als wir weiter schwiegen, erzählte er schließlich.

»Marie zu verlieren, war für mich das Schlimmste, was passieren konnte. Ich hatte dieses Tier geliebt wie eine Schwester, als gehörte sie zu meiner Familie. Ich hatte mich von Anfang an für sie verantwortlich gefühlt, und ihr Tod lastete schwer auf mir. Sicherlich, ich hatte den Abzug nicht gedrückt, ich hatte auch nicht geschrien, man solle sie töten – ich hatte ihren Tod wirklich nicht gewollt. Aber Léon hatte mich gewarnt, und ich wollte nicht auf ihn hören. Wer glücklich ist, ist auch vernagelt. Ich lebte auf einer Wolke. Und ich hätte mir niemals vorstellen können, daß Stromboli zu so einer Sauerei fähig wäre. An jenem Tag habe ich mein Urvertrauen in die Menschheit verloren.«

»Aber du hast diesem Schwein doch hoffentlich die Fresse poliert.«

»Nein, das kam mir nicht mal in den Sinn. Ich habe nur noch geheult. Drei Tage lang habe ich ununterbrochen geflennt. Das war der einzige Weg, meinen Schmerz zu überwinden. Während dieser drei Tage saß ich neben Marie und habe jedem verboten, auch nur in ihre Nähe zu kommen. Ich wollte bei ihr sein, wollte sie im Sterben begleiten, während sie aus meinem Herzen und von dieser Erde ging. Nach drei Tagen erwischte ich mich dabei, wie ich wieder an mich und an unsere Nummer dachte, und widerte mich selbst an ... Ich hatte Marie gerade verloren, und an was dachte ich? An meine zerstörte Zukunft, an meinen geplatzten Traum vom eigenen Zirkus. Komisch, daß man sogar in solchen Augenblicken an sich selbst denkt ... Heute weiß ich, daß es okay war. Es war verständlich, daß der Verlust meiner Freundin doppelt so schwer wog durch den Verlust meiner

Chance. Doch in diesem Moment haßte ich mich für meine Gefühle. Ich wollte, daß mein Schmerz größer sei als mein Egoismus. Und dann ging ich, verließ den Zirkus und wurde Lastwagenfahrer. An die Manege wollte ich nicht mehr denken. Dies war meine Art, mich zu bestrafen.«

»Und du hast Stromboli einfach so davonkommen lassen?«

»Ja. Aber er hat sich so oder so eine blutige Nase geholt. Alle verließen seinen Zirkus, und die Geschichte sprach sich schnell herum. Das hat ihn seinen Ruf gekostet. Er ist auf Nimmerwiedersehen verschwunden. Und so ging irgendwann das Leben für mich weiter, und ich traf Massila, die mich ins Zirkuszelt zurückholte. Sie hat mich wieder runtergeholt. Tja, das war die Geschichte von Marie.«

»Jetzt verstehe ich, warum du drauf und dran warst, d'Artagnan umzubringen.«

»Mir kann sich niemand mehr in den Weg stellen. Niemand. Weisnix ist nicht Marie, aber er ist meine letzte Chance, einen Zirkus aufzuziehen. Und mittlerweile habe ich auch keine Skrupel mehr, die Last meiner Hoffnungen auf die Schultern eines Tieres zu laden. Zumindest habe ich das durch diese Geschichte begriffen.«

»Was den Hund angeht, hat sich d'Artagnan übrigens immer noch nicht beruhigt. Er denkt nach wie vor, daß Monsieur Koutsen ihn uns abspenstig machen will.«

»So ein Idiot. Aber ich habe eine Idee, über die ich auch schon mit Koutsen gesprochen habe. Morgen abend werden wir diesem Blödmann das Maul stopfen.«

»Und wie das?«

»Ihr werdet schon sehen. Aber vergessen wir das jetzt mal – wir müssen zu Braconnier. Leponte hat gesagt, wir könnten mit ihm einen Deal machen und das Zelt im Bois de Boulogne aufstellen.«

»Braconnier? Auf diesen schrägen Vogel sollen wir uns einlassen?«

»Uns bleibt wohl nichts anderes übrig.«

Braconnier kam aus bürgerlichen Verhältnissen, hatte aber mit den Seinen gebrochen. Er war zwischen dreißig und fünfunddreißig, fuhr einen petrolfarbenen Jaguar, und er war nie ohne eine blonde Assistentin mit einem IQ von mindestens 85 C unterwegs. Er war ein Hitzkopf sondergleichen und machte ständig unseriöse Geschäfte nach dem Motto: »Nach mir die Sintflut.« Er hatte eine hohe Meinung von sich selbst, war gleichgültig gegenüber anderen und ekelhaft gegenüber Schwächeren. Ein wenig imponierte er mir, weil er sich alles erlaubte und dabei eine beispiellose Dreistigkeit an den Tag legte.

Letztes Jahr, kurz vor Weihnachten, hatten wir für ihn gearbeitet; er wollte auf dem Gelände gegenüber von uns, auf der anderen Seite der Straße, einen Weihnachtsmarkt aufziehen. Diese Idee war ihm gekommen, nachdem er irgendwie und irgendwo sechstausend Tannen aufgetrieben hatte. Er hatte sich mit Leponte geeinigt, daß wir die alte Halle auf unserem Gelände vorübergehend in einen geschlossenen Markt mit separaten Ständen umfunktionierten, die er an die Aussteller verpachten wollte. Nach zwei Tagen Arbeit war Schluß. In Wahrheit, aber das kapierte ich erst später, gab es ebensowenig einen Weihnachtsmarkt, wie es Leben auf dem Mond gibt. Es gab nur diese Tannen. Braconnier war nämlich ein ganz ausgebuffter Kerl.

Die Tannen benutzte er nur als attraktive Köder, um die Fische anzulocken, die er sich angeln wollte.

»Schaut nur, wie seriös ich bin!« wollte er wohl sagen. »Sechstausend Tannen will ich verkaufen, so viel Kundschaft erwarte ich auf diesem Markt. Und wenn ich dir einen guten Tip geben darf, mein Freund, warte nicht zu lange mit deiner Entscheidung – ich bin fast ausgebucht, ich habe nur noch wenige Stände. Die Leute hier schlagen sich darum – im Herzen von Balard, diesem volkstümlichen Viertel, das genau die richtigen Besucher für einen Weihnachtsmarkt anzieht.«

Mit seinem Großmaul und den sechstausend Tannen hatte er die Fische an der Angel: zwanzig Leute, die jeweils viertausend für ihren Stand berappt hatten.

Zum 20. Dezember sollte alles fertig sein. Die geschlossene Halle, die Werbeplakate, die er, wie er seinen Kunden versprochen hatte, überall im Viertel anbringen wollte, die Elektrik, die Heizung, alles.

Gar nichts war am 20. da – kein Braconnier, keine Plakate, keine Käufer und Braconnier erst recht nicht. Nur die Aussteller mit ihren Kisten und ich mit Alex, einem Burschen von Massila, der in den Deal eingestiegen war. Und natürlich die sechstausend Tannen.

Es war eine fiese Arbeit, diese Bäume herumzuschleppen, nicht nur, weil es sehr anstrengend war, sondern auch weil das Harz vom Holz tropfte und irgendwann am ganzen Körper klebte. Alex und ich waren von oben bis unten klebrig und staubig. Und schwarz, weil jedes Staubkorn und jede Fluse am Harz kleben blieb. Mit ein wenig Poesie könnte man sagen, wir waren wie fleischfressende Pflanzen, die eine klebrige, glänzende Flüssigkeit absondern, in der sich Insekten verfangen.

»Wo ist denn Monsieur Braconnier?«

Die Aussteller wurden langsam ungehalten. Sie beschwerten sich über den ausbleibenden Besucherstrom. Am Morgen des 20. waren sie noch liebenswürdig und sprachen mit uns, aber was hätten wir ihnen antworten sollen? Wir kannten ja Braconnier und wußten, was er für ein Schlitzohr war.

»Er wird sicher bald kommen. Er kommt immer erst gegen Mittag.«

Das sagten wir, um die Leute loszuwerden, aber wir fühlten uns nicht gut dabei. Ich fürchtete, je mehr Zeit verging, desto lauter würden sie meckern, und irgendwann würden sie gewalttätig werden. An wen sollten sie sich auch wenden? Außer uns war ja keiner da.

Am Vormittag kam Braconniers Assistentin. Sie war wie immer äußerst appetitlich, dagegen war nichts zu sagen. Sie machte mir von weitem Zeichen, unauffällig herüberzukommen – als würde eine Torte wie sie unbemerkt bleiben …

»Der Direktor möchte mit Ihnen sprechen.«

»Leponte? Was will der denn von mir?«

»Nicht Leponte – der Direktor.«

»Ach so, Braconnier. Das trifft sich gut, ich hab nämlich auch ein Wörtchen mit ihm zu reden. Seine

Kundschaft macht hier langsam einen Aufstand. Und bald wird sie sich auf mich stürzen. Wo steckt er?«

»Er erwartet Sie in seinem Wagen vor dem Lokal von Rose.«

Ich sagte Alex, er solle auf mich warten. Ihn konnte ich bei den Ausstellern lassen, ohne um ihn bangen zu müssen. Alex war seriös und kein Quatschmaul. Ihm würden sie nichts entlocken können.

Als wir bei Maman Rose ankamen, war ich ziemlich beflügelt. Mit so einem steilen Zahn durch ein Viertel zu gehen, wo man mich kannte, war sehr schmeichelhaft. Dennoch machte ich mir keine Illusionen – das Mädchen sah mich nicht mal an. Ich war Luft für sie.

Marco stand vor Braconniers petrolfarbenem Jaguar. Er war der einzige, vor dem sich Braconnier nicht aufspielte. Uns behandelte er wie den letzten Dreck, Marco gegenüber aber verhielt er sich anders – nicht aus Angst, daß er sich eine fangen könnte, sondern weil er kapiert hatte, daß Marco, im Gegensatz zu uns, zur Zirkuselite gehörte und Respekt verdiente.

»Hallo, Marco ... hallo, Braconnier. Sie sollten sich um Ihre Kunden kümmern, die werden langsam stinkig.«

»Sag ihnen, daß ich noch was mit dem Plakatierer regeln muß, aber heute abend komme. Und daß die Leute morgen in Scharen herbeiströmen.«

»Ich sage gar nichts, Braconnier. Ich bin nur da, um sicherzustellen, daß die Halle nicht einkracht. Mehr nicht. Stimmt's, Marco?«

»Yes.«

»Du kannst mich jetzt nicht im Stich lassen, Marco. Alles war mit Leponte so abgesprochen. Wenn ich den ganzen Tag damit zubringen muß, die Leute zu beruhigen, kann ich die Sache mit dem Drucker nicht klären.«

»Sagtest du nicht eben Plakatierer? Gibt es diese Plakate nun oder nicht?«

»Klar, sie sind fertig. Es ist nur ... Aber was geht euch das überhaupt an? Das ist ja wohl meine Sache.«

»Meine Jungs werden nicht mit deinen Kunden sprechen.«

»Und die Tannen?«

»Das mit den Tannen geht in Ordnung.«

Marco wandte sich an mich: »Die Tannen stellst du mit Alex hinter unsere Stromaggregate, Großer. Den Ausstellern erzählst du, daß wir sie überall im Viertel aufstellen und mit Plakaten versehen.«

»Scheiße! Das sind sechstausend Stück. Wir mußten sie gestern abend schon herumzerren.«

»Dann macht ihr es eben noch mal. Und am Mittag muß alles fertig sein – am Nachmittag brauche ich dich.«

Stocksauer ging ich zurück. Ich lud mit Alex die Tannen auf den Laster und lud sie fünfhundert Meter weiter, hinter den Aggregaten, wieder ab. Zum Glück hatten die Geleimten uns die Geschichte mit den Werbeplakaten abgekauft.

Am nächsten Morgen kamen zwei Aussteller mit Fragen zu uns aufs Gelände. Sie hatten den Braten wohl doch gerochen. Als sie den Berg Tannen sahen, veranstalteten sie einen Mordsradau. Braconnier hatte sich verdünnisiert. Marco schaffte es zwar, sie zu beruhigen, doch sie drohten, die Tannen anzuzünden, wenn Braconnier nicht noch am selben Abend auftauchte – also mußte ich sie wieder woanders hinkarren. Ich war voller Harz. Niemand wollte mir die Hand schütteln, selbst Maman Rose verzog das Gesicht, als ich ihr mein klebriges Glas gab. Die anderen haben sich kaputtgelacht, als sie meine mit Tannennadeln panierte schwarze Visage sahen.

Am 22. Dezember kamen die Bullen. Nicht zu uns – auf Braconniers Gelände. Die Aussteller hatten begriffen, was da gespielt wurde, und ihn angezeigt. Bis zum Abend waren alle verschwunden bis auf einen, der eine aufblasbare Hüpfburg hatte. Ein Riesending, vier mal fünf Meter groß. Wir hatten ihn erst bemerkt, als wir gerade den Strom abstellen wollten. Er war nicht sauer auf uns, aber er war völlig fertig. Er hatte die aufblasbare Burg gekauft, um wieder auf die Beine zu kommen, nachdem man ihm seine Kneipe zugemacht hatte. Für ihn war Braconniers Coup eine richtige Katastrophe. Um ihn aufzumuntern, probierten wir seine Burg aus; das war richtig lustig.

Der Belgier, der auf seine Weise eine ehrliche Haut war und Braconnier nicht ausstehen konnte, hatte eine Idee.

»Zünd doch einfach die Tannen an. So kannst du Braconnier eins auswischen. Und hättest ein schönes Andenken. Dann wäre nicht alles umsonst gewesen.«

Es war vielleicht nicht die grandioseste Idee – welche Idee vom Belgier war das schon? –, aber sie hatte was. Wir hatten ganz schön gebechert und geraucht und waren nicht mehr ganz zurechnungsfähig. Also liefen wir zu den Tannen und legten Feuer. Sechstausend brennende Tannen, dreißig Meter hohe Flammen, eine Höllenglut. Es knisterte wie beim mexikanischen Totenfest.

Wenn man deprimiert ist, kann ich nur raten, ein paar Tannen abzufackeln, das tut gut. Marco hingegen konnte diesem großartigen Spektakel nichts abgewinnen; wahrscheinlich hat er den Belgier und mich deswegen am nächsten Tag zum Wasserschöpfen aufs Dach geschickt. Letztlich war es alles Braconniers Schuld, und wir waren verdammt sauer auf ihn.

Deshalb war ich nun ziemlich erstaunt, daß Marco mit diesem Kerl gemeinsame Sache machen wollte.

Braconniers Büro lag an der Place des Victoires – eine edle Adresse, aber die Bude war völlig abgewrackt. Im Vergleich dazu war seine neue Assistentin alles andere als abgewrackt. Ich fand sie sogar attraktiver als ihre Vorgängerin, doch sie behandelte mich genauso wie Luft. Braconnier hatte sein Marktprojekt aufgegeben und organisierte jetzt Unternehmensversammlungen. Das traf sich gut – denn er hatte Kunden an der Angel und einen schönen Vorschuß kassiert, aber keinen Raum, wo die Versammlungen abgehalten werden konnten.

»Ich habe einen Platz, Marco, mitten im Bois de Boulogne, fünf Minuten vom Pré Catalan entfernt. Einen besseren Platz, eine bessere Adresse kannst du in Paris lange suchen. Die Unternehmen werden sich darum schlagen, bei mir ihre Versammlungen abzuhalten. Also, der Deal sieht so aus: Du stellst dein Zelt auf meinen Platz, trittst es mir für drei Tage ab und darfst es dann eine Woche lang für deine Aufführung stehenlassen. Okay?«

»Okay«, sagte Marco.

Auf dem Rückweg war ich hin und her gerissen zwischen Freude und Sorge. Freude, weil wir innerhalb von wenigen Wochen ein Zelt organisiert hatten, einen Platz, wo wir es aufstellen konnten, und Material für die Ränge. Und wir hatten unseren Hund. Sorgen, weil alles viel zu glatt lief und es meist einen Pferdefuß gibt, wenn alles läuft wie am Schnürchen.

»Die äußeren Bedingungen sind also klar. Jetzt hör ich mich mal bei meinen alten Kumpels um und frage sie, ob sie bei uns mitmachen wollen.«

»Das können sie dir nicht abschlagen.«

»Einen Gefallen könnten sie mir nicht abschlagen, das stimmt. Aber hier geht es um mehr als einen Gefallen – sie entscheiden sich zwischen einem Vertrag mit einem etablierten Zirkusunternehmen und einem Vabanquespiel mit mir. Ich bitte sie nicht um einen Gefallen, sondern um ein Engagement, und das ist etwas ganz anderes. Doch wenn heute abend alles gut läuft, habe ich das Gröbste hinter mir. Und dann stopfen wir d'Artagnan das Maul. Du wirst schon sehen, ich werde dich nicht enttäuschen.«

Zurück auf dem Gelände, gingen wir zu den anderen, die in der Fabrik Alteisen und Holz für die Ränge zusammentrugen. Die ehemalige Citroën-Fabrik war bestimmt mehrere tausend Quadratmeter groß, und das auf drei Etagen. Jahrzehntelang hatten Generationen von Arbeitern dort täglich drei Schichten gefahren, und der Geruch ihres Schweißes und ihrer Maloche hing immer noch an den schwarzen Wänden. Maschinen fanden sich dort nicht mehr – sie waren abgebaut, zerstört oder als Alteisen verkauft worden. Die jahrelange tägliche Arbeit dieser vielen Frauen und Männer war nur noch eine Erinnerung, die irgendwo in den Unmengen eingestürzter Pfeiler, in den Bergen von Holz und in den dicken grauen Staubwolken schlummerte, die bei jedem Schritt aufwirbelten. Und wir, die jüngsten Vandalen, rissen diesem aufgelassenen Rumpf nun die letzten Fetzen heilen Fleisches aus dem Leib. Die Fenster ließen nur trübes, schwaches Licht herein – sie waren grün angestrichen worden, sicherlich, damit die Arbeiter keine Zeit damit vertrödelten, aus dem Fenster zu gucken. Ein paar Scheiben waren zerbrochen – von uns oder von irgendwelchen Kids, die sich einen Spaß gemacht hatten –, und so fielen hier und da ein paar helle Lichtstrahlen herein. Man mußte bei allem sehr vorsichtig sein, denn die verrostete, inzwischen marode Konstruktion konnte jeden Moment über uns zusammenbrechen. Für mich war es immer ein großes Vergnügen, wenn wir in die Fabrik mußten.

Als Marco und ich dort ankamen, waren die anderen schon bei der Arbeit. Teddy war auch da, ein grobschlächtiger Typ mit einer Bärenkraft. Wenn er nicht schuftete wie ein Tier, war sein einziges Vergnügen die »Klatsche«; das war sein Begriff für alle möglichen Prügeleien oder sonstigen zerstörerischen Aktionen. Ihm war jeder Anlaß recht für eine Klatsche. Statt eines Gehirns hatte er Muskelkraft, und so, wie ein Gehirn aus zwei Hälften besteht, so setzte er sowohl seine Rechte als auch seine Linke ein.

Teddy hatte eine kleine Truppe – alles Hünen wie er selbst –, die beim Zeltaufbau und -abbau mit Hand anlegte. Er hatte noch nie einem Zirkus angehört, denn seiner Gewalttätigkeit wegen scheuten sich die Direktoren, ihn einzustellen. Bei ihm konnten in Sekundenschnelle alle Sicherungen durchbrennen. Er war gefährlich und unberechenbar und schon ein paar Mal wegen Körperverletzung im Knast gewesen. Als wir einmal zusammen mit seinen Männern in Pantin abbauten, kam er eines Morgens mit einer demolierten Visage an. Er hatte solche Prügel bezogen, daß er nicht mehr aus den Augen sehen geschweige denn arbeiten konnte. Marco fragte ihn, was passiert sei.

»Gestern bin ich mit Turbo auf Klatsche gegangen. Aber wir haben niemanden getroffen, also haben wir uns gegenseitig geklatscht ... ich hab gar nicht gewußt, daß dieser Turbo so ein Brocken ist.«

Wir sahen Teddy nicht sehr gerne bei uns, er war einfach zu doof. Ich muß allerdings zugeben, daß er uns nie blöd angemacht hat. Vor Marco hatte er Bammel, mit seinem kleinen Hirn konnte er nicht einschätzen, wie diese Klatsche ausgehen würde. Dennoch wußten wir, daß Teddy nur auf eine Gelegenheit wartete, sich mit Marco zu kloppen – damit ein für allemal klar wäre, wer der Stärkere war. Es ging eben doch immer nur um dieses dämliche *Law of the West*.

Trotz dieses Risikos hatte Marco ihn gefragt, ob er uns helfen würde, das Zelt und die Ränge aufzubauen. Wir brauchten starke Männer. Teddy kam also, um mit anzupacken, und nutzte die Gelegenheit, uns seine Kraft zu demonstrieren. Es war ein herkulaneisches Spektakel.

Der Belgier und d'Artagnan arbeiteten an der Bandsäge und trotzten dem Stahl Schwärme von goldenen Funken und Feuerstrahlen ab, die im Halbdunkel leuchteten. Francis und Tony schlugen mit dem Eisenhammer die Stahlträger ab, die die beiden zuvor aufgesägt hatten. Teddy packte mit bloßen Händen alles, was in seine Reichweite fiel. Er zog und stemmte den Stahl und zerbrach die Holzbalken wie Strohhalme. Es herrschte ein Höllenlärm, dennoch hörte man das Schnaufen der Männer und ihren vom Staub schleimigen Husten. Marco und ich zogen unsere Jakken aus und stürzten uns ins Getümmel. In der Fabrik herrschte zwar winterliche Kälte, aber unsere körperliche Anstrengung hüllte uns in einen unsichtbaren Kokon von Wärme, die uns der Außentemperatur gegenüber unempfindlich machte.

Ein gellendes Kreischen der Säge, laute, metallene Schläge des Hammers, der Aufprall der Stahlträger auf dem Boden. Pfeifender Funkenflug, wirbelnde Staubwolken. Ein Höllenlärm. Latente Brutalität. Marco und Teddy kämpften, Seite an Seite, stöhnend mit einer hundert Jahre alten Stahlkonstruktion, die sich ihren vereinten Kräften wacker widersetzte. Der eine wollte den anderen übertrumpfen – auf der einen Seite die rohe Kraft, auf der anderen Seite die überlegte Kraft. Schnell fielen die T-Shirts, und man sah nur noch ihre grau glänzenden Oberkörper, die immer wieder Schweiß versprühten, wenn eine Funkenwolke sie traf. Ächz! Das erschöpfte Röcheln am Ende eines mühevollen Atemzugs unter Aufbietung aller Kräfte. Ächz! Ein Schmerz, der im Ohr klingt. Muskeln, die sich unter der schmutzigen Haut spannten, knotig und sehnig wie ein Stück totes Holz. Die Roheit des nackten Körpers, der ringt und leidet. Qualvolles Wüten. Die ganze Fabrik zittert unter diesem Angriff. Und die beiden Männer, erschöpft und stolz, kämpfen wortlos, blicklos, und sie wissen, daß die kleinste Schwäche den Tod bedeutet. Wer aufgibt, hat das Spiel verloren, hat seine Überlegenheit, seine Ruhe, seine Macht eingebüßt.

Etwa eine Stunde lang malträtieren sie die Fabrik, die ihrer Rage nichts mehr entgegenzusetzen hat. Die

Fabrik hat aufgehört zu schreien, wir haben aufgehört zu arbeiten. Schweigend wohnen wir dem ergreifendsten aller Kriege bei.

Teddy schlägt wie ein Wilder auf das Material ein und erstickt jeden Widerstand im Keim, er läßt nicht locker, er drückt und quetscht. Der Schweiß tropft aus seinen zerzausten, fettigen Haaren, läuft über seine breiten Schultern hinab und trocknet im Staub, der seinen Körper bedeckt. Er keucht wie ein Stier, der Mund weit aufgerissen, das Gesicht feuerrot, der Hals angespannt, pulsierende Adern.

Daneben Marco, er wirbelt herum, tanzt, denkt ... Er greift die Schwachpunkte an, zieht sich wieder zurück und schlägt eine Bresche. Man meint, er sei weniger tatkräftig, aber er bewirkt mehr als der Wilde neben ihm. Er schnauft wie ein Mustang, bezwingt seine Wut mit seinem Willen. Er gibt nicht auf ... nicht vor uns ... wir würden es nicht dulden. Er stürzt sich in die schmerzliche Anstrengung, wie andere sich in die Wollust stürzen. Mit Leib und Seele. Mit Haut und Haaren.

Plötzlich richtet Teddy sich auf, hebt die Arme und ballt die Fäuste zu Hammerköpfen, die rot sind vor lauter Schlägen. »Das ist doch Schwachsinn. Das bringt doch nichts. Ich hab die Schnauze voll. Das ist doch keine Arbeit für Männer – das ist doch alles nur Kinderkram!«

Er sieht Marco bösartig an. Der Kampf ist längst nicht zu Ende. Er will sich anders messen, er will Schläge, Tritte in die Fresse, in die Eier, auf die Kniescheiben. Er will Blut sehen.

»Ich hab da was für dich, Teddy. Dazu braucht man pure Kraft. Dann werden wir sehen, wer von uns ein ganzer Kerl ist. Komm mit.«

Wir gingen alle nach draußen und fragten uns, was Marco wohl im Schilde führte. Marco würde diesen Schwachkopf kleinkriegen, das war sicher, geistig war er ihm haushoch überlegen.

Er ging zu der aufblasbaren Hüpfburg, die der Typ vom Weihnachtsmarkt bei uns lagerte. Zusammengefaltet und verschnürt hatte das Ding einen Umfang von etwa eins achtzig im Quadrat und wog, grob geschätzt, an die zweihundert Kilo, vielleicht auch etwas weniger. Es reichte jedenfalls, um sich damit das Kreuz zu brechen.

»Das laden wir auf den Rücken. Nacheinander. Der erste trägt es zum Zelt, der zweite trägt es wieder zurück. Bist du dabei?«

»Ha, das ist ein Job für richtige Männer!«

»Fängst du an?«

Teddy besah sich aufmerksam den Weg von der Fabrik zum Zelt und suchte das Gelände mit den Augen nach Löchern, Steinen und Fußangeln ab. Dann setzte er auf einmal ein fieses Lächeln auf, drehte sich zu Marco um und sagte triumphierend: »Fang du an!«

Marco schenkte ihm ein dünnes Lächeln – sein Lächeln für Leute, die er drangekriegt hatte. Wir hatten verstanden, Teddy nicht.

Die Burg lag auf einer großen Holzkiste, Marco mußte sich also nur davorstellen, und wir konnten ihm den Ballen auf den Rücken schieben. Vor dem

Zelt hatten wir für eine weitere Kiste zum Abladen gesorgt.

Marco ging in Position, spreizte die Beine und beugte sie leicht. Wir hievten die Burg auf seinen Rücken. Unter dem Gewicht neigte sich sein Oberkörper bedrohlich nach vorn, doch nun war es zu spät für weitere Hilfe, den Packen noch mal richtig aufzulegen. Mit dem Schub der Masse marschierte Marco los. Vier, fünf Schritte, dann eine Verschnaufpause, wieder vier Schritte, und Pause. Seine Beine zitterten, er keuchte. Bis zum Zelt waren es kaum fünfzig Meter, aber diese fünfzig Meter zogen sich wie Kaugummi. Mit leicht gebeugtem Oberkörper ging Marco Schritt für Schritt weiter. Teddy folgte ihm auf dem Fuße.

»Ganz schön schwer, was, du Arschloch? Meinst du, ich hätte nicht gesehen, daß es hier bergauf geht? Ich bin ja nicht blöd. Hopphopp!«

Und tatsächlich stieg das Gelände zum Zelt hin leicht an. Marco wußte das. Doch ich fragte mich, ob vielleicht nicht doch Marco der Dumme, ob sein Lächeln nicht bloße Angeberei war. Er hatte erst die Hälfte des Weges bewältigt, und seine Beine zitterten immer heftiger. Durch die Anstrengung dampfte er in der kalten Luft wie ein Fischteich im Herbst. Er schien seine Beine kaum mehr heben zu können, selbst die Luft schien Widerstand zu leisten. Zu diesem Zeitpunkt räumten wir ihm keine großen Chancen mehr ein, doch Marco, unverwüstlich, brachte die fünfzig Meter Schritt für Schritt, Halt für Halt hinter sich. Am Ziel angekommen, beugte er sich vor und kippte die Last ab. Kaum hatte er sich seiner Bürde entledigt, schien er sich zu entspannen wie eine Feder, die zu lange zusammengedrückt worden war. Wir wagten nicht, ihm zu applaudieren, aber tief in unserem Innern waren wir voller Stolz.

Dann ging Teddy in Startposition. Um Chancengleichheit zu garantieren, luden wir auch ihm den Packen auf den Rücken. Wie Marco beugte sich auch Teddy unter der Last ... nur, daß es sehr viel schwieriger ist, sich im Gefälle als im Berg wieder zu fangen. Und so beschleunigte Teddy unter dem Schub der trägen Masse unfreiwillig ... und wurde viel zu schnell. Nach zwanzig Schritten stolperte er und knallte auf die Schnauze, die Burg auf seine Rübe, und er küßte den Boden.

Wenn Marco uns nicht gebeten hätte, Teddy zu helfen, hätten wir ihn wohl noch ein bißchen zappeln lassen, um seine Niederlage auszukosten.

Er war wirklich gezeichnet. Das Blut troff ihm aus der Nase, seine Lippen waren dick angeschwollen, aber er war nicht unzufrieden – er hatte in einem fairen Kampf verloren. Seine Kraft und seine Männer standen Marco nun zur Verfügung.

Kaum war er weg, lachte Marco sich scheckig.

»Mein Großvater hat mir mal erzählt, daß Städter glauben, es sei einfacher, auf abschüssigem Gelände zu arbeiten als auf ansteigendem. Das stimmt aber nicht. Ich wußte das, Teddy offenbar nicht. Gut, daß er uns auf den Leim gegangen ist.«

Endlich kam der Abend. Ich hatte diesen Moment ebenso gespannt erwartet wie die anderen, die ich ins Vertrauen gezogen hatte. D'Artagnan hatten wir natürlich nichts gesagt. Wir wären lieber gestorben, als ihn einzuweihen und uns um den Spaß zu bringen.

Marco hatte uns gebeten, abends ins Zelt zu kommen. Wir saßen im ersten Rang. Ein einfacher Suchscheinwerfer beleuchtete vor uns einen kleinen Ausschnitt gestampfte Erde, in dem ein niedriger Tisch stand. Es überraschte uns, daß noch andere Leute in unser Zelt gekommen waren, und beileibe nicht irgendwer; da waren Nandy, Marcos Seelenverwandter und Conférencier in den größten Zirkussen der Welt, Léon, Braconnier, Leponte – was besonders erstaunlich war, weil ich niemals zuvor gesehen hatte, daß er einen Fuß ins Zelt setzte –, Massila, Maman Rose und die Marquise. Ein großer Typ mit Schnauzbart tauchte auf, der Marco mit Handschlag begrüßte, da waren die Brüder Zyskowickz und Vater Martini, ausnahmsweise mal ohne seine Töchter, und Bondelli war da, der Partner von Camus, der wiederum der größte Impresario ganz Frankreichs war und unter anderem sogar Johnny Hallyday unter Vertrag hatte ... Als wir Platz genommen hatten, trat Marco in den Scheinwerferkegel.

»Wie ihr alle wißt, habe ich mich entschlossen, meinen eigenen Zirkus zu gründen. Fünfzehn Jahre habe ich auf diesen Moment gewartet. Fünfzehn Jahre habe ich für andere die Zelte aufgebaut, teilweise auch für euch ... Der Zirkus ist mein Leben. Seit sechsundzwanzig Jahren bin ich dabei, und es ist an der Zeit, daß ich mein eigenes Ding mache. Sicherlich denken viele von euch, daß ich verrückt bin und mich nicht in ein solches Risiko stürzen sollte. Daß ein Zirkus heutzutage nur Ärger bedeutet und außer den wirklich großen Namen keiner mehr Erfolg hat. Vielleicht habt ihr recht, ich will euch auch gar nicht widersprechen. Ich will einfach meine eigene Manege haben ... und dann sehen wir weiter.«

Marco trat aus dem Licht und verschwand im Dunkeln. Ein paar Sekunden lang passierte nichts, niemand sprach, niemand rührte sich. Man hörte nur gedämpftes Husten. Dann trat Monsieur Koutsen ins Licht, in Frack und Zylinder. Ich erkannte ihn erst gar nicht wieder; der kleine alte Mann sah wie verwandelt aus – er wirkte jünger, größer und sehr viel imposanter. Auf dem Arm trug er den Hund. Weisnix hing da, als sei er tot, Kopf und Pfoten baumelten im Takt von Koutsens Schritt. Er legte den Hund wie einen nassen Lappen auf den Tisch. Er hob ein Ohr an, das gleich wieder schlaff herunterfiel. Er hob eine Pfote an, die genauso schlaff wieder herunterfiel. Als hätte der Hund keinen einzigen Knochen mehr im Leib. Verlegen beugte sich Koutsen hinunter und flüsterte dem Hund etwas ins Ohr. Doch der rührte sich nicht. Die rosa Zunge hing ihm aus dem

Maul wie Mäusespeck. Koutsen hob Weisnix' Beine an, den Kopf, das Hinterteil – aber nichts zu machen. Der Hund war völlig schlaff, und seine Glieder fielen immer wieder weich und leise auf den Tisch. Mit ernster, besorgter Miene ging Koutsen um den Tisch herum – was wirklich lustig war, denn er tat so, als sei er völlig überrumpelt von dem, was hier geschah, und als hätte er keine Erklärung dafür, daß der Hund sich nicht regte. Einen Moment lang glaubte man tatsächlich, der Hund würde ihm seine Nummer ruinieren. Mit traurigem Blick hob Koutsen den Schwanz noch einmal an – ein letzter Versuch, bevor er die Manege verließ. Doch als Koutsen den Schwanz losließ, blieb dieser aufrecht stehen wie eine Eins. Ein breites Kinderlächeln erhellte Koutsens Gesicht. Er deutete auf den steifen Schwanz und schlug sich auf die Brust, als hätte er gerade eine Heldentat vollbracht. Nandy, der neben mir saß, entfuhr ein verblüfftes »Scheiße«.

Koutsen packte den Schwanz und bewegte ihn auf und ab, als wolle er damit Wasser pumpen. Bei jeder Bewegung versteifte sich eine weitere von Weisnix' Gliedmaßen, und bald war sein ganzer Körper gespannter als eine Geigensaite. Doch all das war geschehen, als hätte der Hund selbst überhaupt nichts dazu beigetragen, als wäre es die Pumpbewegung gewesen, die die Anspannung bewirkt hatte. Als er wieder vollständig »aufgepumpt« war, versuchte Koutsen, ihn auf seine vier Pfoten zu stellen. Doch er mußte sich beeilen, denn die Spannung ließ schon wieder nach wie bei einem Ballon, aus dem die Luft entweicht. Kaum dachte Koutsen, es sei ihm mit den Vorderpfoten gelungen, ging er zu den Hinterpfoten über. Weisnix' Kopf aber senkte sich leicht, seine Beine gaben nach, und er wurde langsam, wenn auch kaum merklich, wieder schlaff. Koutsen sprang schnell wieder zum Schwanz und pumpte, und der Hund wurde wieder steifer. Das ständige Wechselspiel zwischen ansteigender und nachlassender Körperspannung war eine unglaubliche Vorführung. War der Hund noch im ersten Moment so starr und gespannt wie ein Flitzebogen, war er im nächsten schon wieder so weich und schlaff wie ein vollgesogener Schwamm.

Koutsen, der seiner Verzweiflung in wilden Gesten Ausdruck verlieh, griff entkräftet nach ein paar Holzlatten, die unter dem Tisch lagen. Er pumpte ein letztes Mal und schiente Kopf und Körper des Hundes mit den Latten. Dann stellte er ihn auf seine vier Pfoten, beugte die Hinterbeine und ließ ihn sitzen. Weisnix hielt seinen Kopf so gerade wie bei einer Hundeschau. Doch man sah, daß er nur mit Hilfe der Latten so aufrecht saß. Koutsen umkreiste den Tisch und betrachtete ihn aufmerksam. Dann fand er endlich, was er gesucht hatte. Mit größter Behutsamkeit nahm er den Schwanz des Hundes und tat so, als würde er ihn verknoten wie das Ende eines Luftballons, nachdem man ihn aufgeblasen hat. Er ging einen Schritt zurück, bewunderte sein Werk und entfernte vorsichtig die Latten. Der Hund zitterte ein wenig, blieb aber gerade sitzen. Mit ausgestreckten Armen drehte sich Koutsen zu uns, er strahlte vor Glück. Wie alle anderen klatschte auch ich wie wild. Diese Nummer war lustig, mitreißend und unglaublich rührend.

Nach dem Applaus sprang Koutsen mit einer Wendigkeit zum Tisch, die für sein Alter ganz ungewöhnlich war. Er setzte den Zylinder ab und näherte sich plötzlich mit ganz ernstem Gesicht Weisnix' Kopf, nahm ihn in beide Hände und stützte sich erst vorsichtig, dann immer stärker auf. Weisnix rührte sich nicht. Und plötzlich schwang Koutsen sich mit Kraft und Eleganz in die Lüfte ... und stützte sich weiter auf Weisnix' Kopf ... In der Senkrechten fand er sein Gleichgewicht und machte mit angewinkelten Armen, die Hände um den wuscheligen kleinen Kopf geklammert, einen Handstand. Wie schaffte der Hund es nur, dieses Gewicht zu tragen, ohne zusammenzubrechen? Woher hatte er plötzlich so viel Kraft, wo er doch kurz zuvor noch so schlaff gewesen war?

Koutsen ließ sich so behutsam von Weisnix' Kopf herunter, wie er sich hinaufgeschwungen hatte. Dann sprang er vom Tisch, ging um den Hund herum und knotete seinen Schwanz wieder auf. Aus dem Hund entwich die Luft, und er glitt wieder wie eine breiige Masse auf den Tisch. Koutsen griff ihn, legte ihn vor seine Füße wie einen Sack Schmutzwäsche, sah uns an und sagte: »Das war's.«

Bevor wir noch klatschen konnten, richtete sich Weisnix blitzartig auf, machte einen gewagten Satz auf den Tisch, setzte sich auf die Hinterbeine und blickte ins Publikum. Koutsen deutete mit beiden

Händen auf den Hund, und wir applaudierten, bis uns die Hände weh taten.

Die Marquise hatte ein paar Flaschen Champagner, Plastikkelche und drei selbstgebackene Kuchen mitgebracht. Am besten schmeckte mir ihr Pflaumenkuchen – ein wahrer Festschmaus. Wir schwebten alle im siebten Himmel und waren glücklich und stolz. Wir scharten uns um Marco, Koutsen und Weisnix, die uns dieses Fest beschert hatten. Ich war mir sicher, daß Weisnix sich über unsere Komplimente freute. Sogar Leponte, der gar nicht der Typ für solche Sentimentalitäten war, streichelte ihn.

Auch Braconnier war ganz hingerissen. »Dieser Köter ist eine Goldgrube. Mit ihm könnt ihr richtig Asche machen ... Glaubt mir, ich kenne mich da aus. Marco, was hältst du davon, den Burschen von der Unternehmensversammlung den Hund als Showeinlage anzubieten? Ich kann dir natürlich nichts extra dafür bezahlen, ich hab meinen Etat schon überzogen. Aber so könntest du die Nummer live testen, und es wäre Werbung für dich. Davon hätten wir beide was.«

»Mal sehen.«

Léon trug zufrieden seine Wampe und seine Glatze durch die Gegend. »Ich muß ehrlich sagen, Monsieur Koutsen, ich hatte nie an diese Nummer geglaubt, ich dachte, sie sei ein Mythos, der in der Branche kursiert. Aber nun – Hut ab! Bravo! Sie sind ein großer Dresseur. Wenn Marco mich fragen sollte, steige ich auf der Stelle bei ihm ein. Mit so einer Nummer ist der Erfolg garantiert.«

Nandy umarmte Marco und beglückwünschte ihn. »Ich freue mich, Brüderchen. Dieses Mal klappt es, ganz sicher. Wenn du mich brauchst – du weißt, wo du mich findest.«

»Ich habe mich nicht getraut, dich zu fragen.«

»Du bist echt ein Idiot. Ich sag dir deine Show an, ich mach das, das wird ein Riesenspektakel.«

Die Marquise informierte Bondelli über das Material, das wir brauchten: »Alles mögliche – Tragegerüste, Manegenumrandung, Sitze für das Orchester, Vorhang, Lichter, Suchscheinwerfer, Halogenscheinwerfer – höchstens hundert Kilowatt, aber das müssen wir noch mal mit Tony abklären. Ach, wo ich schon gerade dabei bin – haben Sie fahrbare Imbißstände?«

Während die Marquise Bondelli in Beschlag nahm, standen wir bei den Champagnerflaschen und beim Essen.

»Das müssen wir im Polimago begießen. Habt ihr noch Kohle?«

Blöde Frage. Es war Donnerstag, wir waren natürlich alle blank.

»Uns müssen wir nicht feiern – der Hund hat das alles gemeistert. Besser also, wir besorgen ihm ein Geschenk, als uns selbst zu beweihräuchern.«

»Was gefällt Hunden denn so?«

»Ich hab eine Idee!«

Ich kannte sie nur zu gut, die Ideen vom Belgier ... Aber egal, an jenem Abend schwamm ich so in Glück und Sorglosigkeit, daß ich mich von diesem Kerl bequatschen ließ – und außerdem gab es mit dem Belgier wenigstens etwas zu lachen. Ich habe mich immer gewundert, wie aus einem solchen Spatzenhirn so viele Ideen raussprudeln konnten.

»Der Hund muß sich erholen – das, was man das Ruhekissen des Kriegers nennt. Wir werden ihm eine läufige Hündin besorgen, damit er Druck ablassen kann.«

»Gar nicht so dumm. Aber wie sollen wir eine finden? Sie laufen ja nicht einfach so auf der Straße rum. Die Herrchen sind doch nicht blöd – wenn ihre Hündinnen läufig sind, lassen sie sie nicht vor die Tür.«

»Keine Sorge, Kumpel. Ich hab an alles gedacht.«

Der Belgier und ich gingen zu Marco und gratulierten ihm. Er war mitten in einer heftigen Diskussion mit d'Artagnan.

»Glaubst du, du hättest das alleine hingekriegt? Glaubst du, du hättest das gekonnt?«

»Schon gut, Marco. Jeder kann sich ja mal irren. Das konnte doch keiner ahnen.«

»Und was hältst du jetzt von Monsieur Koutsen?«

»Ein ganz Großer. Er kann den Hund haben, solange er will, wenn wir ihn hin und wieder auch mal zu sehen bekommen.«

»Genau, Marco. Wir gehen jetzt ein bißchen mit Weisnix spazieren.«

»Wohin wollt ihr denn?«

»Nirgendwohin. Wir wollen einfach ein bißchen an die frische Luft mit ihm.«

»Gut, aber morgen früh um sieben brauche ich euch. Wir müssen anfangen, das Zelt im Bois aufzustellen. In einer Woche muß alles stehen.«

»Eine Woche? Für alles? Für die Ränge, die Plane – alles? Das heißt dann also rund um die Uhr ...«

»Exakt.«

»Bekommen wir eine Zulage?«

»Bist du eigentlich bescheuert, Belgier? Hast du denn immer noch nichts begriffen? Das Zelt gehört uns. Und solange wir es nicht mit zahlenden Zuschauern füllen, bekommen wir keinen Heller.«

»Spinnst du, Marco? Sollen wir etwa umsonst malochen?«

»Bingo.«

»Und wovon sollen wir leben?«

»Tagsüber arbeiten wir weiter hier in Balard, abends im Bois.«

»Ach du Scheiße! Das wird uns schwer ankotzen, das sag ich dir.«

Der Gedanke an die Unmengen von Arbeit, die auf uns zukamen, verdarb uns die gute Laune, und wir beschlossen, erst mal einen heben zu gehen, bevor wir uns auf die Suche nach dem Weibchen machten. Der Hund freute sich unbändig, uns wiederzusehen. Auch wir freuten uns, daß der Hund bei uns war und wir zusehen konnten, wie er hier und dort schnüffelte, um interessanten Duftspuren zu folgen. Da wir uns aber mit dem Hund nicht zu lange in unbewohntem Gebiet aufhalten wollten, beschlossen wir, ins 16. Arrondissement zu gehen; bei der Gelegenheit klapperten wir die Kneipen auf dem Weg ab und tranken je ein Glas.

»Im 16. gibt es viele Hunde. Gegen zehn werden sie immer Gassi geführt.«

»Woher weißt du denn das?«

»Na, ich hab dort früher viel rumgehangen, wenn ich nachts einen warmen Schlafplatz gesucht habe. Und so kenne ich ihre Gewohnheiten. Und wenn wir dort nichts finden, gehen wir wieder runter nach Boulogne, ich kenne dort ein Heim, nur für Köter.«

»In Boulogne gibt es ein Tierheim?«

»Nein, aber eine Friseuse. Vor ein paar Jahren hat ihr Typ sie verlassen, und seitdem hat sie keinen mehr abgekriegt. Sie ist schon älter ... Na ja. Und weil sie immer alleine war, ist sie ein bißchen übergeschnappt und hat sich auf hilflose Tiere gestürzt. Vor allem auf Hunde. Es ist immer dasselbe Lied – wenn die Frauen nichts mehr zum Vögeln haben, müssen die Hunde herhalten.«

»Du willst mir doch nicht erzählen, daß sie ...?«

»Nein. Tickst du noch sauber? So habe ich das nicht gemeint mit den Hunden. Sie hat nur eben keinen Mann mehr zum Verwöhnen, deswegen verwöhnt sie jetzt Hunde. Sie nimmt alle Streuner auf. Ihre Wohnung ist die reinste Hundepension.«

»Und du meinst, sie läßt uns einfach so zu sich herein? Weil wir so nett aussehen? Guten Abend, Madame, unser Hund ist Artist, aber er ist zur Zeit ein bißchen unausgelastet und sollte mal wieder eine Nummer schieben. Sie hätten nicht zufällig was Passendes auf Lager?«

»Weißt du, sie hat so viele Hunde, daß sie einen Teil davon in einem Schuppen irgendwo im Viertel untergebracht hat. Dort gehen wir hin.«

Nach der fünfzehnten Kneipe waren wir endlich im 16. Arrondissement, aber dort fanden wir nichts, alle Kneipen waren geschlossen. Also gingen wir direkt weiter nach Boulogne und machten auch diesmal auf dem Weg dorthin hier und da Station. Die Friseuse wohnte fast an der Seine, neben der alten Renault-Fabrik.

Ich kannte mich in diesem Viertel nicht gut aus. Dort war einiges los. Vor allem Araber gab es, die zum Arbeiten nach Paris gekommen waren und nie wieder in ihre Heimat zurückgekehrt sind, denn mittlerweile war Paris ihre Heimat geworden. Heute abend standen sie in kleinen Gruppen vor ihren Türen und unterhielten sich. Alle trugen weite, lange Mäntel und Mützen, die sie sich zum Schutz vor der Kälte weit ins Gesicht gezogen hatten. Aber es war nicht so wie in den anderen Araberviertel – hier fehlten die Gerüche, wie man sie häufig im 18. Arrondissement wahrnehmen konnte, der Duft von Gebratenem, Zucker und Honig und die starken, scharfen Aromen ihrer Gewürze.

Im Café am Platz tranken wir dann einen Anisschnaps – so ein griechisches Zeug, das ich nicht kannte und das einem die Hausschuhe auszog.

»Sag mal, Belgier, woher kennst du denn diese Friseuse?«

»Ich kannte zuerst ihre Titten.«

»Was ist denn das wieder für eine Geschichte?«

»Ich schwör dir, sie hat solche Augen.«

Er hielt sich die gewölbten Hände vor die Brust, um das Ausmaß zu verdeutlichen. »Sie hatte einen Salon in Les Halles, und manchmal sah ich ihr zu, wenn sie ihren Kundinnen die Haare wusch. Ohne Witz – du sitzt da und hast den Kopf mitten zwischen ihren Dingern. Mann, wenn ich daran denke ... Also habe ich mir ein-, zweimal einen Haarschnitt gegönnt, nur deswegen. Wir haben uns unterhalten und sind Freunde geworden. Sie hat mir dann ihre Adresse gegeben, und ich durfte sie besuchen, wenn ich wollte.«

»Hast du sie besucht?«

»Quatsch. Den Kopf zwischen ihren Titten – okay. Aber für alles andere war sie zu alt und zu fett.«

»Schade, dann hättest du was zu erzählen gehabt.«

Nach drei, vier Schnäpsen machten wir uns wieder auf den Weg. Aber der Belgier erinnerte sich weder an die Adresse noch an die ungefähre Richtung. Wir irrten ziemlich lange umher, und dann sagte ich mir, daß diese Geschichte nur blanke Prahlerei sein konnte und daß der Belgier mich verarscht hatte. Ich hatte nämlich noch nie Friseusen gesehen, die beim Haarewaschen den Kopf ihrer Kunden zwischen die Brüste nahmen. Ich schnauzte den Belgier also an, es sei immer das gleiche mit ihm, ich hätte die Nase voll von seinen hirnverbrannten Ideen, und ich würde jetzt nach Balard zurückgehen.

»Jetzt spinn nicht rum, Großer, ich find das Ding schon noch. Wenn ich's dir doch sage – ein großer Schuppen in einem Innenhof.«

Er öffnete alle möglichen Tore, nur um zu sehen, ob nicht sein Innenhof zum Vorschein kam. Und tatsächlich fand er ihn. Ich hatte die Hoffnung längst aufgegeben.

Hinter dem Eingangstor lag ein heruntergekommener alter Hof mit losen Pflastersteinen, der nach hinten von einem Holzschuppen begrenzt wurde. »Hier ist es, hier ist es«, flüsterte er und zog mich am Ärmel. Der Schuppen war abgeschlossen. Der Belgier brach das Schloß auf, woran ich ihn zunächst hindern wollte, aber ich sagte mir, es war ja schließlich für den Hund, und so hätten wir den ganzen Weg nicht umsonst gemacht. Was mich wunderte, war nur, daß überhaupt kein Bellen zu hören war, während der Belgier am Schloß rumfummelte. Dann ging die Tür auf, wir traten in den Schuppen – und da war kein einziger Köter weit und breit. Nur Fahrräder in Hülle und Fülle, neue Räder, alte Räder und Einzelteile.

»Du machst mich fertig, Belgier. Wir sind doch nicht gekommen, um an der Tour de France teilzunehmen. Wir wollten unserem Hund eine nette Hündin besorgen, damit er mal ordentlich Dampf ablassen kann. Ich hab die Schnauze voll von deinen Schnapsideen.«

»Es ist der falsche Schuppen. Das kann doch mal passieren, oder? Diese blöden Häuser sehen aber auch alle gleich aus. Los, laß uns weitersuchen!«

»Such alleine weiter, Belgier! Ich hau mich jetzt in die Falle. Wir müssen morgen scheißfrüh aufstehen.«

»Okay. Aber wir gehen nicht zu Fuß zurück. Es ist weit nach Balard. Laß uns die Räder nehmen, sind ja genug da.«

Endlich mal eine gute Idee vom Belgier. Also nahmen wir uns zwei Räder, hatten aber leider das Pech, am Tor direkt auf die Bullen zu treffen, so eine Nachtstreife.

Bei unseren Visagen verlangten sie natürlich gleich die Papiere.

Und natürlich hatten wir keine.

»Das fängt ja gut an. Sind das eure Fahrräder?«

»Na klar, Chef.«

Der andere Bulle, der sich im Hof umgesehen hatte, fragte uns mit einem dünnen Lächeln: »Und der aufgebrochene Schuppen gehört sicherlich auch euch. Leider hattet ihr die Schlüssel vergessen und mußtet das Schloß aufbrechen, nicht wahr?«

»Tja ...«

»Tja – was? ›Tja‹ ist keine Antwort. Wir fahren jetzt schön aufs Revier, dann werden wir der ganzen Sache mal auf den Grund gehen – auch wenn es hier wahrscheinlich nicht viel zu ergründen gibt.«

Im Polizeiwagen setzte der Belgier zu einer Erklärung an.

»Wir wollten dem Hund eine Hündin besorgen, der Hund ist nämlich ein Zirkusstar. Und ich kenne da eine Friseuse, die jede Menge Hunde hat, und wir haben uns gedacht, da werden wir fündig. Aber dann haben wir uns im Schuppen geirrt und die Räder gefunden.«

Die Bullen warfen sich vielsagende Blicke zu.

Und so kamen wir aufs Revier, gleich neben dem Rathaus von Boulogne. Uns steckten sie in den Bau, den Hund nahmen sie mit.

»Was macht ihr mit dem Hund?«

»Der kommt solange ins Tierheim. Ihr könnt ihn abholen, wenn ihr wieder draußen seid – so in ein, zwei Monaten.«

Und sie schlugen die Tür hinter sich zu.

Da saßen wir und schwiegen.

»Sag mal, Belgier – warum nennt man dich eigentlich Belgier?«

»Weil mein Alter in Gent geboren ist.«

»Ach was? Und wo ist Gent?«

»Keine Ahnung.«

»Es muß jedenfalls irgendwo in der Nähe von Genial liegen ...«

Mir ging es schlecht. Richtig beschissen. Ich machte kein Auge zu – und das lag weder am Schnarchen noch am Gestank des Belgiers. Ich war mir des Ernstes der Lage vollkommen bewußt. Für uns selbst war es kein Problem – schlimmstenfalls zwei Wochen Knast. Aber ich dachte an unseren Hund. Ich wußte, was es für einen Hund bedeutete, ins Tierheim gesteckt zu werden – vor allem für einen Hund ohne Halsband und ohne Tätowierung im Ohr. Sie behalten ihn eine Woche, und dann geben sie ihm eine Spritze ... oder er wird an ein Labor verkauft. Unser Hund in einem Labor! Mir grauste es bei dieser Vorstellung. Dort würde man ihm erst einmal die Stimmbänder durchtrennen, damit er mit seinem Gebell die Forscher nicht bei der Arbeit stört. Dann würden sie ihn aufschneiden und prüfen, ob magentafarbener Lidschatten möglicherweise die Augen, die Leber oder den linken Ringfinger schädigte ...

An so etwas dachte ich, an die grausamen Bilder aus Versuchslabors, die ich in Zeitungen gesehen hatte. Zusammengekauert lagen Hunde im Käfig, mit eingezogenem Schwanz und herzzerreißendem Blick, der zu sagen schien: Was habe ich euch getan, damit ihr mir so etwas antut?

Und dann dachte ich an Marco, an den Zirkus, an

unsere Truppe. Was sollte nun aus alldem werden? Ein paarmal weckte ich den Belgier auf und fragte ihn, was wir jetzt machen sollten.

»Heute nacht können wir sowieso nichts mehr machen. Die ganze Welt schläft. Morgen sehen wir weiter.«

In gewisser Weise bewunderte ich seine Ungerührtheit. Auch ich wäre gerne über meinen Problemen eingeschlafen, ohne Reue, ohne Gewissensbisse. Doch leider war es mir nicht möglich, obwohl ich wußte, daß es nichts brachte, das Problem hundertmal im Kopf herumzuwälzen.

Am frühen Morgen kamen zwei neue Polizisten. Wir wurden vor den Haftrichter geführt und dann ordnungsgemäß in Gewahrsam gebracht. Auf den Belgier konnte ich nicht zählen, also flehte ich die Bullen an: »Bitte, lassen Sie mich nur kurz telefonieren, wir müssen unserem Chef Bescheid geben.«

»Wir sind hier nicht in einer amerikanischen Fernsehserie, hier wird nicht telefoniert, klar?«

»Monsieur, ich bitte Sie – es ist sehr wichtig. Es geht gar nicht um uns, es geht um unseren Hund. Wenn unser Chef ihn nicht holen kommt, wird er eingeschläfert. Der Hund hat doch nichts verbrochen – warum sollte er für unsere Dummheiten büßen und sterben müssen? Ich muß unserem Chef sagen, was mit dem Hund ist.«

Der Polizist schien kein übler Kerl zu sein, und offensichtlich mochte er Tiere, denn er gestand mir zwei Minuten zu, um mit Marco zu telefonieren.

Marco war schon zur Arbeit gegangen, und ich

hatte die Marquise am Apparat. »Hallo, hier ist der Große.«

»Was ist los? Ist etwas mit Marco?«

Sie war gleich ganz besorgt. Ich hatte sie ja auch noch nie zuvor angerufen.

»Nein, es ist wegen dem Belgier und mir ... wir haben uns heute nacht von den Bullen schnappen lassen, weil wir Fahrräder geklaut haben.«

»Was habt ihr denn jetzt schon wieder ausgefressen? Habt ihr es nicht langsam selber satt, immer nur Mist zu bauen?«

»Laß mich ausreden, Marquise – wir sitzen echt in der Scheiße. Wir hatten den Hund dabei, und die Bullen haben ihn ins Tierheim bei Boulogne gesteckt. Wenn Marco ihn nicht holt, schläfern sie ihn ein, und das war's dann mit dem Zirkus. Marco muß ihn sofort abholen.«

»Du dämlicher Vollidiot! Ich werde es euch nie verzeihen, wenn Weisnix etwas zustößt.«

»Meinst du etwa, ich würde es mir je verzeihen? Wir haben Mist gebaut, okay, aber das können wir nun nicht mehr rückgängig machen. Wir müssen Weisnix retten. Hör zu, ich muß auflegen, die Bullen gucken schon grimmig.«

Ich dankte dem Polizisten, wir stiegen in den Wagen und fuhren zum Justizpalast. Ich hatte alles getan, was in meiner Macht stand, um den Hund zu retten, aber ich hatte dennoch kein ruhiges Gewissen. Der Knast war mir egal, das wäre nicht von Dauer, außerdem stirbt man nicht so schnell in einer Zelle. Aber unser Hund ...

Zwanzig Minuten später übergaben uns diese Bullen an andere Bullen, und wir betraten den Gerichtssaal, einen großen, länglichen Raum mit hohen Decken und kleinen Fenstern. Links von der Anklagebank, direkt neben uns, saßen der Richter und seine Beisitzer. Auf einer Empore und umgeben von einer vertäfelten Wand saß der Staatsanwalt, der in den Akten las und uns keines Blickes würdigte. Auf der rechten Seite des Saales befanden sich über die gesamte Länge Bänke, die mit ein paar alten Stammgästen besetzt waren. Zwischen dem spärlich gefüllten Zuschauerbereich und uns war eine Holzschranke, hinter der die Anwälte saßen. Einer von ihnen war der Pflichtverteidiger, den man uns zugewiesen hatte, bevor wir eingebuchtet worden waren.

Ein Beisitzer erläuterte die Sachlage: Wir hätten Fahrräder gestohlen und uns nicht ausweisen können. Ohne die Nase aus den Akten zu nehmen, erklärte der Staatsanwalt, daß es sehr schlimm sei, etwas zu stehlen, ohne sich ausweisen zu können. Man würde uns streng bestrafen. Wir seien der Abschaum der Gesellschaft ... eben die ganze Litanei. Unser Anwalt sagte, man könne kein vorschnelles Urteil über uns fällen, weil man weder wisse, wer wir sind, noch, ob wir schon einmal straffällig geworden waren. Der Staatsanwalt gab zurück, daß wir beim Stehlen wohl kaum auf Probetour gewesen seien.

Der Richter fragte uns, ob wir auch etwas dazu zu sagen hätten.

Ich erhob mich schnell, damit der Belgier uns nicht um Kopf und Kragen redete.

DER HUND VON BALARD

»Das mit den Rädern stimmt, Euer Ehren. Aber es war nicht unsere Absicht, sie zu stehlen ... Gelegenheit macht eben Diebe. Wir hatten getrunken und wollten schnell nach Hause kommen, damit wir am Morgen fit wären und arbeiten könnten.«

»Sie haben Arbeit?«

»Wir arbeiten in Balard, Euer Ehren, wir sind Zeltbauer.«

»Ich glaube, sie bauen eher Mist als Zelte«, warf der Staatsanwalt ein.

»Warum sind Sie in den Schuppen eingebrochen, wo Sie doch überhaupt nichts stehlen wollten?«

»Weil wir übermütige Schwachköpfe sind, Euer Ehren. Wir haben nämlich einen begnadeten Hund, ein Subjekt.«

»Ein Subjekt?«

Da der Richter einen netten Eindruck machte, fing ich zu erklären an: »In der Zirkuswelt ist ein Subjekt ein außergewöhnliches Tier, ein Tier, das gerne Nummern vorführt und sie ganz von alleine lernt, Euer Ehren. Das gibt es nur sehr selten, und wir hatten das Glück, auf solch ein Tier zu treffen. Mit diesem Hund können wir vielleicht unseren eigenen Zirkus aufmachen, haben wir uns gesagt, endlich lächelt uns das Glück einmal zu. – Deshalb haben wir beschlossen, uns selbständig zu machen. Wissen Sie, mit diesem Hund und dem Dresseur haben wir eine tolle Nummer. Gestern haben wir sie vielen Leuten aus der Branche vorgeführt, um sie dazu zu bewegen, mit uns zu arbeiten. Alle waren begeistert, und nun sind wir uns sicher, daß das alles etwas werden kann.«

»Deshalb ist man ja noch lange kein Schwachkopf.«

»Doch, gestern abend schon. Wir waren so glücklich, daß wir unseren Hund belohnen wollten. Er hat Großartiges geleistet ...«

»Und weiter?«

»Und dann kam uns die Idee, ihm ein Weibchen zu suchen ... um ihn zu verwöhnen ...«

»Und deshalb haben Sie die Fahrräder gestohlen?«

»Nein, aber wir haben kein Weibchen gefunden. Bis uns eingefallen ist, daß eine Bekannte von uns streunende Hunde aufnimmt, die sie über Nacht in einem Schuppen unterbringt. Aber es war leider nicht ihr Schuppen. So war's, Euer Ehren.«

Der Richter und die Beisitzer schmunzelten über die Geschichte. Auch die Zuschauer lachten.

»Und wo ist der Hund jetzt?«

»Das ist ja das Schlimme, Euer Ehren. Wir müssen dringend etwas unternehmen, denn die Polizei hat ihn ins Tierheim gebracht, und wenn wir ihn nicht da rausholen, wird er eingeschläfert. Uns können Sie gerne ins Gefängnis stecken, aber lassen Sie bitte den Hund frei! Er kann nichts dafür, er ist unschuldig.«

»Er kann auch nicht Fahrrad fahren«, meinte der Belgier.

Der Richter mußte sich das Lachen verkneifen. Es zahlte sich doch aus, den Naiven zu spielen.

Der Richter erteilte dem Staatsanwalt das Wort.

»Drei Monate Haft bis zur Feststellung ihrer Identität.«

Unser Verteidiger brachte ihm entgegen, daß die Rechtsprechung tief gesunken sei, wenn man jetzt schon Leute verurteilte, ohne zu wissen, wer sie sind. Außerdem könne er nicht viel sagen, da er ja nicht einmal Zeit gehabt hätte, mit seinen Mandanten zu sprechen.

Das Gericht zog sich zur Beratung zurück. Wir wurden zurück in die Zelle geführt und warteten.

Nach drei Stunden holte man uns heraus und brachte uns wieder in den Saal. Die Bullen sagten, wir sollten uns hinsetzen, der Richter aber verlangte, daß wir uns erhoben.

»Nach dem Gesetz kann und muß ich Sie wegen Einbruchs und Diebstahls sowie wegen des Verstoßes gegen die Ausweispflicht und Landstreicherei verurteilen. Wegen dieser abstrusen Geschichte, die Sie mir da aufgetischt haben, könnte ich sie zudem noch der Täuschung des Gerichts schuldig sprechen. Aber gerade weil diese Geschichte so unglaublich ist, will ich sie glauben. Ich gebe Ihnen eine Chance – die erste und letzte: Ich werde das Tierheim von Boulogne anweisen, Ihnen den Hund nur gegen Vorlage Ihrer Papiere, gegen Vorlage eines Wohnungsnachweises und eines Schreibens Ihrer Firma auszuhändigen, in dem Ihr Anstellungsverhältnis bescheinigt wird. Ich kann für Sie nur hoffen, daß die Namen, die Sie angegeben haben, mit den Namen auf Ihren Personalausweisen übereinstimmen. Sonst werden Sie Ihren Hund nämlich nicht mehr wiedersehen. Außerdem erlege ich Ihnen hundertdreißig gemeinnützige Arbeitsstunden auf. Der Richter für die Überwachung des Strafvollzugs wird Ihnen eine Aufgabe zuweisen, die Ihren Fähigkeiten entspricht.«

Und damit waren wir frei. Ich konnte es gar nicht fassen, daß es so glimpflich ausgegangen war.

»Siehst du, Großer – es gab gar keinen Grund zur Sorge. Mit mir kommt man auch aus der größten Scheiße wieder raus.«

Von einer Kneipe aus rief ich die Marquise an und fragte sie, wo Marco sei. Erst hielt sie mir eine Standpauke, dann sagte sie, daß Marco eine Stinkwut auf uns habe und wir uns auf das Schlimmste gefaßt machen sollten. Damit hatte ich gerechnet. Aber wo war der Hund?

»Ich weiß es nicht. Kommt nach Balard und wartet dort.«

So schnell wir konnten, kehrten wir zum Zelt zurück. Ich hatte ziemlich Schiß, und dann fragte der Belgier auch noch, ob wir Zeit hätten, uns etwas zwischen die Kiemen zu schieben. Als wir in Balard ankamen, war alles ruhig. Kein Mensch war zu sehen. Wir gingen ins Zelt, und dort sahen wir sie alle versammelt und mit finsteren Mienen diskutieren. Sogar Koutsen und Salaam waren da. D'Artagnan bemerkte uns als erster und gab Marco ein Zeichen. Marcos Blick entnahm ich, daß uns eine schlimme Abreibung erwartete. Sogar der Belgier, der kein großer Psychologe war, begriff es und blieb zehn Meter vor Marco stehen.

Ich ging zu ihm hin. »Marco ...«

Sein Schlag war so hart, daß ich direkt auf dem Boden landete. Ich spürte Blut im Mund, und meine

Gesichtshälfte brannte wie Feuer. Ich lag hilflos da wie ein Kind.

Der Belgier sagte etwas, doch ich verstand nichts, weil mir die Ohren klingelten. Als ich zu ihm hinübersah, lag auch er auf dem Boden und hielt sich mit einer Hand die Backe.

»Ihr holt sofort den Hund. Sie geben ihn offenbar nur an euch zurück. Ihr habt genau eine Stunde. Wenn ihr bis dahin nicht wieder zurück seid, überlege ich mir, was ich mit euch beiden mache.«

In seiner Stimme klangen Wut und Enttäuschung mit. Große Enttäuschung. Wir rappelten uns auf, ich holte meine Papiere, und Leponte stellte uns eine Bescheinigung aus. Am Tor trafen wir auf Salaam.

»Ihr Idiot! Ihr alles kaputt! Nichts macht richtig! Ihr Idiot!«

Mit hängenden Köpfen machten wir uns auf den Weg. Es gibt kaum etwas Deprimierenderes als ein Tierheim. In einem großen grauen und kalten Schuppen folgten Eisenkäfige aufeinander wie die tristen Tage einer Februarwoche. In jedem Käfig kauerte ein aufgeschrecktes Tier in der Ecke und wartete ohne Hoffnung, daß sein Herrchen es hier heraus holte. Sobald ein Mensch den Schuppen betrat, standen alle Tiere auf und bellten sich die Angst aus dem Leib. Hilfe! Helft mir doch! Und dann diese Blicke, wenn man auf der Suche nach dem eigenen Tier langsam an ihren Käfigen vorbeigeht ... Diese flehenden Blicke zerreißen einem das Herz. Ich glaube, die Tiere wissen, daß sie ohne die Hilfe eines Menschen, der sie aus ihrer Not befreit, dazu verdammt sind, frühzeitig auf dem Friedhof zu enden.

Weisnix war völlig aus dem Häuschen, als er uns kommen sah. Dennoch konnte ich mich nicht richtig freuen. Ich fürchtete, daß Marco uns nach dieser Geschichte rausschmeißen würde. Mit dem Hund gingen wir zurück nach Balard. Außer Marco war keiner mehr da.

Er gab jedem von uns fünfhundert in Scheinen. »Verpißt euch. Ich will euch nie wieder sehen.«

»Und wenn ihr mit offenen Augen verrecken würdet – ich würde euch noch auf den Kopf pissen! Nie wieder – hört ihr –, nie wieder setzt ihr einen Fuß in meine Wohnung. Meine Tür bleibt euch auf immer und ewig verschlossen.«

»Mach auf, Trauerspiel. Wir sitzen in der Scheiße.«

»Das ist mir egal. Ich bin in der Scheiße geboren und lebe auch noch. Verpißt euch einfach.«

»Mach auf, du Arsch, oder ich trete die Tür ein.«

»Versuch's doch, du Penner! Die Tür ist nämlich jetzt gesichert.«

»Trauerspiel, ich bin's – der Große. Laß uns rein, wir rühren nichts an, du hast mein Wort.«

»Gegen dich habe ich nichts, Großer, aber diesen Blutsauger will ich hier nicht mehr sehen, dieser Kerl ist eine Bestie.«

»Ich verspreche dir, ich mache ihn fertig, wenn er auch nur einen Kratzer an deinen Möbeln hinterläßt.«

Trauerspiel war kein schlechter Kerl, und er war auch nicht nachtragend. Vor allem aber war er einsam, so daß er uns schließlich die Tür öffnete. Wir traten ein. Ich kannte seine Bude noch nicht, doch auch als ich sie jetzt zu Gesicht bekam, beklagte ich mich nicht. Die Wohnung war klein, häßlich und düster – aber warm. Sehr warm. Die Heizung lief auf Hochtouren. Er hätte sein Essen darauf kochen können. Ich war deprimiert und saß in einer deprimierenden Wohnung mit zwei deprimierenden Vollidioten. Scheiße.

»Ich darf nicht mal mehr in meiner Karre schlafen, Trauerspiel. Das Betreten des Geländes ist uns untersagt. Du wirst uns doch bei der Schweinekälte nicht draußen schlafen lassen.«

»Nein, nein und noch mal nein! Ich kenne deine Tricks. Das habe ich schon mal mitgemacht. Ich koche euch jetzt einen Kaffee und dann – raus! Ab in die Wüste! Das ist die reinste Erholung für mich, wenn ich weiß, daß du nicht mehr im Viertel bist, Belgier. Wenn ich weiß, daß du weit weg bist, kann ich besser schlafen.«

»Und ich dachte immer, ich bin dein Freund. Das enttäuscht mich wirklich.«

Trauerspiel verschlug es die Sprache, als er das hörte. Er wußte nicht mehr, was er sagen sollte. Und mich nervte es, diesen beiden Schwachköpfen zuzuhören. Also machte ich mich dünne. Der Belgier wollte mich begleiten, aber ich habe ihn zum Teufel geschickt. Auch ich wollte ihn nicht mehr sehen. Nie mehr.

Ich fragte bei Massila an, ob sie vielleicht Arbeit für mich hätte, doch die Nachricht hatte sich schon herumgesprochen. Ich mußte mir anhören, daß da nichts zu machen und daß ich zur Zeit in Paris nicht mehr erwünscht sei. Ein andermal vielleicht …

Ich hatte begriffen. Ich war von nun an ein Aussätziger.

Als ich wieder ging, traf ich den kleinen Daniel. Wir beide mochten uns nicht besonders.

»Bravo, starke Leistung, Großer. Jetzt kommst du nur noch bei Tarkey als Paki unter, was anderes kriegst du nicht.«

Statt einer Antwort rammte ich ihm mit einem kräftigen Fußtritt die Eier in den Hals.

»Wenn sie zurück in deine Hose rutschen, bestell ihnen einen schönen Gruß von mir, du kleines Arschloch.«

Für Tarkey hätte ich niemals gearbeitet. Dieser Typ war ein Sklaventreiber, ein Dreckskerl, ein Stück Scheiße, ein Blutsauger ... Er lebte von der Not der anderen, und davon lebte er gut. Er holte sich von überall illegale Einwanderer und vermittelte sie für zweifelhafte Bauprojekte. Seine Jungs kamen aus Indien und Ländern in der Nähe, deshalb nannte man sie Pakis. In unserer ersten Zeit in Balard hatte er auch uns mal ein paar Männer besorgt. Damals wußten wir noch nichts von seinen Machenschaften, und Marco war mit ihm ins Geschäft gekommen. Die Jungs arbeiteten gut, schotteten sich aber von uns ab, da sie kein Französisch sprachen. So gaben wir ihnen radebrechend Anweisungen, und sie antworteten in ihrem Kauderwelsch und nickten mit dem Kopf. Für die Arbeit reichte das. Wir mochten sie, aber sie blieben nicht lange – sie waren keine Zeltarbeiter wie wir.

Nachdem sie ein paar Tage bei uns gearbeitet hatten – wir saßen gerade beim Essen bei Maman Rose –, sahen wir, wie sie vor dem Fenster des Lokals standen und uns beim Futtern zusahen. Beim Anblick unserer Steaks lief ihnen das Wasser im Mund zusammen. Wir machten ihnen Zeichen, daß sie doch hereinkommen sollten, aber sie lehnten ab. Marco ging hinaus und sprach mit ihnen. Wir hatten diese Burschen wirklich noch nie essen sehen. Wenn wir ihnen vorschlugen, mit uns zu kommen, lehnten sie grundsätzlich ab; wir erklärten uns das damit, daß sie lieber unter sich blieben, und kümmerten uns nicht weiter darum. Doch sie sahen wirklich ziemlich ausgehungert aus.

Marco kam fuchsteufelswild zurück. »Dieser Schurke, dieser Dreckskerl, dieser Kriminelle! – Maman Rose, dreimal das Tagesgericht für meine Freunde. Das geht auf meine Rechnung.«

Er holte die Jungs an unseren Tisch, und wir rückten zusammen, damit sie Platz hatten.

»Wer ist denn der Kriminelle?«

»Tarkey, dieses Schwein. Ihr wißt ja, daß ich die Jungs nicht direkt bezahle. Leponte gibt Tarkey das Geld – zweihundert pro Mann, genausoviel, wie ihr bekommt. Und wißt ihr, wieviel Tarkey ihnen davon läßt? Fünfzig! Fünfzig Francs, um zu leben. Um zu schlafen, um zu essen. Dieser Typ ist ein Sklavenhändler. Aber der wird sich noch wundern. Von nun an bezahle ich die Jungs direkt, und sie bekommen von mir die vollen zweihundert.«

Und so machte er es auch; am folgenden Freitag gab Marco ihnen die zweihundert in Münzen. Tarkey gefiel das natürlich gar nicht, und er beschwerte sich – zunächst bei Leponte, dann bei Marco, weil Leponte nichts damit zu tun haben wollte.

»Das sind meine Männer, Marco, das geht dich überhaupt nichts an. Du gibst mir jetzt die Kohle – und Schluß. Sie arbeiten für mich, nicht für dich. Es steht dir nicht zu, einfach so ihren Lohn zu erhöhen.«

»Sie arbeiten soviel wie die anderen auch, also kriegen sie auch den gleichen Lohn.«

»Spuck hier bloß keine großen Töne, Marco. Du weißt wohl nicht, was ich dir für einen Ärger machen kann. Was würdest du dazu sagen, wenn ich dir die Aufsichtsbehörden ins Zelt schicke? Da würdest du ganz schön dumm aus der Wäsche gucken – du hättest einen Prozeß am Hals wegen Schwarzarbeit und Beschäftigung Illegaler. Dann würde dein Zelt nicht mehr lange stehen, das kann ich dir sagen.«

»Verpiß dich.«

Tarkey verschwand ohne ein weiteres Wort. Noch am selben Abend erklärte Leponte, daß die Pakis nicht mehr bei uns weiterarbeiten dürften. Marco versuchte vergebens, mit ihm zu verhandeln.

Ohne uns untereinander abzusprechen, gaben wir den Pakis je fünfzig Francs aus eigener Tasche, und so gingen sie.

Für Tarkey zu arbeiten kam also gar nicht in Frage.

Wenn man in Paris unbedingt Arbeit braucht, findet man auch welche. Man muß nur seinen Stolz hintanstellen und loslegen. Am Abend hatte ich Arbeit bei einem Fleischgroßhändler in Rungis gefunden. Ich mußte Tierhälften von den Lastwagen in die Kühlhäuser schleppen. Von zwei Uhr nachts bis sieben Uhr morgens. Jeden Tag. Damit würde ich zwar nicht reich werden, doch ich konnte mich sattessen, bis Gras über die ganze Sache gewachsen war.

Noch am selben Abend schleifte ich auf dem Großmarkt in einem weißen Kittel mit Kapuze Rinderhälften vom Lastwagen zu den Fleischerhaken in der Halle. Eine, zwei, zehn, hundert – alle hingen sie an ihrem Stahlhaken und schaukelten leicht im Luftzug. Ein träger, bluttriefender Tanz.

Rungis ist der Bauch von Paris. Tag für Tag verschlingt und verdaut Rungis genüßlich Berge von Lebensmitteln aus Frankreich, aus Europa und aus der ganzen Welt. Wie der Moloch, der seine Kinder verschlingt, um seine Stadt zu retten, verschlingt Rungis die Welt, um seine Kinder zu ernähren. Und wir, die wuselnden Opferträger, die fleißigen Ameisen, transportieren Wagen für Wagen dieses unerschöpfliche Manna mitten hinein in seinen unersättlichen Schlund. Mit einer Rinderhälfte auf dem Rücken und verloren in den furchterregenden Klauen dieser Bestie, dachte ich an die Ratten, die am anderen Ende der Nahrungskette im feuchten Dunkel der Kloaken und Wasserspülungen auf ihrem pelzigen grauen Rücken die Exkremente trugen, die dieser Schlund jeden Abend ausspuckte. Auf der einen Seite war ich, der Mensch, auf der anderen Seite waren sie, die Ratten. Waren wir denn so verschieden? War ich denn nützlicher?

DER HUND VON BALARD

In der Nebenhalle, der Halle der Hammel und Lämmer, arbeitete ein Schwarzer, der bestimmt zwei Meter groß war, ein Schrank von einem Kerl. Sein Muskelspiel war von einer Eleganz, wie nur die Körper der Schwarzen sie besitzen. Er trug einen großen altweißen Plastikschurz und stand vor dem Haublock. Zu seiner Linken lag ein Berg Hammelköpfe. Er griff sie nacheinander weg und bearbeitete sie mit dem Fleischerbeil, indem er zweimal zuschlug und den Schädel spaltete. Dann brach er mit den bloßen Händen unter einem schrecklichen Knacken die Schädelkappen auf, nahm das Hirn heraus, legte es in eine Wanne hinter ihm, warf den gespaltenen Schädel auf die rechte Seite und griff sich den nächsten Schädel. Jede Nacht, dreihundertfünfundsechzigmal im Jahr, in der ewigen Dunkelheit von Rungis, nahm dieser Mensch Hammelschädel aus. Er war von weither gekommen, nur um Hammeln das Hirn herauszureißen – der mußte wirklich Hunger gelitten haben.

The Law of the West. Scheiße. Dieses beschissene Gesetz. Überall, wo ich hinging, herrschte es.

Zwei Tage später traf ich abends den Belgier in der Nähe der Bastille. Zuerst dachte ich, er hätte mich nicht gesehen, und wollte mich schon verkrümeln, aber er kam direkt auf mich zu.

»Wo treibst du dich rum, verdammt? Ich suche dich seit zwei Tagen.«

»Geh mir aus den Augen, Belgier.«

»Marco will dich dringend sprechen.«

Das Gelände im Bois de Boulogne war recht weitläufig. Es gab einen Platz für das Zelt und die Menagerie und ein größeres Areal, das als Parkplatz dienen sollte. Ausnahmsweise hatte Braconnier uns mal nicht übers Ohr gehauen. Auf dem Gelände stand noch nichts, aber es war immerhin ein guter Anfang. Marco war mit der gesamten Truppe da, und auch Teddy war mit seinen Burschen gekommen. Insgesamt waren wir ein Dutzend Männer.

Als Marco mich sah, rief er mir gleich zu: »Du schickst der Marquise und Maman Rose Blumen. Ohne die beiden wärst du nämlich gar nicht hier. Der Belgier und du, ihr gehört wieder dazu. Aber das war das letztemal, daß ich mir so etwas von euch habe bieten lassen.«

Wortlos gesellte ich mich zu den anderen. Später erzählten sie mir, daß die beiden Frauen regelrecht mit Marco geschimpft hätten. Er sei zu weit gegangen diesmal, er dürfe uns nicht rausschmeißen, wir seien von Anfang an dabeigewesen, schließlich könne jeder mal einen Fehler machen, und er solle seine Entscheidungen nicht in blinder Wut fällen, wir seien schließlich eine sichere Bank, und er würde es noch bereuen – immerhin habe er auch schon mehrmals vor Gericht gestanden, und das habe ihn ja auch nicht verdorben ... Sie hatten Marco so in die Zange genommen, daß er nachgeben mußte.

Die ganze Mannschaft war da und wartete auf den Lastwagen mit dem Zelt. Tony hatte ein Stromaggregat und Scheinwerfer installiert, damit wir auch bei Nacht arbeiten konnten. Während der beiden Tage, die ich nicht dabeigewesen war, hatten sie ordentlich geschuftet. Alle Lochschienen für den Unterbau der Ränge waren montiert und die Platten gesägt. In den letzten beiden Nächten hatten sie kaum geschlafen, die Müdigkeit stand ihnen in die abgespannten Gesichter geschrieben. Ich hatte ein schlechtes Gewissen, weil ich sie im Stich gelassen hatte.

»Wir arbeiten bis sieben Uhr in Balard, dann gehen wir zu Maman Rose, und danach geht's hier weiter bis drei oder vier Uhr morgens. Wir schlafen bis sieben, dann fängt es wieder von vorn an. Im Moment geht es noch ... aber demnächst wird es richtig hart. Marco hat uns den Glühwein verboten, wir dürfen nur noch zum Essen etwas trinken. Er will nicht, daß wir durchhängen.«

Ich wollte noch ein paar Fragen stellen, aber da kam Léon schon mit seinem Elefantenlastwagen. Statt der Dickhäuter hatte er die Plane und die Masten auf den Hänger geladen. Nachdem Tony die Stromaggregate angeworfen hatte, entluden wir den Laster.

Ein Zelt aufzustellen ist weder kompliziert noch besonders anstrengend, es ist alles nur eine Frage der Organisation, der Disziplin und der Übung. Marco hätte ein Zelt im Schlaf aufbauen können, und auch wir hatten langsam Erfahrung darin.

LUDOVIC ROUBAUDI

Das Zelt, das Massila uns überlassen hatte, war rot-weiß gestreift, rund und eigentlich ganz schön. Es war das gleiche, das sie selbst an der Porte Champerret hatte, nur in Klein. Runde Zelte sah man nur noch selten, warum, weiß ich nicht. Vielleicht gab es da tatsächlich einen Modetrend – die modernen Zelte waren jedenfalls oval oder rechteckig. In meinen Augen entstand dadurch eine Asymmetrie zwischen Zelt und Manege, die weiterhin rund war; so war es Tradition, und die Tradition änderte man nicht. Der Ursprung des Zirkus, wie wir ihn heute kennen, reicht ins 18. Jahrhundert zurück. Ausgediente Kavallerieoffiziere organisierten damals wie in einer Manege Reiterschauen auf einem runden Platz, der genaue und unveränderliche Maße haben mußte. Lange Zeit waren Pferde die einzigen Tiere in der Manege. Doch im Laufe des 19. Jahrhunderts ließ das Publikumsinteresse an derartigen Veranstaltungen nach, und so wurden andere Tiere und andere Nummern ins Zelt geholt. Bis dahin hatten Gaukler ihre Kunststücke nur auf der Straße aufgeführt. Ich habe gelesen, daß es damals einen großen Streit zwischen den Befürwortern der Reitertradition und den Modernisten gab; um dem wachsenden Erfolg der Modernisten entgegenzuwirken, spielten die Traditionalisten im Zirkuszelt sogar berühmte Kavallerieangriffe nach. Die überwältigenden Vorführungen gegen die Neuerungen hatten ihre ruhmvollen Zeiten, doch sie konnten sich nicht halten. Was sich jedoch seit damals gehalten hat, sind die kreisförmige Manege mit den festen Maßen und die große Liebe zu Reiternummern.

Ich wußte nicht, ob Marco vorhatte, eine Reiternummer in sein Programm einzubauen, doch die Zeit war auch noch nicht reif, sich darüber Gedanken zu machen.

Zunächst muß der Grundriß für das Zelt genau festgelegt werden. Man muß wissen, wo man die Eisenanker setzt, die die Plane spannen und halten, wenn sie erst einmal aufgezogen ist. Wenn der Platz von der Mitte aus abgesteckt ist, trägt man die ersten Mastenteile herein. Massilas Zelt war zwar nicht sehr groß, dennoch wurde es von vier Masten getragen, die jeweils an vier Punkten den Umfang der Manege markierten. Um die Stabilität dieser langen, leichten Vierkantmasten zu garantieren, muß man sie auf schweren Betonquadern befestigen, in die ein Mastschuh mit vier gigantischen Schrauben eingelassen wird. In den Boden drückt man Stahlplatten, die extra dafür angefertigt werden und präzise die Größe des Lochs vorgeben, das für die Betonquader ausgehoben werden muß. Wenn das erledigt ist, muß man den ersten Teil des Mastes auf dem Quader befestigen, danach werden die weiteren Teile auf- und ineinandergesteckt. Bis zu zwei Meter Höhe macht das überhaupt keine Probleme, dann aber kann es kompliziert werden. Auch wenn diese Masten so unerschütterlich aussehen wie Eichenbäume und denjenigen Vertrauen einflößen, die dort hinaufsteigen, so sind doch alle senkrechten Konstruktionen so biegsam wie Schilfrohr. Je höher man steigt, desto geschmeidiger müssen die verwendeten Materialien sein. Auch die Masten, die die Plane halten, bilden da keine Ausnahme. Sobald die Höhe zwei Meter übersteigt, fangen sie leicht, aber stetig an zu schwingen. Anfangs ist die Schwingung kaum wahrnehmbar, doch mit jedem Zentimeter wird sie größer, bis man schließlich wie ein Matrose in seinem Krähennest schwankt, wenn das Boot sich in den Wellen wiegt.

Mir wird schon schwindlig, wenn ich auf einem Stuhl stehe. Außerdem werde ich schnell seekrank – ich habe lieber festen Boden unter den Füßen. Beim Abbau in Pantin und beim Aufbau in Balard hatte mich Marco aus Rücksichtnahme nicht auf die Masten hinaufgeschickt; er wußte, daß es mir vor dieser Aufgabe graute ... Erst wenn die Plane am Boden verankert ist und die Masten nicht mehr so stark schwingen, schaffe ich es hinaufzusteigen, ohne daß sich mir der Magen umdreht oder das Herz stehenbleibt. Doch heute abend wies mich Marco an, schon vorher auf die Masten zu steigen. Wahrscheinlich, um mich für meine Dummheiten mit dem Belgier büßen zu lassen.

Also kletterte ich an den Masten hinauf und steckte die Teile ineinander – hin- und hergerissen zwischen meinen revoltierenden Eingeweiden und meinem Stolz, mir nichts anmerken zu lassen. Marco verfolgte von unten jeden meiner Handgriffe. Während ich oben litt, falteten die anderen unten die Rundleinwand auseinander und legten sie in einem Kreis um die Masten. Eine Plane besteht aus mehreren kleinen Planen, die man zusammenmontiert, wenn sie erst einmal hochgezogen wurden. Trotz meiner Höhenangst bewunderte ich diese zerknautschte

Leinwand, die sich langsam spannte und die Masten mit bunten, fröhlichen Farben umgab. Die rot-weiße Außenhaut atmete regelrecht und wurde nun vom Licht bestrahlt, das Tony uns aus hellen Halogenscheinwerfern in die dunklen Höhen warf. Über mir die Sterne am schwarzen Himmel, unter mir die warme Sinnlichkeit des rot-weißen Farbenspiels. Ein sanfter Vulkan.

Der kalte, schneidende Wind umgab mich und wiegte die Masten. Bauch und Herz schwankten zwischen Angst und Begeisterung. Und ich selbst sah mich über mich hinauswachsen – gestern noch Zeltbauer, heute schon Monteur, morgen vielleicht Zirkusdirektor. Alles ging plötzlich so schnell ... Vom engen Gerichtssaal direkt in die weite Nacht, und von der Erde gleich in den siebten Himmel hinauf.

Als die Masten aufgestellt waren, befestigten wir die verschiedenen Planenteile an den Kopfringen. Dann zogen wir, die Sklaven der Nacht, im Takt von Marcos anspornenden Rufen mit vereinten Kräften an den Mastseilen. Der erste Teil der Rundleinwand entrollte sich; sie bauschte sich im leisen Wind und stimmte, seit sie in ferner Zeit eingelagert worden war, wieder ihre ersten frohlockenden Töne an. Zwölf Meter hoch wurde sie gezogen, dann hing sie vorerst beklagenswert, ohne Anmut und Eleganz da wie ein träger Rochen. Dann kam der zweite Kopfring – wieder kreischte und quietschte das Mastseil im Flaschenzug. Die Schultern brannten, und die Knie wurden dick, so oft mußten sie sich beugen und strecken und unsere erschöpften Körper tragen.

Nun waren die beiden Planenteile hochgezogen. Faltig wie Elefantenhaut ... fast häßlich, wenn einem die Vorstellungskraft fehlte. Und wir drum herum, stolz auf unsere Arbeit, aber auch enttäuscht von diesem kläglichen Bild. Zum Glück war Marco da, der es immer wieder schaffte, uns aufzumuntern. Nun galt es, die zwanzig Stangen aufzustellen, die die Plane stützten und ihr ihre runde Form verliehen.

Zwanzig lange, dicke runde Rondellstangen aus Stahl müssen unter der Plane angesetzt und immer weiter in die Senkrechte gedrückt werden, bis sich die Plane spannt. Dann müssen die Stangen einzeln mit langen Heringen gesichert werden, die man mit dem Hammer in den Boden schlägt, immer mit der Befürchtung, daß der Nebenmann in der Hitze des Gefechts versehentlich die Hände trifft. Steht erst mal eine Stange, ist es weniger schwierig, da die Plane nun leicht nachgibt. Nach und nach kommen nun die anderen Stangen, bis das rot-weiße Ungetüm sich vollständig entfaltet hat.

Nun werden noch mehr Eisenanker in einem etwas weiteren Kreis um das Zelt in den Boden geschlagen und die Absegelungsstricke, die Seile zum Spannen der Plane, festgezurrt. Die Müdigkeit steckt uns in den Knochen, die Erschöpfung zerrt an unseren Kräften, aber die Aussicht, endlich unser aufgestelltes Zelt zu sehen, treibt uns an. Pflock um Pflock umgeben wir das Zelt mit einem Ring aus Stahl. Dann werfen wir die Haken über die Plane. Wie Piraten in der Nacht, die ein Frachtschiff sichten, sind wir ganz begierig darauf, die Plane über ihre ganze Länge auszubreiten und in dieser endlosen Nacht endlich unseren rot-weißen Sieg zu feiern.

Es ist drei Uhr morgens, das Zelt steht vor uns wie eine Kathedrale. »Morgen bringen wir die Ummantelung an und verbinden die beiden Planenteile. Jetzt aber ab in die Koje! Es gibt viel zu tun morgen in Balard. Wir müssen für *Kiss* eine Bühne bauen.«

Die Arbeit in Balard war für uns Routine. Das Zelt und die Ränge standen, das Gelände kannten wir wie unsere Westentasche. Wir mußten nur aufpassen, daß nichts kaputtging. Routine hieß aber nicht, daß wir Däumchen drehen konnten – in einem Zelt gibt es immer etwas zu tun. Doch verglichen mit der Arbeit, die uns in unserem eigenen Zelt erwartete, war Balard leicht verdientes Geld.

Auch in Balard hatte es Zeiten gegeben, in denen wir zwei, drei Tage hintereinander arbeiteten, ohne zu schlafen; vor allem am Anfang. Und ohne Marco im Rücken hätten wir das sicherlich nicht durchgehalten. Doch im Bois brauchten wir keinen Ansporn, brauchten wir Marcos Kommando nicht – unser Wunsch, das Zelt rechtzeitig fertig zu haben, wirkte wie ein Aufputschmittel.

Es ist schon eigenartig, wie viele Strapazen der menschliche Körper in der Lage ist hinzunehmen, bevor er zusammenbricht. Unser bequemes Zeltbauerleben – immerhin hatten wir ein Dach über dem Kopf und jeden Tag etwas zu essen, was auf dieser Welt ein seltener Luxus ist – war unter normalen Umständen frei von übertriebener Mühsal. Wenn alles seinen geregelten Lauf geht, empfindet man eine kleine Mattigkeit wie die größte Erschöpfung, dabei ist es nichts als

Faulheit. Daß zwei Stunden Schlaf die nötige Regeneration bringen, kann man jedoch kaum behaupten. Die erste Nacht ohne Schlaf läßt den Körper rebellieren. Die Muskeln beugen sich dem Willen nicht mehr so leicht, die Augen tränen, der Mund ist trocken, und man friert. Kaum macht man Pause, überkommt einen eine süße, träge Benommenheit, und man will sich gar nicht mehr regen, man will sich in die feuchtwarme Watte des Schlafs kuscheln, die einen umgibt und einem zuraunt, man solle sich ihr hingeben. Sich gehenzulassen ist einfach – man muß nur einen Platz finden. Und wenn Marco in der Nähe ist, sucht man ihn gar nicht erst.

Schon am zweiten Tag haben sich die rebellierenden Kräfte verflüchtigt, und die Müdigkeit ist nur noch Erinnerung. Kopf und Körper scheinen geläutert und wie von einer neuen, starken und nie gekannten Kraft erfüllt. Als hätte man die Reserven angezapft, die man seit seiner Geburt gebildet hat und die nun zum Dienst bereitstehen. Man fühlt sich ganz klar, alles um einen herum funkelt in neuem Glanz. Fast hält man den Schlaf für eine unselige Verpflichtung, die allen Schwung und alle Konzentration zunichte macht. Man hat ganz deutlich das Gefühl, man würde gar nicht schlafen können, selbst wenn man sich hinlegte; man scheint die lästige Pflicht abgeschüttelt zu haben. Selbst der Hunger vergeht. Man ißt leicht und wenig, denn reichliches und schweres Essen könnte einen wieder träge machen, und das kommt gar nicht in Frage. All das entscheidet man ganz unbewußt. Als würde unser Bewußtsein seine Schranken senken, wenn die Akkus nicht mehr aufgeladen werden. In diesen Momenten überkommt einen eine große Ruhe, und nichts kann die Gelassenheit erschüttern.

Der dritte Tag beginnt wie der zweite – doch muß man nun auf der Hut sein, denn die Erschöpfung lauert einem überall auf und wartet auf jede Schwäche. Die Müdigkeit, die scheinbar das Feld geräumt hatte, hat sich nur zurückgezogen, um ihrerseits wieder Kräfte zu sammeln, und kehrt nun auf leisen Sohlen zurück, folgt einem auf Schritt und Tritt und sieht einen aus so großer Nähe an, daß man ihr zwar gewärtig ist, aber kein Mittel findet, sie zu vertreiben. Sanft begleitet sie einen. Ihre heimtückische Gegenwart beeinflußt die Konzentration. Man sägt gerade ein Stück Wellblech und folgt einer unsichtbaren Linie, und plötzlich gleitet der Blick ab vor Müdigkeit – ganz kurz nur, aber doch lang genug, daß die Linie sich krümmt und man noch einmal von vorn anfangen muß. Natürlich weigert man sich, diesen Ausrutscher der Müdigkeit anzulasten, die man doch endgültig besiegt und weit von sich gewiesen hatte.

Klar, die Gliedmaßen fühlen sich wattig und irgendwie leicht an. Klar, die Reaktionen sind nicht mehr so schnell. Alles völlig einleuchtend. Doch man hat nicht die Zeit, darüber nachzudenken, und läßt den Gott der Zeltbauer vertrauensvoll über allem wachen ... Zum Glück sind die Lochschienen und die Teile für den Unterbau der Ränge handlich, und doch macht man sich nicht bewußt, wie schwer sie sein können – als würde sich jede Stunde, die vergeht, darauf abstützen, um weiter in der Zeit voranzuklettern.

Plötzlich wird der Weg zwischen Balard und dem Bois so kurz, daß man das blaue Zelt nicht mehr vom rot-weißen Zelt unterscheiden kann. Bis gestern konnte man auf der Fahrt von Zelt zu Zelt, dichtgedrängt in Marcos Wagen, noch ein wenig dösen und sich ausruhen. Doch nun steigt man ein, schließt die Tür und muß gleich wieder aussteigen, weil man schon angekommen ist. Die Aggregate werden eingeschaltet, man steigt auf die Masten, man trägt Lochschienen, man schweißt, man sägt Platten zurecht, die nicht passen wollen, macht sie passend, versengt sich die Hand, und ein Nagel im Schuh bohrt sich tief in deinen Fuß. Wie spät ist es? Blut tropft aus dem Loch in der Schuhsohle.

»Mein Vater hat sich mal auf die Hand gepißt, weil ihn ein Drachenfisch gebissen hat. Pisse desinfiziert.«

»Und wie soll ich mir auf die Fußsohle pinkeln, du Trottel? Ich bin doch kein Schlangenmensch.«

»Ich übernehm das, wenn du willst.«

»Wirkt fremde Pisse denn auch desinfizierend? Ich hab da meine Zweifel …«

»Pisse ist Pisse. Wir werden doch wohl alle die gleiche Pisse haben, oder?«

»Na gut, dann mach schon, piß mich an.«

Tony versucht, mir auf die Sohle zu pissen, aber die Anstrengung ist zu groß. Er schafft es nicht. Nicht mal darüber können wir noch lachen. Was aus dem Fuß wird, weiß der Geier.

Der Belgier, Tony, d'Artagnan, Francis, zwei Jungs von Teddy und ich tragen zusammen eine Lochschiene. Ein unachtsamer Moment, und sie fällt. Wir wissen nicht, wie wir sie wieder hochheben sollen. Wir schnauzen uns nicht mal an. Wir sprechen überhaupt nicht. Wir stehen nur reglos da mit der Lochschiene zwischen uns auf dem Boden.

Da kommt Marco. »Macht ihr Pause?«

»Wir können nicht mehr, Marco. Das Ding ist zu schwer.«

»Ihr könnt schon – ihr wollt bloß nicht mehr. Es spielt sich alles hier drin ab« – er tippt sich mit dem Zeigefinger an die Stirn –, »hier drin muß es wollen.«

Er packt sich die Lochschiene und hebt sie hoch wie einen Strohhalm. Ganz allein … seine Müdigkeit verzieht sich mit eingezogenem Schwanz. Wir sehen sie aus dem Zelt türmen. Und wir sehen, wie die Horde unserer vereinten Müdigkeiten ihr folgt, gejagt von Scham. Wir holen ihn ein und übernehmen unsere Lochschiene wieder.

Kurze Zeit später sehe ich, wie Marco seine Müdigkeit auskotzt. Sein Gesicht ist grau. Reglos sehe ich zu. Ich schließe ganz kurz die Augen. Als ich sie wieder aufschlage, hat sich das Zelt verwandelt. Zum ersten Mal in meinem Leben bin ich ohnmächtig umgefallen.

»Seid ihr immer noch nicht fertig? Also, das geht so nicht. In drei Tagen ist meine Versammlung. Übermorgen wollen sie schon anfangen zu bestuhlen, die Bühne zu bauen und das Licht zu installieren. Bis dahin muß alles stehen.«

Braconnier, den wir in den letzten Tagen nicht zu Gesicht bekommen hatten, tauchte um sieben Uhr morgens auf, als wir gerade nach Balard aufbrechen wollten. Mittlerweile schliefen wir nicht mal mehr unsere zwei Stunden. Wir hatten einfach keine Zeit dazu. Sogar der Versuch zu schlafen war zu anstrengend. Braconnier hingegen war putzmunter und wie aus dem Ei gepellt.

»Heute ist Ruhetag, Braconnier. Wir können nicht mehr, es bringt nichts. Am Ende passiert noch was. Heute wird geschlafen, morgen machen wir das Zelt fertig.«

»Das kannst du nicht bringen, Marco. Wir hatten einen Deal.«

»Das Zelt ist morgen fertig. Du hast mein Wort.«

Braconnier übertrieb. Wenn das Zelt auch nicht ganz fertig war, so sah es doch schon nach was aus. Die Ränge waren montiert, lediglich ein paar Kleinigkeiten fehlten noch, damit es aussah wie ein richtiges Zelt – Vorhänge, Beleuchtung, Manegeneinfassung und Dekoration. Aber Braconnier, der Spinner, ließ nicht locker: Wir müßten auf der Stelle weitermachen, weil ihm sonst das Geschäft durch die Lappen ginge. Man konnte meinen, er lege zum erstenmal in seinem Leben Wert darauf, daß alles funktioniert.

Marco machte mit ihm einen Rundgang und zeigte ihm alles.

»Na gut, ich gebe zu, daß ihr schon mehr getan habt, als ich dachte. Präsentabel ist das Zelt aber noch lange nicht – dieses Ding muß picobello sein. Wie geschleckt. Das ist bares Geld für mich, verstehst du? – Hast du dir Gedanken über deinen Köter gemacht?«

»Was ist damit?«

»Die Showeinlage. Ich habe sie der Unternehmensleitung angeboten, und sie waren sehr interessiert. Das wird sicher ein Erfolg.«

Wie er so von dem Hund sprach, wurde mir bewußt, daß ich ihn seit seiner Befreiung aus dem Tierheim kaum mehr gesehen hatte. Weder hier noch in Balard. Er war wohl bei Koutsen.

»Ich weiß nicht. Ich muß darüber nachdenken.«

»Komm schnell zu Potte, Marco! In drei Tagen ist es soweit. Gib mir morgen Bescheid, damit ich das klarmachen kann.«

»Ich sag dir auf jeden Fall morgen Bescheid.«

Marco fuhr uns zurück nach Balard und gab uns den Tag frei. Aber was hieß schon »frei« – keiner von uns hatte noch die Kraft, einen draufzumachen. Wir wollten uns nur noch aufs Ohr legen.

Der Belgier begleitete uns zum öffentlichen Bad – was, wie schon erwähnt, äußerst selten war. An den

Blicken, die uns die Passanten zuwarfen, merkten wir, daß wir ziemlich heruntergekommen aussehen mußten. Drei Tage und vier Nächte ohne Schlaf, ohne sich zu waschen und dabei noch zu schuften wie die Akkergäule, hatte sicher Spuren hinterlassen. Doch wir hatten keine Gelegenheit gehabt, es zu merken. Noch nie war mir die Außenwelt so fern und so unzugänglich erschienen. Aber bald schon würde Publikum in unser Zelt strömen. Bald schon müßten wir dieser Welt zuhören, sie verstehen und verwöhnen.

Nach einer ausgiebigen Dusche gingen wir zurück in die Fabrik und schliefen wie die Steine.

Francis war gut aufgelegt. Der unfreiwillige Entzug der letzten Tage hatte ihm gutgetan. Beim Frühstück bei Maman Rose schwadronierte er über den Zustand der französischen Gesellschaft.

»Wenn ihr mich fragt, ob die Zivilisation seit Descartes Fortschritte gemacht hat, dann sage ich: Nein! Descartes ist ein großer Philosoph, Belgier; er hat bewiesen, daß wir uns von Tischen unterscheiden, weil wir denken. Aber das nur nebenbei. Man könnte fast sagen, daß die Zivilisation sich zurückentwickelt hat. Zu Descartes' Zeiten galt das Prinzip: *Cogito ergo sum* – ›ich denke, also bin ich‹. Das ist eine großartige Erkenntnis. Das ist die Erleuchtung! Aber wenn ich heute ›sein‹ will, muß ich dafür bezahlen, und ich muß einen Wohnsitz haben. So ist das. Das ist die traurige Wahrheit. Habt ihr schon mal einen Personalausweis beantragt – einen richtigen Ausweis? Nein? Dafür mußt du bezahlen. Um Mensch zu sein, mußt du blechen. Hundertfünfzig Francs Bearbeitungsgebühr für ein Stück laminiertes Papier, das beweist, daß ihr ›seid‹. Ohne Personalausweis existiert ihr nicht, seid ihr nicht, seid ihr *nichts* ... nicht mal ein Tisch. Und wenn ihr genügend Geld habt, um den Personalausweis zu bezahlen, braucht ihr auch noch einen Wohnsitz. Ohne Wohnsitz ›seid‹ ihr nicht. Aber ein Wohnsitz hilft euch auch noch nicht weiter – erst mal müßt ihr euch beim Elektrizitätswerk anmelden und euch mit der Telekom in Verbindung setzen. Und die Quittungen vorweisen. Das sind in der Tat die einzigen Belege eures Daseins, die die französischen Behörden akzeptieren. Ohne die Bescheinigungen dieser beiden untergeordneten Behörden ›wohnt‹ ihr nicht – denn, und das ist der Gipfel, eine handgeschriebene Mietquittung gilt nicht als hinreichender Beweis. Unabhängig von eurem Intelligenzquotienten existiert ihr also nicht, wenn ihr kein Geld besitzt und keine Wohnung nachweisen könnt. Da soll mir doch noch einer sagen, daß die Zivilisation Fortschritte gemacht hat!«

»Worauf willst du hinaus, Francis?«

»Auf gar nichts. Ich frage mich nur, wie wir, die wir auf dem Papier nicht existent sind, weil wir weder Geld noch Wohnsitz haben, auf die Idee kommen, einen Zirkus aufzuziehen. Denn machen wir uns doch nichts vor – unser Nichtsein schützt uns. Niemand verlangt etwas von uns, niemand interessiert sich für uns. Wie soll man auch jemandem Interesse entgegenbringen, der gar nicht existiert? Doch wie sieht's morgen aus, wenn wir die Zirkustore weit öffnen? Und Geld verdienen? Dann werden die Ämter uns die Rechnung schicken. So ist das Leben nun mal, dagegen sind wir machtlos.«

»Die Ämter gehen mir am Arsch vorbei.«

»Das ist dein gutes Recht, Belgier ... Du darfst denken, was du willst. Aber die Ämter interessieren sich einen Dreck dafür, was du von ihnen hältst. Du existierst doch für die Behörden gar nicht. Solange du keine Personalausweisnummer, keine Sozialversicherungsnummer, keine Steuernummer oder Ausländersteuernummer hast, existierst du nicht. Wer bist du denn überhaupt? Man nennt dich den Belgier, aber das ist wohl kaum dein Name. Wie heißt du eigentlich?«

»Geht dich nichts an.«

»Mich vielleicht nicht. Aber die Behörden geht es etwas an. Und wenn du nicht beweisen kannst, daß du tatsächlich der bist, der du über deine Strom- und Telefonrechnungen, über deinen Personalausweis und andere Nachweise zu sein behauptest, wird dir niemand glauben. Genau das erwartet dich. Bist du überhaupt Franzose? Kannst du nachweisen, daß dein Vater und deine Mutter wie auch deine Großeltern Franzosen waren? Kannst du deren Nummern und Bescheinigungen vorlegen?«

Was wohl in Francis gefahren war? Am Anfang glaubten wir noch, er würde nur so daherreden wie immer, aber bei dem Ton, den er nun anschlug, schien es ihm ernst zu sein.

»Glotzt mich doch nicht so an mit euren blöden Visagen. Wie soll Marco eurer Meinung nach erklären, warum das Zelt von einem auf den anderen Tag plötzlich steht? Zauberei? Oder war's der Heilige Geist? Nein, nein, er muß euch anmelden, er muß euch vor dem Gesetz eine gültige Existenz verschaffen. Und dieses Spiel, Freunde, hat er längst nicht gewonnen.«

»Warum sollten wir nicht erst einmal in Ruhe unser Geschäft aufziehen können? Und wie sollten die Behörden überhaupt Wind davon bekommen? Außerdem, wenn es stimmt, was du sagst – wie konnte Leponte dann das Zelt in Balard aufstellen? Soweit ich weiß, hat er uns nicht angemeldet, es sein denn, er hat die Eimer mit den Münzen angemeldet.«

Das war gut pariert. Ich fragte mich, was Francis darauf antworten würde. Natürlich wünschte ich mir wie die anderen, daß wir in unserer Welt und geschützt vor den anderen Menschen weiterleben konnten, aber ich wußte auch, daß Francis die Welt da draußen kennengelernt hatte, bevor er bei uns gestrandet war. Er kannte sich aus mit dem *Law of the West*.

»Leponte hat Beziehungen. Was glaubt ihr, warum er den Republikanern und Le Pen das Zelt verpachtet? Weil er ein Rechter ist? Hört auf zu träumen, Jungs. Er macht es – übrigens sicher umsonst –, weil die ihm die Behörden vom Hals halten. So läuft es eben, eine Hand wäscht die andere. Ich sage euch, wenn das Zelt steht, fangen die Probleme erst an.«

»Warum bist du dann dabei?«

»Gute Frage. Wahrscheinlich, weil das Zeltbauerleben nur ein provisorischer Zustand ist.«

Eine Flut von Männern in dunklen Anzügen, blauen Hemden und roten Krawatten und Frauen in Kostümen und Hosenanzügen strömte in unser Zelt. Die orangeroten Lichter, die das Technikteam am Boden angebracht hatte und die nun die Plane anstrahlten, ließen das Rot und das Weiß des Zelts fröhlich leuchten. Auch die Manegenumrandung, eine umlaufende Holzbarriere in den Farben der Trikolore, trug zur festlichen Stimmung bei. Unter dem Orchesterpodium hing ein großer dunkelroter Vorhang, den wir noch früh am Morgen angebracht hatten und der den Sattelgang abschloß. Die Temperatur war angenehm, und Braconnier schlug Marco immer wieder auf die Schulter und sagte: »Ich kann's nicht fassen. Bravo! Tolle Arbeit! Und das mit dem Hund geht in Ordnung?«

»Ja.«

»Gut, dann biete ich ihnen die Nummer an.«

Erst später erfuhren wir, daß Braconnier die Nummer schon vorher an die Organisatoren verkauft hatte.

Frisch geduscht und in unseren neuen schwarzen Anzügen besahen wir uns das Spektakel mit großer innerer Befriedigung. Bis dahin hatten wir an einem Traum gearbeitet, der vielleicht zu verwirklichen, aber dennoch immer weit entfernt gewesen war. Nun war plötzlich alles Wirklichkeit. Zwar war es noch kein Zirkus mit Musik, Gelächter und Applaus, aber das Zelt lebte.

Am Morgen noch hatte uns die Marquise mit Gewalt zu *Tati* geschleppt, einem großen Kaufhaus an der Place de la République, damit wir uns dem Anlaß entsprechend einkleideten. Ich weiß nicht, wie sie es geschafft hat, Marco davon zu überzeugen, daß wir die Leute unmöglich in unseren Arbeitsklamotten empfangen konnten. D'Artagnan und der Belgier waren dagegen gewesen, während die anderen und auch ich fanden, daß die Marquise nicht ganz unrecht hatte, selbst wenn wir an unseren Klamotten hingen. Seit ich in Balard arbeitete, hatte ich immer dieselbe Hose, denselben Pullover und dieselben Schuhe an. Ich wusch die Sachen von Zeit zu Zeit – aber nie gleichzeitig, damit ich nicht ganz nackt dastand. Und ich glaube, die anderen machten es genauso.

Also ging die Marquise mit uns zu *Tati*. Ein Riesenladen auf mehreren Stockwerken, in dem es überall weiße und rosa Schütten gab, in denen haufenweise Klamotten lagen – größtenteils Damenkleidung. Vor allem Dessous ...

»He, Großer, hast du schon mal so einen BH gesehen?«

»Das ist kein BH, Belgier, das ist ein Strumpfhalter.«

»Aha. Und ich dachte schon – um das zu tragen, dürfen die Mädels aber nicht viel Busen haben.«

Francis und d'Artagnan wühlten in den Schütten

mit den Höschen. Mit beiden Händen hoben sie eines nach dem anderen hoch, hielten es vors Gesicht und begutachteten es eingehend. Man spürte, daß sie hin und weg waren von der großen Auswahl an Schnitten und Materialien. Natürlich ließ uns die Marquise keine Zeit, unser Studium weiblicher Dessous zu vertiefen. Wie ein Schäferhund trieb sie ihre Herde immer wieder schimpfend zusammen und schleifte uns in die Männerabteilung.

»Euer Zeltbauerleben ist vorbei. Willkommen die Herren Zirkusdirektoren. Euer Platz ist nun vorn – vor dem Publikum, vor den Artisten. Also müßt ihr gekleidet sein wie Prinzen. Und vergeßt nicht, euch jeden Tag zu waschen und zu rasieren. Es gibt nichts Schlimmeres als einen gutangezogenen stinkenden Mann ... Und damit meine ich ausnahmsweise mal nicht nur den Belgier. Ihr stinkt alle wie die Pest.«

Während die Marquise sich weiter über die Vorteile eines gepflegten Äußeren und eines Lebens in der Gesellschaft ausließ, zeigte sie uns dunkle Anzüge und weiße Hemden. Das war für sie der Inbegriff von Eleganz. Wir selbst hätten uns wahrscheinlich eher bunte Anzüge ausgesucht. Der Belgier beugte sich über einen bordeauxroten Anzug und ein orangefarbenes Hemd, ich wählte einen taubenblauen Anzug, d'Artagnan hingegen kam mit Jeanshose und -jacke an. Aber die Marquise blieb beharrlich. Bunte Farben seien etwas für Loser, erklärte sie, ein dunkler Anzug sei das Markenzeichen eines Herrn von Format ... und das seien wir ja nun.

Wir tuschelten hinter ihrem Rücken.

»Marco hat bestimmt nicht viel zu lachen mit seiner Schönsten.«

»Warum kann ich denn nicht mit einem bunten Anzug ein Herr von Format sein, wenn ich es will?«

Doch der Marquise widersprach man nicht. Erstens war sie Marcos Frau, und zweitens konnte sie so ungemütlich werden, daß man es nicht darauf anlegen sollte.

Da wir nur wenige Beziehungen zum weiblichen Geschlecht unterhielten, wußten wir nicht, wie wir der Marquise klarmachen sollten, daß wir anderer Meinung waren. Wir benahmen uns wie kleine Kinder, die zwar lieber eine Superlaserpistole gehabt hätten, auf Geheiß der Mutter aber dann doch das kleine rot-grüne Spielzeugauto aus Holz nahmen.

Angesichts unserer wenig begeisterten Mienen zeigte uns die Marquise auch noch andere Hemden – weiße Hemden.

»Wie wär's denn damit? Das ist doch elegant, oder etwa nicht? Diese Ärmel mit den falschen Manschettenknöpfen sind doch toll. Nein? Gut. Und das hier?« Sie zog ein anderes weißes Hemd heraus. »Ein italienischer Schnitt. Jetzt sagt nur, der italienische Schnitt sei häßlich! Italiener sind immer gut angezogen. Ich kenne keine Frau, die einem Italiener widerstehen könnte.«

Sie versuchte mit allen Tricks und Mitteln, uns zu überzeugen, aber großen Erfolg hatte sie nicht. Ich merkte schon, daß wir sie langsam auf die Palme brachten. Zum Glück fand ich die richtigen Worte, um ihre wachsende Wut zu entschärfen.

DER HUND VON BALARD

»Du bist zu ungeduldig mit uns, Marquise. Laß uns nichts überstürzen. Du zwingst uns zu Entscheidungen, die wir nicht so schnell treffen können. Es ist wirklich erstaunlich, wie ihr Frauen ...«

»Paß bloß auf, was du jetzt sagst, Großer! Ich hasse Verallgemeinerungen über Frauen.«

»Wenn ihr für euch selbst Kleider kauft, bringt ihr Stunden damit zu. Doch wenn ihr mit uns Männern unterwegs seid, muß immer alles ganz schnell gehen. Als hätten wir nicht auch das Recht, uns Zeit zu nehmen und zu probieren, was uns steht.«

Da die drei anderen nicht aufhörten, mir bestätigend zuzunicken, hatte die Marquise ein Einsehen und ließ uns in aller Ruhe die verschiedenen Anzüge anprobieren.

Nach einiger Zeit entschieden wir uns für schwarze Anzüge und weiße Hemden mit falschen Manschettenknöpfen ...

Alle Besucher saßen auf der Tribüne, die Show konnte beginnen. Der Begriff Show ist natürlich übertrieben, denn bei einer Unternehmensversammlung geht's in der Regel ruhig zu. Auch das, was auf der Bühne passiert, ist eher unspektakulär. Männer treten aufs Podium und erzählen vom abgeschlossenen Geschäftsjahr, sie zeigen Filme über das Unternehmen, es gibt Wortbeiträge und viel Blabla. Diese Art von Veranstaltungen kam uns sehr gelegen, denn so konnten wir prüfen, ob auch alles funktionierte. Am Anfang lief alles wie am Schnürchen, dann plötzlich erschien Francis. Die Angst stand ihm ins Gesicht geschrieben, und sein Kopf war noch röter als gewöhnlich.

»Wo ist Marco?«

»Was ist los?«

»Die Ränge brechen gleich zusammen.«

»Machst du Witze?«

»Sieh selbst nach, wenn du mir nicht glaubst.«

Tony und ich eilten mit Francis zu den Rängen, der Belgier machte sich auf die Suche nach Marco. Wir gingen durch den kleinen Umlauf zwischen der Plane und dem Abschluß der Ränge. Es gab insgesamt drei Ränge; laut Francis hielten der erste und dritte gut, nur der mittlere Rang mache ihm Sorgen. Wir mußten feststellen, daß diese Sorge mehr als begründet war – eine der Lochschienen war nicht mehr im Lot und bog sich gefährlich nach innen. Eine solche Verschiebung im Unterbau wirkt sich sofort auf die Platten der Ränge aus, die sich ihrerseits verschieben und an den Stahlrahmen zerren, an denen sie angebracht sind. Noch war keine allzu große Gefahr gegeben, aber die Leute mußten unbedingt die Tribüne verlassen, damit wir den Unterbau wieder herrichten konnten. Marco kam zu uns, und wir schilderten ihm das Problem. Er sah gleich, was Sache war. Und leider kam auch Braconnier; er hatte gesehen, wie wir hinter den Rängen verschwanden, und ahnte, daß es Schwierigkeiten gab. Marco erklärte ihm den Ernst der Lage.

»Kommt überhaupt nicht in Frage, daß die Leute während der Versammlung die Ränge verlassen. Vergiß es!«

»Wenn wir nicht sofort was unternehmen, senkt sich der komplette Unterbau ab, und die Leute landen auf dem Arsch – und das wär noch die harmlose Variante. Wenn das Ding auf einen Schlag einstürzt, gibt es Verletzte.«

»Hast du mich nicht verstanden, Marco? Es kommt nicht in Frage, die Ränge zu räumen.«

»Und warum bitte nicht?«

»Weil die Leute dann wissen wollen, warum, und wir ihnen erklären müssen, daß es ein Problem gibt, daß die Tribüne Schrott ist und daß sie hier nicht sicher sind …«

»Jetzt übertreib mal nicht, Braconnier. Die Tribüne ist nicht Schrott, man muß sie einfach wieder richten. Durch das Gewicht der Leute hat sich die rechte Seite abgesenkt und liegt schief. Wir müssen nur Keile unterlegen, und alles ist geritzt. Das ist eine Sache von einer halben Stunde, maximal. Wenn die Leute vernünftig sind, werden sie das auch verstehen. Und deine Kunden sind doch vernünftig, oder?«

»Nein, sie sind nicht vernünftig … das heißt, sie sind es zu sehr. Sie würden es nie wieder wagen, sich auf die Ränge zu setzen, wenn wir sie räumen. Eine Räumung des Zelts wäre das Ende der Versammlung, das Ende meines Vertrags und das Ende deines Standorts.«

»Jetzt mach kein Drama draus. Ich sage dir, es handelt sich lediglich um eine Lappalie.«

»Technisch gesehen mag es eine Lappalie sein, aber im Geschäftsleben entscheiden nun einmal Lappalien über Erfolg oder Mißerfolg. Ich kenne diese

Leute hier besser als du. Das sind keine Hanswurste. Wenn du keine Lösung findest, das Ding zu reparieren, ohne daß sie es mitkriegen, werden sie nicht bezahlen. Sie werden, wenn nötig, sogar prozessieren. Und sie werden dir den TÜV schicken. So sind diese Leute nun mal, sie kennen keine Gnade. Und wo wir gerade dabei sind – war der TÜV überhaupt schon da?«

»Noch nicht.«

»Noch nicht! Noch nicht! Das kann doch wohl nicht wahr sein! Stell dir vor, was passieren würde, wenn der TÜV *nach* der Räumung käme. Dann wärst du erledigt. Eine Versammlung ohne Genehmigung des TÜV ist verboten, Marco. Es ist mir egal, wie du's anstellst – aber sorge dafür, daß diese Scheißränge bis zum Schluß der Versammlung halten. Und wenn du's nicht hinkriegst, dann war's das mit deinem Zirkus!«

Braconnier meinte es ernst, todernst. Die Vernunft und der gesunde Menschenverstand verlangten eine Evakuierung, doch das Risiko, daß das Zelt geschlossen werden könnte, ließ uns keine andere Wahl, als auf Braconniers Forderungen einzugehen. Es kam schließlich nicht in Frage, daß wir uns von einem technischen Problem aus der Bahn werfen ließen, wo wir doch so nah am Ziel waren. Also zogen wir die Jacketts aus, krempelten die Ärmel hoch und stürzten uns in den Kampf gegen die schwindenden Kräfte des mittleren Rangs. Es war eine einfache Aufgabe, aber sie verlangte Muskelkraft und gute Nerven. Wir wußten nur zu gut, daß wir selbst uns an der gefährlichsten Stelle befanden. Wenn der Rang einstürzte, wären wir die ersten und wohl auch einzigen Opfer.

Marco und Tony besorgten Material, mit dem wir die Ränge abstützen konnten – Stahlstangen und Holzpflöcke –, während wir anderen uns gegen die nachgebende Lochschiene stemmten. Die neuen Klamotten vereinfachten die Arbeit nicht gerade – mit der glatten Ledersohle hatten wir keinen Halt auf dem Boden. Francis war der erste, der sich Schuhe und Hemd auszog, und wir taten es ihm gleich. Marco und Tony schauten uns zuerst befremdet an, als sie zurückkamen, doch nach ein paar Minuten zogen auch sie sich aus. Auch wenn die Marquise gemeint hatte, daß wir nun die Herren Zirkusdirektoren seien, mußten wir doch weiterhin schuften wie die Zeltbauer. Um die untergelegten Balken richtig zu verkeilen, mußten wir sie mit dem Hammer fixieren. Doch wie sollten wir auf die Balken schlagen, ohne daß die Leute auf dem Rang etwas davon mitbekamen? Also rollten wir unsere neuen Klamotten zu Bündeln zusammen und benutzten sie als Schalldämpfer.

Nach und nach gelang es uns, ein weiteres Absinken der Lochschiene zu verhindern. Die Katastrophe war abgewendet. Während der ganzen Versammlung blieben wir unter den Rängen sitzen und verpaßten sogar Koutsens Nummer. Wenigstens hörten wir alles, vor allem den Applaus. Die Nummer wurde zum erstenmal vor richtigem Publikum aufgeführt.

Als die Nummer angesagt wurde, wurden die wenigen Klatscher schnell von unzufriedenem Raunen übertönt. Die Zuschauer hatten lange gesessen und wollten endlich zum Büffet, das in einem Extrazelt außerhalb für sie aufgebaut worden war. Aber sie blieben. Das Licht ging aus, und wir hörten, wie Koutsen mit dem Hund die Bühne betrat. Wir waren sehr nervös – sehr viel nervöser als wegen der Ränge. Es hat etwas Magisches, ein Ereignis nur über die akustischen Reaktionen zu verfolgen, die es hervorruft. Als würde man in eine neue Dimension eintauchen, als hätten uns die Augen bis dahin das unsichtbare Wunder verborgen. Durch die Reaktionen des Publikums, durch sein Lachen und sein Seufzen, wußte ich immer genau, was Koutsen gerade machte. Wir hoben die Köpfe und versuchten durch den feinen Staub, der schimmernd von den Rängen fiel, etwas von dem Spektakel zu erhaschen. Mir war, als würde alles viel länger dauern als vorgesehen, und trotz des Gelächters, das immer wieder die Stille unterbrach, war ich sehr nervös. Schließlich hörte ich, wie Monsieur Koutsen sagte: »Das war's«, und der Saal tobte, daß alles nur so wackelte. Hätten die Leute nicht auch noch angefangen, mit dem Füßen aufzustampfen, um ihrem Entzücken Ausdruck zu verleihen, hätten wir uns sicherlich mitgefreut, aber die Schwingungen, die durch das Getrampel entstanden, versetzten die Lochschiene und mit ihr den ganzen Rang in Bewegung. Wären wir nicht vor Ort gewesen und hätten uns gegen die Stützbalken gestemmt, wäre der Rang wohl mit großem Getöse zusammengebrochen.

Als die Versammlung beendet war und die Gäste das Zelt verlassen hatten, trafen wir uns in der Manege. Wir waren glücklich, und wir waren stolz auf uns. Der Rang hatte gehalten, und unser Hund hatte die Menschen begeistert. Marco lud uns alle zu sich zum Essen ein, die Marquise hatte Spaghetti gekocht. Ich stieg zu Koutsen ins Auto, damit ich neben dem Hund sitzen konnte, der mir gefehlt hatte. Das gute Tier leckte die ganze Fahrt über meine Hände und wollte gestreichelt werden. Seit ich ihn wieder aus dem Tierheim geholt hatte, liebte er mich noch mehr. Dennoch erklärte ich ihm immer wieder, daß ich daran schuld war, daß er überhaupt im Tierheim gelandet war. Doch ein Hundehirn vergißt alle Bosheit und erinnert sich nur an die Streicheleinheiten.

Die Marquise hatte den Tisch auf beiden Seiten ausgezogen und ein weißes Tischtuch aufgelegt. Neben jedem Teller standen zwei Gläser. Eins für den Weißwein, eins für den Rotwein – wie uns Francis erklärte. Doch in das Weißweinglas, das größere, hatte die Marquise Wasser eingeschenkt, was Francis ein wenig enttäuschte. Marco zu ihrer Rechten, Monsieur Koutsen zu ihrer Linken, saß sie am Kopfende. Ich war mit Tony und dem Belgier auf der einen Seite, Francis, d'Artagnan und Salaam, der auch zu uns gestoßen war, auf der anderen Seite plaziert. Am oberen Ende des Tisches, der Marquise gegenüber, saß unser Hund. Er hatte einen Teller wie wir, allerdings keine Gläser.

Der Marquise zum Gefallen hatten wir unsere neuen Anzüge anbehalten. Leider hatten sie die nicht sachgerechte Behandlung nur schlecht überstanden und waren nun schmutzig und zerknittert. Aber da die Stimmung so ausgelassen war, tat die Marquise so, als bemerke sie es nicht.

Das Wohnzimmer stand voll mit den Möbeln, die die Marquise aus dem Eßzimmer geräumt hatte, damit wir alle am Tisch Platz hatten, und so setzten wir uns gleich, ohne im Wohnzimmer einen Aperitif zu nehmen. Das traf sich gut, denn wir hatten einen

Mordshunger. Vor der Vorspeise – Eier mit hausgemachter Mayonnaise – sprach Monsieur Koutsen einen Toast aus. Er hatte Champagner mitgebracht, den die Marquise in den Plastikkelchen servierte, die sie von Weisnix' Premiere in Balard aufbewahrt hatte.

Mit dem Glas in der Hand erhob er sich, und wir taten es ihm gleich.

»Madame, lieber Marco, meine Freunde. Nach vielen Wochen Arbeit sind wir nun bereit für das große Abenteuer. Morgen treffen die ersten Artisten und die ersten Tiere ein, und wir können endlich proben. In ein paar Tagen geben wir unsere erste Vorstellung. Wer sich dieses nahenden Tages wegen sorgt, soll wissen, daß wir, jeder für sich allein und alle zusammen, alles getan haben, was in unserer Macht stand, damit es klappt. Doch was die Zukunft auch bringen mag – ich möchte Marco an dieser Stelle danken, daß er es uns allen ermöglicht hat, unseren Traum zu verwirklichen. Ich, der ich nie daran gedacht hätte, jemals wieder im Scheinwerferlicht der Manege zu stehen, bin jetzt wieder entschlossen und voller Vertrauen wie in meinen jungen Jahren. Danke, Marco. Ohne dich wäre dieser Zirkus niemals entstanden.«

»Auf Marco ein dreifaches hip, hip …«, brüllte der Belgier.

Und wir schrien im Chor: »… hurra!« und leerten unsere Kelche in einem Zug.

»Ich danke Ihnen, Monsieur Koutsen, und auch euch allen danke ich. Ohne euch gäbe es diesen Zirkus noch immer nur in meinen Träumen.«

Der ganze Tisch klatschte.

»Ich danke euch, daß ihr diese verrückte Reise mit mir angetreten und mir in eine ungewisse Zukunft gefolgt seid. Wir haben viel erreicht, aber wir sind noch nicht am Ziel. Es bleibt noch eine Sache, bei der ich auf eure Hilfe angewiesen bin – es ist die wichtigste und die schwierigste Aufgabe; von ihr hängt unser Erfolg maßgeblich ab.«

Wir sahen Marco ernst an und fragten uns, welche letzte große Prüfung er wohl meinen könnte.

Marco bückte sich und zog eine Kartonrolle unter dem Tisch hervor. Er nahm die Plastikkappe ab und holte ein Plakat heraus, das er vor unseren Augen entrollte. Darauf sah man auf buntem Hintergrund einen lachenden Elefanten auf einem roten Podest, den Rüssel hielt er hochgereckt, und ganz oben auf dem Rüssel saß unser Hund. Jeweils rechts und links neben dem Elefanten bäumten sich zwei Pferde mit rot-goldenen Federbuschen auf. Darunter stand ganz groß in roten und blauen Lettern das Datum der Premiere. Oben schloß ein Lorbeerkranz über einer freien Fläche das Plakat ab.

Wir waren begeistert. Das Plakat war modern und traditionell zugleich, es war fröhlich und festlich, aber es vermittelte auch Seriosität. Wenn wir das Plakat ansahen, konnten wir gar nicht glauben, daß es hier tatsächlich um unseren Zirkus ging.

»Ihr seht, da oben unter dem Lorbeerkranz ist noch Platz. Da muß der Name unseres Zirkus stehen. Der Drucker wartet nur noch auf unseren Anruf, dann fertigt er fünftausend Stück, die wir überall in Paris anschlagen.«

»Und wie heißt der Zirkus?«

»Genau das müssen wir nun entscheiden. Deshalb haben wir uns alle hier um diesen Tisch versammelt. Wir müssen einen Namen für unseren Zirkus finden.«

»Der Berberzirkus«, schlug Salaam in die Stille hinein vor.

»Dann können wir ihn ja auch gleich Belgischer Zirkus nennen. Nein, nein, das klingt nicht seriös ...«

»Ihr geht mir auf den Sack mit eurem Belgien. Belgien ist ein sehr schönes Land ...«

»Darum geht's doch gar nicht, Belgier. Aber Berberzirkus geht auch nicht. Wir haben ja nicht mal ein Kamel.«

»Wie wäre es mit Zirkus Weisnix? Schließlich haben wir alles nur Weisnix zu verdanken.«

»Nein, das hat keinen guten Klang.«

»Und warum nicht Zirkus Marco?«

»Das will ich nicht, es ist ja nicht mein Zirkus, es ist unser Zirkus. Es muß ein Name sein, der zu uns paßt, ein Name, in dem wir zu erkennen sind.«

»Zirkus der Freunde«, schlug Francis vor.

»Das ist vielleicht ein schöner Name für eine Kneipe, aber nicht für einen Zirkus. Nein. Wir brauchen etwas Originelles, Exotisches. Aber nichts Übertriebenes. Wenn man ›Bouglione‹ hört, ›Pinder‹, ›Amar‹ oder ›Gruss‹, denkt man gleich an Zirkus. So einen Namen brauchen wir auch – einen Namen, der nach Zirkus klingt.«

»Zirkus Marquise«, sagte der Belgier.

Wir sahen uns an und wiederholten leise »Zirkus Marquise, Zirkus Marquise ...«.

Es war kein schlechter Name, aber er klang nicht nach Zirkus. Das fand der Belgier auch selbst, nachdem er ihn ein paarmal vor sich hingesagt hatte. Dennoch war es bislang der beste Name, und so beschlossen wir, ihn fürs erste zu behalten. In diesem Moment servierte die Marquise die Vorspeise, und wir fingen an, von anderen Dingen zu sprechen. Von Mayonnaise. Sie war sehr gut und sehr würzig, was bei hausgemachter Mayonnaise eher selten ist. Marco hatte sie gemacht; wir fragten ihn nach seinem Geheimrezept.

»Über Mayonnaise wird viel Quatsch erzählt. Daß man nicht atmen darf, wenn man vor der Schüssel steht, daß den Frauen die Mayonnaise mißlingt, wenn sie ihre Tage haben, daß man sie pausenlos schlagen muß, daß man sie in einer kalten Schüssel anrühren muß und ähnliches mehr. Man nimmt einfach ein Eigelb, Salz, Pfeffer und einen Löffel Senf und verrührt dies, gibt aber immer wieder Öl hinzu. Sobald die Mayonnaise fertig ist, fügt man einen Spritzer Essig hinzu, wenn man sie zu Fleisch ißt, und einen Schuß Zitrone, wenn man sie zu Fisch ißt.«

Er erzählte uns das mit so großem Ernst und so großer Präzision, daß wir ganz verblüfft waren. Marco war offensichtlich nicht nur ein patenter Zirkusdirektor, sondern auch eine perfekte Hausfrau. Das sah man ihm gar nicht an.

»Und wie vermeidest du Falten beim Bügeln?« fragte ich, ohne den Blick vom Teller zu heben. Alle lachten, nur Marco setzte ein süßsaures Lächeln auf, doch es gefiel ihm offenbar, daß wir ihn so liebevoll hänselten.

Die Spaghetti Bolognese waren göttlich. Auch für die Bolognese war Marco verantwortlich. Die Marquise war ganz stolz auf die kulinarischen Talente ihres Mannes. Überhaupt war sie stolz auf ihn ...

»Und was ist das Geheimnis dieser Soße, Marco?«

»Wollen Sie sich etwa auch über mich lustig machen, Monsieur Koutsen?«

»Nein, nein, ich meine es ernst, ich würde gerne das Rezept erfahren.«

»Na gut. Das Geheimnis liegt in der Fleischmischung. Man glaubt, Rindergehacktes reiche aus, aber das stimmt nicht. Wenn das Rindergehackte zu lange kocht, wird es trocken und verliert seinen Geschmack. Man nimmt Rindergehacktes als Grundlage, als Bindemittel, nicht aber als Geschmacksträger – für den Geschmack gibt es nämlich nichts Besseres als ein Gemisch aus Schwein und Kalb. Also: ein Drittel Rind, ein Drittel Schwein, ein Drittel Kalb. Das ist das Geheimnis. Außerdem darf man das Fleisch nicht zu scharf anbraten, nur kurz in Olivenöl anbräunen, dann wieder herausnehmen und die Zwiebeln dünsten, grobgewürfelte Tomaten, Petersilie, Thymian und Lorbeer, Salz, Pfeffer und eine Messerspitze Zukker hinzufügen – der Zucker ist sehr wichtig. Und einen Schuß Rotwein. Wenn die Tomaten verkocht sind, gibt man das Fleisch wieder hinein, läßt das Ganze zehn Minuten auf kleiner Flamme köcheln, und fertig.«

»Und was für einen Wein trinkt man dazu?«

Das Essen war sehr lebhaft und fröhlich. Wir bemühten uns, ordentlich zu essen und keine ungebührlichen Geräusche von uns zu geben.

Nach dem Essen erzählte uns Monsieur Koutsen eine interessante Geschichte.

»Wißt ihr, warum Elefanten auf Zirkusplakaten immer mit hochgerecktem Rüssel dargestellt werden? Nein? Dann erzähle ich es euch: Es hat mit der Zigarre von Bula-Bombator zu tun, dem legendären Elefanten des Zirkus Barnum; Bula-Bombator war ein außergewöhnliches Tier, ein großer Bulle aus Afrika mit zwei Meter vierzig langen Stoßzähnen. So etwas gibt es heute gar nicht mehr – große Bullen werden heute frühzeitig getötet, bevor sie aus zu großer Einsamkeit gefährlich werden können. Damals, in der Zeit zwischen 1830 und 1902 also, war Bula-Bombator weltberühmt. Er war ein Geschenk an Königin Viktoria gewesen, der Königin von England und Kaiserin von Indien, und er lebte im Zoo von London. Während seiner Zeit im Zoo war er die größte Attraktion, er war wirklich ein wunderschönes Tier, und ich glaube, man darf behaupten, daß er ein Subjekt war. Chronisten berichteten, daß der Elefant für jede Erdnuß, die man ihm zuwarf, dem Publikum ein paar kleine Kunststückchen vorführte. Die Legende will, daß sich Bula-Bombators Schicksal 1842 entschied, bei der ersten Tournee des Zirkus Barnum durch Europa. Barnum war einer der ältesten und größten Zirkusse der Welt, und damals verdankte er seine Berühmtheit Jahrmarktsattraktionen wie bärtigen Frauen, siamesischen Zwillingen oder Kraftmeiern, aber nicht den heute traditionellen Zirkusnummern. Bei der damaligen Tournee war »General Tom Däumling« die große Attraktion, ein Liliputaner von siebzig Zentimeter Größe mit ansonsten normalen Proportionen – eine Kuriosität, die die Massen anzog. Doch an Tom war nur sein Körper klein, sein Geist hingegen war brillant und flink. Als der Zirkus nun in London gastierte, wohnte auch Königin Viktoria der Vorstellung bei und lud Phineas Barnum und Tom Däumling zu einer Audienz in ihr Schloß ein. Bezaubert von der Klugheit des Generals und von Barnums Enthusiasmus, schenkte sie dem Zirkus das größte Tier des Imperiums, Bula-Bombator. Eine königliche Geste, ein kaiserliches Geschenk. Bula-Bombator war damals schon vierzig Jahre alt, zu alt, um aus ihm noch ein richtiges Zirkustier zu machen. Doch Barnum, ein genialer Mann, band ihn in Tom Däumlings Nummer ein. Wenn die beiden die Manege betraten und Tom auf dem Elefanten ritt, war das Publikum überwältigt. Der kleine Mensch ließ den Elefanten noch größer, noch majestätischer, noch imposanter erscheinen. Doch, wie ich schon sagte, Bula-Bombator war ein Subjekt, so daß sich das Tier sehr schnell vom Publikum, vom Applaus und von der Musik berauschen ließ und seine Zoogewohnheiten ablegte, um ein echtes Zirkustier zu werden. Von diesem Zeitpunkt an gab es kein einziges Barnum-Plakat mehr ohne Bula-Bombator auf den Hinterbeinen auf einem roten Podest. Vielleicht seht ihr eines Tages mal so ein Plakat, dann werdet ihr feststellen, daß Bula-Bombators Rüssel nicht erhoben ist. Ich glaube, man kann mit Fug und Recht behaupten, daß dieser Elefant das weltläufigste Mitglied der Familie der Dickhäuter war. Während seiner sechzigjährigen Karriere ist er überall herumgekommen, in Europa, in Nord- und Südamerika, in Rußland, sogar dem Kaiser von China und auch verschiedenen Maharadschas wurde er vorgestellt, die nur die wesentlich kleineren und zahmeren Indischen Elefanten kannten und fasziniert waren von Bula-Bombators kolossalen Ausmaßen. Vor allen namhaften Menschen dieser Welt führte er seine Kunststückchen auf und bekam dafür die verschiedensten Geschenke – Schmuck, Süßigkeiten, einmal sogar einen Rolls-Royce. Doch erst der Kaiser von Brasilien entdeckte Bula-Bombators Schwäche für die Zigarre. Der Kaiser, einer der größten Zigarrenraucher vor dem Herrn, schenkte ihm nach der Vorstellung eine Kiste seiner besten Havannas. Und was machte Bula-Bombator? Er nahm sie, eine nach der anderen, mit seinem geschickten Rüssel und fraß sie mit sichtlichem Genuß. Mit diesem Tag wurde es der letzte Schrei, dem Tier die edelsten Zigarren zu schenken. Aus der ganzen Welt bekam Bula-Bombator Zigarren, und jeden Tag verschlang er ein paar Dutzend. Eine Zeitlang gab es sogar Zigarren, die seinen Namen trugen. Auf den Plakaten jener Zeit saß Bula-Bombator mit gekreuzten Beinen da, an den Hinterbeinen trug er Gamaschen, und in seinem Rüssel hielt er eine brennende Zigarre. Natürlich hat Bula-Bombator niemals eine Zigarre geraucht, aber die damalige Werbung unterschied sich nicht groß von der heutigen – sie übertrieb im gleichen Maß und tischte ebensogerne Lügen auf. Im Jahr 1902 schloß Barnum seine Europatournee mit einer Abschiedsvorstellung in Le Havre ab. Dieser Vorführort war nicht wegen seiner Größe, sondern allein wegen seiner geographischen Lage ausgewählt worden, der Zirkus schiffte sich nämlich dort ein und kehrte zurück in die Vereinigten Staaten. Von den vielen Dingen, die Barnum erfunden hat, verdanken wir ihm auch die Parade. In jeder Stadt organisierte er eine riesige Parade, bei der alle Tiere und Artisten vor dem bezauberten Publikum durch die Straßen zogen. Und da es sich damals um den Abschied vom alten Kontinent handelte, feierte Barnum diesen Abschied gebührend, mit einem großen Festzug zum Hafen. An der Spitze marschierte Bula-Bombator, dann kam das Orchester mit nicht weniger als fünfunddreißig Musikern! Wer der Abschiedsvorstellung nicht hatte beiwohnen können, war nun dabei, die ganze Stadt hatte sich in den Straßen versammelt, selbst die Obrigkeiten konnten ein solch populäres Ereignis kaum ignorieren. Wie viele Paraden hatte Bula-Bombator in seiner langen Laufbahn schon erlebt? Hunderte? Tausende? Er war an die Musik und an das Geschrei gewöhnt, an die Menschenmenge und an Neugierige, die ganz nah an ihn herantraten, an Kinder, die ihn streicheln wollten, an kreischende Frauen, an Feuerwerke. Nichts konnte das alte Tier aus der Ruhe bringen. Bula-Bombator war nun ein Jahrhundert alt, hundert Jahre, von denen er sechzig im Zirkus verbracht hatte. Doch an jenem Tag gab irgendein unglückseliger Narr dem Elefanten eine brennende

Zigarre, die er ihm allerdings mit dem glimmenden Ende vorn reichte. Das Tier wollte sie wie immer mit dem Rüssel greifen und verbrannte sich. Die Hitze, die beim Verbrennen von Tabak entsteht, kann achthundert Grad erreichen, und die Rüsselspitze ist das empfindlichste Körperteil eines Elefanten. Léon kann euch das bestätigen. Bula-Bombator raste vor Schmerz. Er griff die Menge an, trat gegen die Fassaden der Häuser und galoppierte durch die Stadt. Wo er hinkam, blieb kein Stein auf dem anderen, die ganze Stadt floh vor diesem wütenden, tobenden Tier. Ein entfesselter Wirbelsturm. Von den Obrigkeiten und den aufgeschreckten Einwohnern alarmiert, kam auch bald die Gendarmerie, um das kolossale Tier niederzustrecken, das bereits drei Personen zu Tode getrampelt und Dutzende weitere verletzt hatte. Doch der Zirkusdirektor, der Enkel Phineas Barnums, flehte sie an, ihm noch eine Chance zu geben, das Tier mit seinen eigenen Mitteln zu beruhigen. Die Gendarmen ließen ihn eher aus Hilflosigkeit gewähren, denn wie alle Leute hatten auch sie Angst. Wer noch nie einen wütenden Elefanten gesehen hat, weiß nicht, wie verheerend seine Rage sein kann und was es bedeutet, mit einem ganz normalen Gewehr, wenn auch mit größeren Patronen, einen hundertjährigen Elefanten erschießen zu müssen. Nun gut. Der Direktor schickte seine Cowboys raus, um Bula-Bombator mit dem Lasso einzufangen. Stehend galoppierten sie auf ihren Pferden durch die Stadt. Sie warfen zwei, drei und zehn Lassos um den Hals des Elefanten, konnten ihn aber nicht halten. Erst nach einem erbitterten Kampf, in dem die Cowboys von allen Seiten am Hals des armen Tieres zerrten, brach Bula-Bombator zusammen und war tot. Er war erstickt. Sein Kadaver wurde dem Naturkundemuseum im Jardin des Plantes übergeben, wo man noch heute das ausgestopfte Tier bewundern kann. So nahm das unglaubliche Leben dieses sagenhaften Tieres sein Ende. Der Zirkus Barnum ist seitdem nie wieder nach Europa zurückgekehrt. Und seitdem zeigt man auf Zirkusplakaten immer Elefanten mit erhobenem Rüssel, damit nicht wieder ein Idiot auf die Idee kommt, ihnen die Rüsselspitze zu verbrennen.«

»Warum gehen Zirkusgeschichten eigentlich immer schlecht aus?«

»Sie gehen nicht schlecht aus, sie spiegeln einfach nur das Leben wider, und das Leben endet nun einmal mit dem Tod.«

»Na prima. Dann wird der Zirkus Marquise schuld sein, daß wir frühzeitig den Löffel abgeben.«

»›Marquise‹ als Name für einen Zirkus – das gefällt mir überhaupt nicht«, meinte die Marquise, als sie die Eierschaumcreme servierte. »Das ist zuwenig fröhlich, das klingt so theatralisch.«

»Findest du es theatralisch, wenn wir dich Marquise nennen?«

»Das ist doch etwas ganz anderes. Zwischen einem Namen und einem Spitznamen liegen Welten. Laßt euch für den Zirkus etwas anderes einfallen.«

»Und zwar heute abend noch. Ich muß morgen dem Drucker Bescheid geben, damit die Plakate übermorgen fertig sind. Also, wir schlagen jetzt der Reihe nach einen Namen vor, und das machen wir so lange, bis wir den richtigen gefunden haben. Du fängst an, Salaam.«

»Der Berberzirkus.«

»Hörst du eigentlich nicht zu, wenn ich etwas sage, Salaam? Wir brauchen einen Namen, in dem wir zu erkennen sind.«

»Ich – Berber!«

»Also gut, vergessen wir's. Du bist dran, Francis.«

»Mir fällt nichts ein ... vielleicht Zirkus Gévéor?«

»Das kann doch nicht wahr sein! Wollt ihr mich eigentlich verarschen?«

»Du hast gesagt, du willst einen Namen, in dem wir zu erkennen sind. Und im Glühwein erkenne ich mich.«

»Wenn wir mit solchen schwachsinnigen Namen weitermachen, sitzen wir noch heute nacht hier. Also, Belgier, jetzt du! Und streng deine Rübe bitte ein einziges Mal an.«

»Buba-Terminator-Zirkus, oder wie der hieß ... halt dieser Name von diesem Elefanten da ...«

»Zirkus voran- oder nachgestellt?«

»Was schlägst du denn vor, Marco? Dauernd schnauzt du uns an, weil uns nichts einfällt. Was ist mit dir? Immerhin bist du der Chef.«

»Glaubst du eigentlich, ich würde meine Zeit mit eurem blöden Geschwätz verplempern, wenn ich einen Namen wüßte, du Null? Mir geht's wie euch, ich habe nicht die leiseste Ahnung.«

»Sei doch nicht so streng mit den Jungs, Baby. Sie sind doch keine Werbetexter.«

»Eben. Wir sind nur Zeltbauer.«

»Ja, verdammt, das stimmt. Wir sind Zeltbauer, mehr nicht.«

Wir sahen uns voller gegenseitiger Bestätigung an und waren uns einig, daß Marco uns langsam ganz schön auf den Sack ging.

Da ließ Salaam seine Bombe platzen: »Ihr Idiot! Wenn ihr erkannt wollt, dann ist Name Zirkus Zeltbauer.«

Es war mucksmäuschenstill. Alle starrten wir Salaam an, der gar nicht mehr wußte, wie er unseren Blicken standhalten sollte. Wie glotzten ihn an, weil diese Idee unglaublich blöd und gleichzeitig genial war.

Und die Marquise entschied: »Der Zeltbauer-Zirkus, das paßt.«

Léon fuhr mit seinem Laster und seinen Elefanten vor. Ich saß neben ihm im Führerhaus und bewunderte die Virtuosität, mit der er diesen schweren Wagen fuhr, der durch die Bewegungen der Elefanten auf dem Anhänger immer wieder ins Schlingern geriet. Natürlich haben Elefanten keine Ahnung von Zentrifugal- und Zentripetalkraft. Wenn man mit dem Motorrad eine Kurve nimmt, muß man sich in die Kurve legen – beugt man sich in die andere Richtung, gerät das Fahrzeug aus dem Gleichgewicht. Ich weiß das, alle wissen das, selbst der Belgier weiß das ... aber die Elefanten wissen es nicht. In jeder Biegung stemmen sie sich mit ihrem ganzen Gewicht gegen die Kurve, um sich nicht gegenseitig zu erdrücken. So bewegten sich bei diesen regelmäßigen Schlingerfahrten Léons Laster und der Anhänger stets in entgegengesetzte Richtungen. Die Karosserie war dadurch völlig verzerrt. Aber Léon war auch hier ein echter Artist, und so durchquerten wir Paris ohne größere Probleme.

Ich hatte mich in Vincennes mit Léon getroffen – dort wohnte er – und überall auf dem Weg dorthin unsere Plakate angebracht, die Marco an uns alle ausgeteilt hatte. Während der ganzen Fahrt gratulierte Léon uns zu dem Plakat, es gefiel ihm wirklich sehr gut. Und dann noch ein Elefant vorne drauf – um einen Zirkus zur Geltung zu bringen, könne es schließlich nichts Besseres geben.

Léon fuhr nicht nur den Lastwagen mit den Elefanten, sondern er war auch der größte Elefantenbekleider von Paris. Bevor der Elefant in die Manege tritt, bekommt er oft einen Federbusch auf den Kopf und eine bunte Satteldecke auf den Rücken. Einmal habe ich versucht, einen von Léons Elefanten anzukleiden ... Man wirft ihm von einer Seite die Satteldecke auf den Rücken und geht auf die andere Seite, um sie geradezuziehen. Doch während man hinten am Elefanten vorbei auf die andere Seite geht, schnappt sich der Elefant mit dem Rüssel die Decke, schwingt sie herum – und legt sie einem schließlich über den Kopf. Aber das ist lange nicht das Schlimmste: Viel schlimmer ist es, die Elefanten in einem engen Raum anzukleiden. Sie lassen nämlich keine Gelegenheit aus, einen an die Wand zu drücken, wenn man neben ihnen steht. Ich habe es nie geschafft, eines dieser Mistviecher anzukleiden. Léon hingegen braucht nur fünfzehn Sekunden pro Tier, keine Sekunde länger. Er behauptet steif und fest, er habe dafür kein Geheimrezept.

»Versuch gar nicht erst, es zu verstehen, Großer«, sagte Marco eines Tages zu mir. »Außer Léon kann das kein Mensch. Dafür gibt es keine Erklärung. Es ist eben so.«

Die Elefanten vom Hänger herunterzuführen ist ebenfalls ein riskantes Manöver, weil sie nur ungern rückwärts gehen und nach einer Fahrt im Laster immer sehr angespannt sind. Doch heute klappte es gut. Wir brachten sie in ein Zelt, das wir hinter dem Zirkuszelt aufgestellt hatten, neben den anderen Gehegen für die Tiere, die wir noch erwarteten. Streng überwachte Salaam die Manöver und wies die Laster und die Wohnwagen, die den ganzen Tag über einfuhren, auf ihre jeweiligen Plätze ein. Salaam hatte noch nicht ausdrücklich gesagt, daß er bei uns im Zirkus arbeiten wollte, aber auch er verbrachte immer mehr Zeit bei uns im Bois. Wir zweifelten nicht daran, daß er sich für uns entscheiden würde. Wir waren ihm auch nicht böse, daß er sich nicht gleich mit uns in dieses Abenteuer gestürzt hatte. Wir wußten, daß er in Algerien Familie hatte und ihr den Großteil seiner mageren Einkünfte überließ. Wenn man eine Familie zu ernähren hat, ist es keine leichte Entscheidung, Balard und seinen Lohn dort aufzugeben – mit einer nur sehr vagen Aussicht, reich zu werden. Dennoch war Salaam uns eine große Hilfe und brachte Ordnung in unser Chaos.

Am Nachmittag dann ist es passiert. Der Lastwagen mit den Sachen der Zyskowickz-Brüder kam an. Sie waren Freunde von Marco, Trapezkünstler, die wie alle anderen zugesagt hatten, sich im Laufe der Woche bei uns einzufinden. Ich weiß nicht, warum Salaam der Meinung war, der Laster könne nicht denselben Weg benutzen wie die anderen Wagen und müsse von der anderen Seite aufs Gelände fahren. Doch wenn Salaam sich einmal etwas in den Kopf gesetzt hatte, war nichts mehr zu machen. Der Fahrer konnte noch so toben und brüllen und erklären, daß es doch keinen Unterschied mache, von wo er reinfahre …

»Geht nix. Nix hier rein. Von hinten. Wenn nix von hinten, dann gar nix rein.«

Widerwillig, aber machtlos fügte sich der Fahrer dieser Anweisung, fuhr auf die andere Seite und begann mit dem Manöver. Offensichtlich wollte er es Salaam heimzahlen, denn er fuhr ohne besonderen Grund rückwärts aufs Gelände. So wurde es ein schwieriges Unterfangen, und er bat Salaam, ihn einzuweisen. Salaam ließ sich das nicht nehmen: »Zurück, noch, noch, noch – bumm! Halt. Zu spät.«

Der Lastwagen war mit Wucht gegen einen Baum geknallt. Wutentbrannt stieg der Fahrer aus und wollte Salaam die Leviten lesen, doch der war verschwunden. Er war schon wieder zurück auf die andere Seite des Geländes gelaufen.

Langsam trafen alle Künstler ein. Die Martini-Familie – Vater Valentino, ein Koloß mit Schnauzbart, seine Frau Rosella und die sechs Töchter, eine schöner als die andere – zeigte eine bemerkenswerte Akrobatik. Der Vater balancierte auf der Brust einen drei Meter langen verchromten Stahlstab, auf den seine Frau und seine Töchter stiegen, um dort oben ihre eigenen Jonglier- und Equilibristennummern vorzuführen. Die ganze Zeit über hielt der Vater die große Familie durch geschmeidige kleine Schritte im Gleichgewicht. Seine Rolle als Träger war zwar für das Publikum nicht von Interesse, aber sie war der Schlüssel zu der ganzen Nummer.

Gegen vier Uhr nachmittags traf Robert Belgrand mit seinen Bären ein. Er hatte sie dressiert, auf Fahrrädern und Rollern zu fahren. Belgrand war klein und fett. Er hatte keinen Hals; unter seinem Kinn hing nur eine dicke Schwarte, die ihn ganz verwegen aussehen ließ, dabei war er ein herzensguter Mensch. Daß sein Kopf direkt in den Rumpf überging, hatte seinen Grund – einer seiner Bären hatte ihm mit seinen mächtigen Pranken den Hals aufgerissen.

Die Brüder Kempf, drei Clowns aus Holland, kamen zeitgleich mit Wilfred Temper und seinen beiden Pferden an. Jedem wies Salaam seinen Platz hinter dem Zelt zu. Um acht Uhr abends waren alle da.

Nachdem sie sich halbwegs eingerichtet hatten, wollten alle ausnahmslos den Hund sehen. Natürlich waren sie hier, weil sie Marcos Freunde waren, aber sie waren auch wegen des Hundes hier, den sie schon gesehen oder von dem sie gehört hatten, so daß sie wußten, daß unser Zirkus mit einer so großen Nummer todsicher Erfolg hatte. Koutsen stellte ihnen den Hund vor, der zur Begrüßung ein paar Kunststückchen machte.

Obwohl wir nicht viel zu tun hatten, waren wir erschöpft. Ganz sicher war es die Aufregung. Balard war für uns mittlerweile nur noch Geschichte, und wir wollten nichts mehr davon hören, auch wenn wir den zweihundert Francs nachtrauerten, die wir in Balard wöchentlich verdient hatten. In Salaams Bude hatte ich die Ersparnisse geholt, die ich für alle Fälle beiseite gelegt hatte. Viel war es nicht, aber ich konnte damit die ein, zwei Wochen überbrücken, bis der Zirkus die ersten Einnahmen brachte und wir wieder Geld bekamen.

Bis zu diesem Tag hatten wir noch nie so eng zusammengestanden. Wir konnten uns einfach nicht voneinander trennen, und wir wollten es auch gar nicht. Solange wir zusammen waren, hatten wir das Gefühl, uns könne nichts passieren. Daß wir Angst hatten vor dem, was kam, vor dieser grundlegenden Veränderung unseres Lebens, trifft den Sachverhalt nicht genau, aber wir machten uns natürlich Gedanken darüber, ein Leben aufgegeben zu haben, das aus Unbekümmertheit, ja vielleicht sogar aus Unwissenheit bestanden hatte. Und nun war die Zukunft voller Verheißungen. Und voller Unwägbarkeiten.

Am Abend rief Marco alle Leute ins Zelt.

»Ich will euch danken und mich gleichzeitig bei euch entschuldigen. Es tut mir aufrichtig leid, daß ich euch nicht gebührlich empfangen und den Komfort bieten kann, den Artisten wie ihr zu Recht erwarten dürft. Aber ihr wißt, daß es den Zirkus noch nicht lange gibt, und wie alles Neue muß auch unser Zirkus erst nach und nach wachsen und sich behaupten. Das Wichtigste aber haben wir schon – euch. Und ich zweifle nicht daran, daß auch alles weitere bald kommen wird. Aber das spielt im Moment keine Rolle. Wichtig ist nur, daß wir hier versammelt sind und in drei Tagen unsere erste Vorstellung geben. Für alle, die die Marquise noch nicht kennen – das ist die junge Frau mit den kurzen braunen Haaren, die da hinten bei meinen Partnern steht.« Die Artisten drehten den Kopf zur Marquise. »Die Marquise hat mir heute abend gesagt, daß es schon hundertfünfzig Reservierungen gibt. Wenn das so weitergeht, sind wir jeden Abend ausverkauft.« Applaus. »Wir haben nun zwei Tage, um die Vorführung auf die Beine zu stellen, zwei Tage, um zu proben und hier und da noch etwas am Zelt zu verbessern, damit am Freitagabend alles perfekt ist. Morgen früh ab sieben Uhr steht euch das Zelt zur Verfügung. Vielen Dank.« Großer Applaus.

Zum Schlafen fuhren wir nach Balard, denn wir hatten unseren Wohnwagen noch nicht in den Bois gefahren, und um unter freiem Himmel zu schlafen, war es zu kalt. Zum erstenmal blieb Marco über Nacht bei uns. Ich glaube, er spürte unsere Angst, und wahrscheinlich teilte er sie auch. Sicher hatte er gemerkt, daß die Ankunft der Artisten, seiner Freunde, uns nervös machte. Bestand nicht die Gefahr, daß er uns im Stich ließ, jetzt, wo er wieder unter seinesgleichen war?

Auch Weisnix war bei uns. Das Licht war aus, und wir lagen auf unseren Matratzen, aber keiner konnte schlafen.

»He, Marco!«
»Ja, was ist?«
»Wenn die Vorstellung ein Knaller wird – was machst du denn dann mit der ganzen Kohle?«
»Dann eröffne ich ein neues Zelt.«
»Hm. Willst du dir denn gar nichts kaufen?«
»Ich weiß nicht ...«
»Na ja, du bestimmst das ja sowieso nicht.«
»Wie meinst du das?«
»Die Marquise bestimmt es. Wie immer.«
»Über den Zirkus bestimmt sie nicht.«
»Ich meine ja auch nicht den Zirkus, ich meine das

Geld. Bei euch beiden ist es die Frau, die den Zaster zusammenhält.«

»Da hast du schon recht. Und du, d'Artagnan, was würdest du mit dem Geld machen?«

»Weiß nicht ... Vielleicht leihe ich dir was, dann kannst du etwas noch Besseres aufziehen.«

»Ich würde mir einen Transporter kaufen.«

»Du hast doch nicht mal einen Führerschein, Belgier. Wozu brauchst du denn einen Transporter?«

»Ich hätte mehr Platz zum Schlafen. Und außerdem kann ich den Führerschein ja noch machen. Alle Leute fahren Auto, so schwer kann's ja wohl nicht sein. Ich würde gerne ein paar Mädchen spazierenfahren. Ohne Auto geht das nicht.«

»Wenn es wegen der Mädchen ist, solltest du dir das mit dem Transporter aus dem Kopf schlagen. Das sieht zu sehr nach Baustelle aus. Kauf dir lieber einen Sportwagen.«

»Einen Sportwagen! Du bist lustig. Und wo soll ich schlafen?«

»Na, wenn wir Kohle haben, kannst du im Hotelzimmer pennen.«

»Stimmt. Daran habe ich gar nicht gedacht. Scheiße, Mann, das wär's – jeden Abend in einem richtigen Bett schlafen ...«

»Und du, Francis, was würdest du mit dem Geld machen?«

»Nichts. Ich würde weiter für dich arbeiten. Ich brauche am Tag nur zwanzig Steine zum Leben, der Rest ist mir egal. Und überhaupt, ich hab gar keine Lust, an morgen zu denken, das bringt doch nichts. Es gibt da ein afrikanisches Sprichwort: Selbst der klügste Mann der Welt kann nicht wissen, wie die Sonne aufgehen wird. Also, ich weiß nicht, was ich machen würde, und ich will es auch gar nicht wissen.«

»Und du, Tony?«

»Ich würde mir ein Boot kaufen. Ein Segelboot. Dann könnte ich ein bißchen herumschippern.«

»Und wenn du in fünf Jahren wieder zur See fahren kannst, was machst du dann?«

»Das ist noch lange hin. Das überlege ich mir in fünf Jahren.«

»Und du, Großer?«

»Ich würde sparen, für alle Fälle.«

»Also hat keiner einen richtigen Plan. Gibt es denn nichts, wovon ihr träumt?«

»Doch, vom Zirkus.«

»Das freut mich, Jungs, wirklich.«

Am nächsten Morgen begannen die ersten Proben. Wir hatten noch nie ein Zelt für eine Zirkusvorstellung hergerichtet. Bei einem Konzert war es einfach – man baute die Bühne auf, schraubte die Ränge fest, legte die elektrischen Leitungen, und dann mußten sich die Roadies mit dem Rest herumschlagen. Nun aber mußten wir uns selbst um alles kümmern, denn wir waren Zeltbauer und Techniker zugleich. Tony sorgte wie immer für Strom und Licht, was angesichts unserer dürftigen Ausstattung nicht sehr kompliziert war – oder gerade doch, weil er Wenig nach Viel aussehen lassen mußte.

D'Artagnan und Francis bauten die Imbißstände auf. Die Marquise hatte ihnen genau erklärt, wie sie sich das vorstellte – unten die Geschirrschränke, der Kühlschrank rechts, eine Arbeitsplatte für das Waffeleisen und eine weitere für die Bestellungen. Sie verlangte auch eine geschwungene Einfassung für das Verkaufsfenster und legte auch die Farbe fest, damit es fröhlicher aussah.

Der Belgier und ich arbeiteten an den Umläufen. Wie in Balard mußten wir auch hier den Unterbau der Ränge mit großen blauen Blechplatten abdecken. In Balard war es uns ziemlich egal gewesen, wie das Ganze nachher aussah, aber hier sollte es perfekt sein.

Nicht eine scharfe Kante durfte es geben, nicht eine Platte durfte schief aufliegen ... es sollte aussehen wie aus einem Guß.

Marco ging von einer Baustelle zur anderen, prüfte, half und erteilte Ratschläge, ging dann wieder zu den Artisten, besprach mit ihnen die Reihenfolge der Auftritte und klärte, welche Beleuchtung und welche zusätzliche Ausstattung sie in der Manege brauchten. Koutsen begleitete ihn, nicht ohne hier und da auf diese sanfte Art, die so typisch für ihn war, seine eigene Meinung verlauten zu lassen.

Inmitten des ganzen Radaus – dem Kreischen der Flex, den Hammerschlägen, dem Rasseln der Stichsäge, dem Klang von Metall auf Metall, dem Wiehern der Pferde, dem Motorengeknatter, den Rufen, den Schreien – entstand in uns ein Gefühl, das wir bis dahin nicht gekannt hatten: der vereinte Wille, ein gemeinsames Ziel zu erreichen. Sogar die Artisten, ihrem Wesen nach und aus Notwendigkeit Egoisten, schienen dies so zu empfinden. Es war ihnen egal, daß die Dinge noch nicht den Anforderungen entsprachen, solange die ganze Truppe von ihrem Beitrag profitierte. Keiner verlangte Geld im voraus oder eine Garantie, nach der Vorstellung bezahlt zu werden. Wie wir waren auch sie gefangen im Zauber der Entstehung eines wertvollen Guts. Alle wußten, daß der kleinste Handgriff größte Bedeutung besaß und daß jeder in gleichem Maße die Vollendung unserer Idee vorantrieb. Zum ersten Mal fühlte ich mich den Artisten nicht untergeordnet, auch weil sie mir nie dieses Gefühl vermittelten. Wir waren auf dem besten Weg, unser Zeltbauerdasein hinter uns zu lassen, oder besser gesagt: es auf das Niveau der anderen zu heben. Nie hatte ich bislang das Gefühl gehabt, daß unsere Arbeit für ein Konzert oder eine Veranstaltung unerläßlich gewesen wäre, aber nun begriff ich, daß ohne unsere Mühen und ohne unseren Schweiß keine der Bühnen gestanden hätte und keiner der Säle jemals sauber und bereit gewesen wäre, ein Publikum zu empfangen.

Ich war stolz, ein Zeltbauer zu sein.

Zum Essen kamen wir alle zusammen, die Artisten und die Zeltbauer, wir lachten und scherzten und freuten uns an den Fortschritten. Die Marquise verköstigte uns und hielt uns über die Zahl der Reservierungen auf dem laufenden, die stetig wuchs. Selbst Braconnier, der jeden Tag vorbeischaute, war begeistert von unserer leidenschaftlichen Zuversicht. Er sprach schon von Tourneen durch Frankreich und ganz Europa.

Am Samstag morgen vor der Premiere traf Nandy ein, mit dem Orchester von Massila. Die zwölf Musiker, hauptsächlich Blechbläser, sprachen schon davon, wie sie die Bude im Sturm erobern und die tollsten Zirkusmelodien spielen würden, die die Welt je gehört hatte.

Nandy war der beste Conférencier in ganz Frankreich. Er war bei Pinder in die Lehre gegangen und war seitdem sehr gefragt bei den Zirkussen. Er beherrschte die Kunst der Ansage wie kein zweiter. Aus einer banalen Jongliernummer machte er ein außer-

DER HUND VON BALARD

gewöhnliches Ereignis. Bei ihm bekam das Publikum stets den Eindruck, etwas ganz Einzigartiges zu sehen, das kein anderer Mensch jemals wieder zu Gesicht bekommen würde. Bevor die wilden Tiere oder die Trapezkünstler die Manege betraten, heizte Nandy die Stimmung im Zelt derart auf, daß die Zuschauer den Atem anhielten. Manchmal redete er bei den Clownnummern dazwischen, ohne jemals aufdringlich oder unmäßig zu wirken. Es ging ihm nicht darum, sich selbst in den Vordergrund zu spielen, sondern gerade die Besonderheit der einzelnen Nummer hervorzuheben. Daß Nandy bei uns mitmachte, war ein Glücksfall, denn unserem Programm mangelte es zugegebenermaßen ein wenig an Originalität. Mit Ausnahme von Koutsens Nummer mit Weisnix hatten wir ein eher durchschnittliches Zirkusprogramm. Zumindest schätzten wir das so ein, bevor Nandy die Nummern ansagte. Nandy gab uns Tips, wie wir die Manege zwischen den Nummern herrichten sollten, und Nandy war es auch, der uns riet, nicht mit dem Hund zu beginnen, sondern das Programm mit ihm abzuschließen.

»Ihr seid euch nicht im klaren darüber, wie einzigartig diese Nummer ist. Das Publikum wird aus dem Staunen gar nicht mehr rauskommen. Wenn ihr die Nummer an den Schluß setzt, wird sie den Leuten im Gedächtnis bleiben. Wenn sie dann ihren Freunden und Verwandten davon erzählen, werden sie nur den Hund im Kopf und die weniger mitreißenden Nummern des Programms vergessen haben.«

Wir glaubten ihm aufs Wort, denn unter Nandys

Freunden waren viele Journalisten, die ihm das bestätigt hatten. Natürlich hatte er sie eingeladen.

Um sechs Uhr abends waren wir fertig. Nun mußten wir bis halb neun warten, bis das Zelt öffnete. Die Marquise hatte für den Imbißstand ihre beiden Schwestern angeheuert. Sie machte die Kasse. Um uns nützlich zu machen, spielten wir Platzanweiser und geleiteten die Zuschauer an ihre Plätze. Um sieben Uhr erschien Maman Rose in einem auffälligen lila-grünen Kleid; sie war noch aufgeregter als wir.

»Ich habe Champagner zum Feiern dabei. Und wenn ihr nicht zu müde seid, seid ihr später alle bei mir zum Essen eingeladen. Ich habe eine Schlachtplatte vorbereitet.«

Auch wenn unsere Nervosität noch kein Hungergefühl zuließ, dankten wir ihr herzlich. Sie ging von einem zum anderen und sprach uns Mut zu, doch sie machte uns nur noch nervöser, als wir schon waren. Auch Weisnix war die Anspannung anzumerken. Wie ein Tiger im Käfig lief er in seinem Zwinger auf und ab und winselte vor Angst. Ich glaube, er spürte genau, welche Verantwortung auf seinen Schultern lastete.

Seit die Marquise gekommen war, hatte sie das Kassenhäuschen nicht mehr verlassen, unablässig sah sie auf die Uhr und überprüfte immer wieder die Listen mit den Reservierungen. Sie hatte zweihundertsiebenundfünfzig Karten hinterlegt und hundertdreiunddreißig Karten zum Verkauf am Schalter vorbereitet. Wieder und wieder zählte sie sie nach und rief nach ihren Schwestern, um ihnen zum wiederholten Mal zu sagen, was sie zu tun hatten. Viel

Puderzucker auf die Waffeln, nicht zuviel Salz auf die Fritten, und die Fritten immer in zwei Wannen ausbacken, damit sie knuspriger werden. Alle fünf Minuten rief sie eine Platznummer aus, und wir mußten ihr augenblicklich sagen, wo der Platz sich befand, in welchem Rang und auf welcher Seite. Dann beugte sie sich wieder über die Eintrittskarten.

Die Zeit wollte nicht vergehen.

Marco ging wieder und wieder durchs Zelt, überprüfte zum hundertstenmal ein unerhebliches Detail, schnappte sich den Besen und fegte unsichtbaren Staub, sorgte sich wegen des Brennstoffs in den Aggregaten, bat jeden, nicht nervös zu sein, und war selbst der Nervöseste von allen.

»Ich hab ganz nasse Hände, Großer.«

»Ich auch, Belgier.«

»Ich hasse es ... ich hasse es ...«

»Was haßt du?«

»Zu warten. Das erinnert mich immer daran, wie ich früher Abend für Abend auf meinen Alten gewartet habe. Du weißt, wann er kommt, aber du weißt nicht, welcher Laune er sein wird. Du willst nur, daß er nett zu dir ist. Du hast auch alles dafür getan, ihm alles recht gemacht, aber trotzdem weißt du, daß irgendwo etwas lauert, an das du nicht gedacht hast, was alle Bemühungen umsonst macht.«

»Glaubst du, daß heute abend was schiefgeht?«

»Ich weiß nicht ... vielleicht nicht. Aber ich hab Bammel, Großer, richtigen Bammel.«

»Ich könnte die ganze Zeit aufs Scheißhaus rennen, aber da kommt nichts raus. Es ist im Bauch.«

»Bei mir auch. Wenn ich könnte, würde ich abhauen und erst morgen wiederkommen.«

»Ich auch.«

»Wie ich das hasse ... wie ich das hasse ...«

D'Artagnan tat so, als ließe ihn das alles kalt, und setzte ein unbeteiligtes Gesicht auf. Aber ich konnte beobachten, wie er alle paar Sekunden seinen Blouson auszog, das schwarze Jackett abklopfte, das er darunter trug, und seinen Blouson wieder anzog.

Tony hielt sich abseits und kaute Nägel ... das heißt, er kaute eher an seinen Fingerkuppen, da seit drei Tagen keine Nägel mehr vorhanden waren.

Nur Francis wirkte wirklich gelassen. Er saß da, stützte die Ellbogen auf den Knien ab und starrte ins Leere.

Dann kam Trauerspiel. Der Belgier hatte ihn natürlich eingeladen, trotz ihrer kleinen Unstimmigkeiten. Sie mochten sich eben. Wir freuten uns alle, ihn zu sehen. Obwohl wir nicht abergläubisch waren, beruhigte uns Trauerspiels Anwesenheit. Er war immer auf allen Konzerten und Veranstaltungen dabei, und seine Präsenz war eine Bürgschaft dafür, daß alles glattlief. Er fühlte sich sehr geschmeichelt, daß wir ihn persönlich eingeladen hatten; normalerweise kam er einfach, ohne daß wir ihm Bescheid sagten. Merkwürdigerweise war er ebenso nervös und angespannt wie wir selbst. Unser Erfolg lag ihm wohl sehr am Herzen.

Um Viertel vor acht schaltete Tony die Aggregate ein, und die Lichter gingen an. Über dem Eingang war ein großes Holzschild angebracht, auf dem in Großbuchstaben stand:

ZELTBAUER-ZIRKUS

Wir gingen alle nach draußen und bewunderten das Schild. Ich war so stolz und so glücklich, daß ich am liebsten Luftsprünge gemacht hätte, doch gleichzeitig hatte ich zum erstenmal in meinem Leben panische Angst bei dem Gedanken, daß den Leuten die Vorstellung nicht gefallen könnte. Ich hatte Angst vor ihrer Einschätzung, Angst, daß sie uns verspotten und durch ihr Urteil in den Schatten zurückschicken könnten, aus dem wir gekommen waren.

»Kompliment!«

Wir fuhren zusammen, als wir Lepontes Stimme hinter uns hörten. Es war uns peinlich, Leponte hier zu sehen, denn immerhin hatten wir ihn ja sitzenlassen. Er hätte uns böse sein können – das wäre sein gutes Recht gewesen. Außerdem war er immer noch unser Chef.

Er sah uns zunächst ein paar Sekunden lang wortlos an, dann zeigte er seine Karte vor. »Darf ich rein?«

Und plötzlich war unsere Nervosität wie weggeblasen. Unser erster Besucher! Und dann auch noch Leponte. Marco führte ihn höchstpersönlich zu seinem Platz. Leponte tat uns leid, wie er da alleine auf der leeren, kalten Tribüne saß, denn es erinnerte uns daran, daß wir ihn im Stich gelassen hatten. Er ließ seinen Blick umherwandern.

»Gute Arbeit. Wirklich. Hut ab, Jungs! Ich wünsche euch alles Gute für euren Zirkus. Und wenn ihr eines Tages beschließen solltet, auch Bier zu verkaufen, dann kommt zu mir, ich kann euch ein paar gute Tips geben.«

Wir hätten uns gerne noch länger mit ihm unterhalten, aber es kamen mehr und mehr Zuschauer, und auch sie mußten wir zu ihren Plätzen führen.

Nandy hatte die Musiker gebeten, ihre Instrumente beim Eintreffen der ersten Gäste zu stimmen, damit das Zelt beschallt war, damit es wärmer wirkte und auch der Eindruck entstand, daß die Schau bald beginnen würde. Man hörte Saxophontöne, Trommelwirbel, Flötentriller, Baßrhythmen. Um das Klangbild abzurunden, hatte Nandy auch dafür gesorgt, daß die Pferde ab und zu wieherten, daß man Peitschenknallen hörte und die Bären hinter dem Vorhang brummten. Der Effekt war nicht zu überbieten. Man glaubte sich in einem richtigen Zirkus. Die Zuschauer strömten immer zahlreicher herein, das Stimmengewirr und das Kreischen der Kinder füllten das Zelt mit Leben.

In ihrem Häuschen jonglierte die Marquise mit den Geldscheinen, die ihr die Zuschauer im Austausch gegen Eintrittskarten reichten. Neben den reservierten Karten verkaufte sie auch Plätze an etliche Neugierige, die es spontan zum Zelt geführt hatte. Das Zelt war zwar nicht brechend voll, aber es war gut besucht.

Um Viertel vor neun befand Nandy, daß es an der Zeit sei, mit der Vorstellung zu beginnen. Er gab den Musikern ein Zeichen, und sie legten los. Das Licht ging plötzlich aus, das Zelt war in völlige Dunkelheit getaucht, und die Musik brach in voller Lautstärke aus den Blasinstrumenten – mit einer flotten, mitreißenden Melodie von einer Ausgelassenheit, wie man sie nur aus dem Zirkus kennt. Tony bediente einen der Suchscheinwerfer und ließ den Lichtkegel über die Zuschauer wandern, bevor er seine Reise mitten auf dem roten Vorhang zwischen Sattelgang und Manege beendete.

Mit wippenden Schritten trat Nandy in die Manege und blieb mitten im Lichtkreis stehen. Er sah aus wie der Mann aus der Johnnie-Walker-Werbung – eine enganliegende weiße Hose, die in schwarzen Lederstiefeln steckte, und ein roter Frack über einem Hemd mit Stehkragen, der mit einem dünnen Knoten aus Silberband geschlossen wurde. In der Hand hielt er einen schwarzen Zylinder – daß er aus Plastik war, konnte von weitem niemand erkennen. Nur Nandys Erscheinung zählte.

Das Publikum klatschte. Nandy hob seinen Zylinder und bat um Ruhe.

»Meine Damen und Herren, liebe Kinder – guten Abend und Willkommen beim Zeltbauer-Zirkus.

LUDOVIC ROUBAUDI

Heute werden Sie das Privileg genießen, mehreren Premieren und Debüts beizuwohnen. Sie sind die ersten Besucher, die hier auf diesen Rängen Platz nehmen, die ersten Gäste überhaupt in unserem Zelt. Ja, meine Damen und Herren, liebe Kinder, Sie werden soeben Zeugen der Geburt eines Zirkus. Dies ist die Premiere für den Zeltbauer-Zirkus – er ist das jüngste Kind in der großen Familie der Zirkusse. Ich werde Ihnen nicht erzählen, wie dieser Zirkus entstanden ist, das würde zu lange dauern. Ich möchte nur folgendes sagen: Die Geschichte eines Zirkus ist immer auch eine der Liebe. Ohne die Liebe gäbe es keine Clowns, keine Dompteure, kein Trapez. Es braucht Träume, Leidenschaft, Disziplin – und eben viel Liebe, damit ein Zirkus entstehen kann. Im Jahr 1830 hat Sampion Bouglione, ein reicher italienischer Tuchhändler, sein Vermögen und sein geregeltes Leben für eine Zigeunerin mit grünen Augen aufgegeben. Seinen Zirkus gibt es noch heute. Die gleiche Geschichte steckt hinter dem Zeltbauer-Zirkus, allerdings hat hier ein Mann nicht wegen einer schönen Zigeunerin alles aufgegeben und sich ins Abenteuer gestürzt. Nein! Es war der treue Blick eines Hundes, der diesen Mann zum wunderbaren Zirkusleben führte. Ein herrenloser Hund, ein Streuner, den er aufgenommen und adoptiert hat. Dieser Hund, meine Damen und Herren, liebe Kinder, ist sein bester Freund geworden. Und aus Liebe zu seinem Herrchen hat sich dieser Hund zu dem außergewöhnlichsten Zirkustier überhaupt entwickelt. Sie werden ihn heute abend zum ersten Mal in der Manege erleben dürfen, mit eigenen

Augen. Er wird nur für Sie auftreten. Doch bevor Sie unseren famosen Hund Weisnix sehen ... übrigens, Kinder, wißt ihr eigentlich, warum er Weisnix heißt? Nein? Dann sage ich es euch. Als sein Herrchen ihn fand, ganz allein, abgemagert und zitternd, fragte er ihn:

›Woher kommst du?‹

Und der Hund antwortete ihm: ›Weiß nicht.‹

›Wann hast du zum letztenmal etwas gefressen?‹

›Weiß nicht.‹

›Wie heißt du?‹

Und wieder antwortete der Hund: ›Weiß nicht.‹

Als sein Herrchen das hörte, sagte er nur: ›Na, du weißt ja gar nichts, mein Kleiner. Ich werde dich Weisnix nennen, und wenn dir dieser Name gefällt, dann komm mit mir.‹

Und Weisnix folgte ihm.«

Nandy hielt für ein paar Sekunden inne. Man hörte, wie die Kinder ihren Eltern etwas ins Ohr flüsterten. Nandy hob wieder den Zylinder hoch.

»Doch bevor Sie Weisnix' ersten Auftritt erleben, will ich Ihnen Léon mit seinen Elefanten vorstellen.«

Buschtrommeln ertönten, und die drei Elefanten kamen in die Manege gelaufen, gefolgt von Léon, der als maurischer König verkleidet war. Die Elefanten gingen im Kreis durch die Manege und hoben bei jedem dritten Schritt den Fuß. Ein Moment der Angst ging durchs Publikum. Ein Kind im ersten Rang stand auf und versteckte sich hinter seinem Vater. In diesem kleinen Zelt wirkten die Afrikanischen Elefanten noch größer und waren noch eindrucksvoller. Ein Tier hob im Laufen den Schwanz und ließ zur großen Erheiterung des Publikums zwei Mistäpfel fallen.

Wir hatten uns entschieden, zwischen Manege und Publikum keine Gitter anzubringen, denn abgesehen von Roberts Bären gab es in unserem Zirkus keine Raubtiere. Damit die Nummern noch besser zur Geltung kamen, verzichteten wir auf die Distanz zwischen Tieren und Publikum.

Marco und ich standen hinter dem Vorhang und beobachteten die Reaktionen der Zuschauer. Irgendwie fühlten wir uns komisch dabei. Eine Mischung aus Freude über die lächelnden, verblüfften Gesichter und Sorge, wenn wir einmal zwei Personen tuscheln sahen. Noch nie hatte ich so eine intensive Beziehung zum Publikum erlebt. All seine Reaktionen lösten auch Reaktionen bei mir aus.

Plötzlich packte Francis Marco grob am Arm.

»Wenn die Vorstellung vorbei ist, kann ich dann wieder trinken?«

»Von mir aus. Warum?«

»Ich habe Durst. Seit fünf Tagen habe ich Durst.«

Nach Léon und seinen Elefanten kamen die Martinis. In ihren hautengen weißen Trikots sahen die Martini-Mädchen wirklich umwerfend aus, sie waren gertenschlank, und ihre Rundungen saßen an den richtigen Stellen – und die waren dank des Trainings sehenswert stramm. Die Männer im Publikum ließen sich nicht eine ihrer Bewegungen entgehen, und manch eine Frau schaute ihren Gatten schief an. Da die Nummer aber spektakulär war, konnten auch die Frauen sich dafür erwärmen.

Bevor wir es noch richtig merkten, war der erste Teil der Vorstellung zu Ende. Nandy lud das Publikum ein, sich die Tiere aus nächster Nähe anzusehen und sich bei Waffeln oder Fritten zu stärken.

Die Marquise hatte sich zu ihren Schwestern gesellt, der kleine Betrieb florierte. Zehn Francs die Portion Fritten, zehn Francs die Waffel. Die drei Frauen schwangen die Kellen, als würde ihr Leben davon abhängen. Die Marquise hatte sich Lepontes Lektion zu Herzen genommen: Mit der Verköstigung machte man den nötigen Profit. Wir nutzten die Pause, um zwischen den Leuten umherzuschlendern und zu lauschen, was sie sagten. Es gab viel Lob, aber auch kritische Stimmen. Manche sahen die Vorzüge einer kleineren Manege, andere fanden das Zelt nicht groß genug. Nur die Kinder waren ausnahmslos begeistert und hüpften lachend und singend um ihre Eltern herum.

Die Tierschau war nicht sehr groß, deshalb hatte Marco auch hier die Idee gehabt, dem Publikum die Tiere ohne Absperrgitter zu präsentieren. Nur ein Seil war zur Abgrenzung um die Koppel gespannt.

Nandy hatte uns gesagt, daß die Pause nicht länger dauern dürfe als eine Viertelstunde. »Das ist eine angemessene Zeitspanne. Man kann sich die Beine vertreten, man kann eine Waffel essen, und doch ist die Pause kurz genug, um die Spannung der Vorstellung zu halten.«

Die Marquise hätte die Pause gerne verlängert, um

mehr Waffeln und Fritten zu verkaufen, aber Nandy wußte sich durchzusetzen.

Der zweite Teil der Vorstellung begann mit Roberts Bären. Drei kräftige Bären kamen auf dem Fahrrad in die Manege gefahren. Einer trug das gelbe, einer das rotgepunktete und einer das grüne Trikot. Roberts Gag war es, eine Person aus dem Publikum in die Manege einzuladen, angeblich um ihr die großen Bärenpranken zu zeigen. Doch kaum stand ein mutiger Kandidat in der Manege, wurde er in die gesamte Nummer eingebunden. Er mußte eine Umarmung des Bären ertragen, er mußte mit dem Bären im grünen Trikot Sprint fahren, kurz, es gab eine Menge lustiger Einlagen zur Erheiterung des Publikums. Im Regelfall behielt der freiwillige Mitspieler eine schöne Erinnerung an seinen Auftritt.

Dann kamen die Brüder Kempf. Die Clowns spritzten auf dem ersten Rang mit Wasser herum, warfen mit Federn um sich, und am Ende der Nummer lagen sie in einem Becken voller Rasierschaum. Nandy nahm an der Nummer teil und schaffte es natürlich, sich ohne den kleinsten Spritzer Wasser oder Schaum auf seinem Anzug aus der Affäre zu ziehen. Ich weiß nicht, wie Nandy das machte, aber in dieser Welt, wo alle Leute ständig voller Sägemehl, Staub oder Schweiß waren, sah er immer aus wie aus dem Ei gepellt. Und dennoch schuftete er. Ich erinnere mich daran, wie ein Kerl Nandy einmal aus irgendeinem Grund zusammenschlagen wollte – wahrscheinlich weil er ihn einfach für alles, was er war, beneidete. Ich wollte dazwischengehen, aber Marco hielt mich zurück. Der Kerl war ein ziemlicher Schrank; er stürzte sich auf Nandy, der ihn kommen ließ, ohne sich vom Fleck zu rühren, aufrecht wie eine Eins. Als nun der Kerl auf Nandy eindreschen wollte, hob Nandy plötzlich die Hand und rief: »Moment mal.« Der Kerl hielt verdutzt inne, Nandy zog seine Sonnenbrille ab und reichte sie ihm mit den Worten: »Halt mal!« Aus irgendeinem Grund nahm der Kerl tatsächlich die Brille entgegen – worauf Nandy ihm voll eins auf die Nase schlug, und die Keilerei war zu Ende. Das war Nandy – eine Mischung aus Lässigkeit und Ausgebufftheit. An diesem Tag begriff ich, warum Marco von Nandy wie von seinem Bruder sprach.

Wilfred Temper kam mit seinen Pferden. Es waren zwar nur zwei Pferde, aber sie machten einen derartigen Radau, daß man meinen konnte, man sei bei einem Angriff der Kavallerie dabei.

Und schließlich flogen die Zyskowickz-Brüder durch die Lüfte und spielten mit dem Gesetz der Schwerkraft. Da wir kein Netz hatten, waren sie mit einem Seil um die Taille gesichert, das wir hinter dem Vorhang festhielten.

Je weiter das Programm voranschritt, desto mehr schwand unsere Angst. Das Publikum applaudierte, lachte, fieberte mit, war verblüfft und begeistert zugleich.

Als Koutsens Nummer bevorstand, schwebten wir wie auf einer Wolke. Nun war der Erfolg zum Greifen nah.

Nandy trat in die Manege.

»Meine Damen und Herren, liebe Kinder, wie ich am Anfang des Programms schon bemerkte, wird Ihnen heute die Ehre zuteil, einer doppelten Geburt beizuwohnen. Zum einen ist da die Geburt eines Zirkus, und wie ich am Lächeln auf Ihren Lippen erkennen kann, glaube ich, daß diese Geburt gut verlaufen ist. Ich glaube auch, daß Sie, die Sie nun die Patinnen und Paten des Zeltbauer-Zirkus geworden sind, diesen Abend nie mehr vergessen werden. Und da Sie uns das Geschenk gemacht haben, zu kommen, zu applaudieren und zu lachen, will der Zeltbauer-Zirkus nun auch Ihnen ein Geschenk machen – und hier handelt es sich um die zweite Geburt. Noch nie zuvor hat ein Mensch diese Nummer gesehen, und ich kann Ihnen garantieren, daß sie eine der größten Zirkusnummern weltweit werden wird. Ich weiß, daß Sie diese Nummer bald im Fernsehen und in anderen Manegen sehen werden, und Sie, Sie dürfen dann mit Fug und Recht behaupten: Ich war bei der Premiere dabei. Und nun, meine Damen und Herren, liebe Kinder – Manege frei für Walter Koutsen und Weisnix!«

Koutsen trat in die Manege, den Hund wie einen Sack Blumenerde auf dem Arm. Es ist schwierig, diesen magischen Moment zu schildern, diese Magie zwischen Mensch und Tier, diese Magie zwischen Publikum und Artisten. An jenem Abend jedenfalls war unser Zelt von diesem Zauber erfüllt, und all jene, die dabei waren, werden sich heute noch daran erinnern, auch wenn viel Zeit seitdem vergangen ist.

Koutsen sah verlorener und unbeholfener aus denn je, als er versuchte, den Hund auf seine vier

Pfoten zu stellen. Und der Hund war schlaffer und schwerfälliger als ein Quecksilbertropfen auf einem Glastisch. Man hatte den Eindruck, als hätte er gar kein Skelett. Im Zelt war kein Mucks zu hören, nur manchmal ein leises Lachen angesichts von Koutsens Bemühungen, dem Hund Leben einzuhauchen. Weit aufgerissene kleine und große Münder waren zu sehen. Die Kinder waren überzeugt, daß es sich um einen Gummihund handelte, die Erwachsenen zweifelten daran, daß der Hund wach sei.

Als Koutsen den Handstand auf Weisnix' Kopf machte, spürte man, wie das Publikum vor Sorge um Herr und Hund mitfieberte. Als Koutsen dann sein »Das war's« aussprach und der Hund zurück auf den Tisch sprang, ertönte aus allen Kehlen ein ungläubiges Raunen. Die Musik, die während der ganzen Nummer ausgesetzt hatte, platzte wie eine Fanfare der Fröhlichkeit ins Zelt, und alle klatschten, daß die Masten nur so zitterten.

Am Ende versammelten sich noch einmal alle Artisten und Tiere in der Manege. Der Hund lief bellend über die Barriere, das Publikum schrie unaufhörlich »bravo«, die Musik dröhnte, und der ganze Zirkus tanzte und winkte zum Abschied.

Das Publikum wollte gar nicht mehr gehen, es verlangte eine Zugabe, aber die hatten wir nicht eingeplant. Die Brüder Kempf stellten sich an den Ausgang und forderten die Zuschauer auf ihre clowneske Art auf, das Zelt zu verlassen, was sie schließlich taten.

Als wieder Ruhe eingekehrt war, trafen wir uns alle in der Manege, Zeltbauer wie Artisten. Auch Leponte war unter uns und ein paar Männer, die ich nicht kannte, die sich aber als Journalisten und Freunde von Nandy herausstellten. Keiner sprach, alle grinsten nur. Marco stand in der Mitte, hatte Tränen in den Augen und wagte nicht, etwas zu sagen, damit die Freudentränen nicht aus ihm herausbrachen. Dabei hätten wir ihn gern weinen sehen, weil wir ihn dann hätten trösten und ihm für all das danken können, was er für uns getan hatte.

Ohne es zu wollen, setzte Maman Rose unserer Gefühlsduselei schließlich ein Ende. Sie sah uns aus der Ferne zu, wollte nicht stören und fing deshalb an, die Champagnerflaschen zu öffnen. Der Korken der ersten Flasche fuhr mit einem großen Knall aus dem Hals. Dieses vertraute Geräusch holte uns wieder auf den Boden zurück, alle fingen wir an zu lachen und uns gegenseitig zur Gratulation auf den Rücken zu schlagen. So konnten wir zu unseren Gepflogenheiten zurückkehren und dieses Gefühl verdrängen, das wir gar nicht auszudrücken verstanden.

»Wollt ihr jetzt Champagner trinken oder warten, bis er sich aus der Flasche verflüchtigt hat?«

Wir gingen alle zum Manegenrand, wo Maman Rose Gläser und Flaschen aufgestellt hatte. Plötzlich sprachen alle durcheinander, keiner hörte mehr zu, was der andere sagte, keinen interessierte mehr, ob der andere zuhörte, jeder wollte nur der Freude und der Angst der letzten Tage Ausdruck verleihen.

Nandy hatte Marco zur Seite genommen und stellte ihn den Journalisten vor, die die Geschichte des Zirkus und vor allem die Geschichte unseres Hundes erfahren wollten. Wie das ganze Publikum hatte der »Schlappsack« auch die Journalisten fasziniert. Sie waren hingerissen, als Marco ihnen die Geschichte von Monsieur Koutsen erzählte, der sich nach Poupys Tod aus der Manege zurückgezogen hatte, nun aber dank Weisnix wieder auftrat. Nandy bat Marco, auch von Marie zu sprechen, aber Marco lehnte ab.

Der Umtrunk dauerte etwa eine Stunde, dann verschwanden die Journalisten, und die Artisten zogen sich in ihre Wohnwagen zurück, um auch am nächsten Tag fit zu sein. Maman Rose erinnerte uns an die Schlachtplatte, und so fuhren wir gemeinsam nach Balard, wir Zeltbauer, die Marquise, ihre Schwestern, Monsieur Koutsen, Trauerspiel und Weisnix.

Über dem Tresen hatte Maman Rose ein Glückwunschplakat aufgehängt: »Bravo, Kinder!« Wir umarmten sie und versprachen, daß wir sie nicht vergessen und trotzdem regelmäßig kommen würden, auch wenn wir nun im Bois waren. Trotzdem weinte sie und beteuerte immer wieder: »Ich freue mich so für euch, ich freue mich so für euch! Was ihr da auf die Beine gestellt habt, ist ganz wunderbar, und ich bin so stolz auf euch, aber ihr werdet mir fehlen. Ich weine vor Glück, aber auch ein bißchen aus Trauer ... ihr werdet mir fehlen, Kinder ...«

Wieder und wieder nahmen wir sie in den Arm und drückten sie. Sie hatte diese zarte, sinnliche Weichheit rundlicher älterer Menschen, die schon beim einfachen Körperkontakt tröstend wirkt und Kindheitserinnerungen wachruft.

Schließlich setzten wir uns an den Tisch, denn mit dem Geplauder mußte einmal Schluß sein, und wir mußten uns wieder ernsteren Dingen zuwenden.

Doch noch vor dem Essen bat die Marquise ums Wort. »Keine Sorge, ich will keine langen Reden halten.«

»Das ist gut, wir haben nämlich Hunger.«

»Ich wollte nur sagen, daß wir heute abend siebenunddreißigtausend Francs an der Kasse und zweitausendsechshundert Francs am Stand eingenommen haben.«

Sie sah uns an und wartete auf unsere Reaktionen, aber diese Summen überstiegen die Dimensionen, die wir gewohnt waren, so sehr, daß wir einfach sprachlos waren.

»Wenn das fünf Tage lang jeden Abend so läuft, können wir die Artisten, das Futter für die Tiere sowie Strom und Brennstoff bezahlen. Und wenn es zehn Tage lang so läuft, können wir ziemlich sicher nach Vincennes ziehen. Ich stehe schon mit dem Rathaus in Verhandlungen.«

Wir grölten vor Freude.

»So – hier kommt das Sauerkraut!«

Das Essen zog sich lange hin und war eine sehr feuchtfröhliche Angelegenheit. Wir trugen ein Gefühl der Innigkeit und Erfüllung im Bauch, wie wir es noch nie vorher verspürt hatten. Wir bauten Luftschlösser und sahen uns schon auf Welttournee, sahen uns schon großen Zirkussen wie Pinder oder Zavatta Konkurrenz machen. Das Geld floß in Strömen, wir konnten tolle Nummern anbieten. Vielleicht nahm Marco auch selbst wieder die Peitsche in die Hand. Die Marquise hatte eine Popcornmaschine und einen Zuckerwattekessel, ein jeder hatte plötzlich seinen eigenen Wohnwagen mit Wasseranschluß.

Nun hatte jeder einen Traum, der sogar Wirklichkeit werden konnte, und das machte uns glücklich.

Nach dem Essen schlugen wir mit den Fäusten auf den Tisch und verlangten von Marco eine Rede.

Erst wehrte er sich, doch dann stand er auf. Was blieb ihm auch anderes übrig.

»Ihr mit euren dämlichen Reden. Wenn ich reden könnte, würde ich nicht im Zirkus arbeiten. Aber da ich euch mag, werde ich euch jetzt sagen, was ich denke. Heute abend haben wir etwas Tolles, etwas ganz Phantastisches erlebt, was wir selbst auf die Beine gestellt haben. Wir, die Zeltbauer, deren Namen und Vornamen niemand kennt, wir sind nun richtige Herren geworden ... und das Lustige ist, daß wir es unserem Hund zu verdanken haben.«

»Wo ist der eigentlich?«

»Hier, er verdaut gerade seine Würste.«

»Ich hätte nie gedacht, daß ich einmal meinen eigenen Zirkus haben würde. Ich weiß nicht, warum, aber ich hatte immer das Gefühl, daß ich dazu verdammt sei, mein Leben lang in der zweiten Reihe zu stehen. Meine Geschichte mit Marie habe ich als einen Wink des Schicksals betrachtet. ›Finger weg!‹ sagte es. ›Das ist nicht das Leben, das für dich bestimmt ist.‹ Heute weiß ich, daß es so etwas wie ein vorbestimmtes Schicksal nicht gibt, es gibt nur Pech oder Glück. Und mein Glück ist, daß ich Weisnix getroffen habe und Monsieur Koutsen kenne ... und mein allergrößtes Glück ist, euch bei mir zu haben, euch, meine Freunde.«

Er setzte sich, wir klatschten.

Dann erhob sich Monsieur Koutsen. »Nachdem der Zeltbauer-Zirkus nun aus der Taufe gehoben ist und er Erfolg hat, brauchen wir ein Maskottchen.«

»Wir haben doch den Hund.«

»Schon, aber ein Maskottchen muß außerhalb des Zirkus stehen, nicht mittendrin. Unser Hund ist ein Artist, er ist ein Star. Aber kein Maskottchen.«

»Laßt uns doch Trauerspiel nehmen«, schlug der Belgier vor.

Und tatsächlich – Trauerspiel war immer dabei. Er gehörte zwar nicht zur Truppe, aber er war immer bei uns. Und wenn er mal nicht zu einem Konzert kam, hatten wir immer Angst, daß etwas schiefläuft. Trauerspiel war unser Glücksbringer.

Was sprach also dagegen, ihn als Maskottchen zu nehmen; diese Idee gefiel uns gut.

Doch Marco hatte Bedenken. »Nichts für ungut, Trauerspiel, aber ein Maskottchen mit so einem Namen könnte uns Pech bringen.«

»Das kann gar nicht passieren, Marco. Die Scheiße klebt an mir. Kaum bin ich irgendwo, habe ich auch schon irgend etwas an der Backe. Als Maskottchen wäre ich wie ein Blitzableiter für das Pech, ich würde alles auf mich nehmen, daran bin ich gewöhnt. Schon als Kind wurde mir immer der Schwarze Peter zugeschoben. Du mußt dir nur meine Rübe ansehen.«

Marco sah zu Monsieur Koutsen hinüber.

Koutsen sagte: »Ich glaube, mit Trauerspiel als Maskottchen des Zeltbauer-Zirkus ziehen wir jeglichem Unglück eine lange Nase.«

»Also gut, Trauerspiel, dann bist du jetzt wohl unser Maskottchen.«

Wieder grölten wir vor Freude.

»Das feiern wir im Polimago. Dann können wir

auch dem Wirt eine reinwürgen und ihm erzählen, daß wir ab heute unsere eigenen Chefs sind.«

»Genau. Auf ins Polimago! Dann kriegt dieses Arschgesicht mal was zu hören!«

Wir standen gleichzeitig auf und verabschiedeten uns mit Umarmungen und Küßchen von Maman Rose. Draußen verabschiedeten sich auch die Marquise und ihre Schwestern, die sich schlafen legen wollten. Was sehr schade war, denn die Mädchen sahen gut aus, und der Belgier und ich hätten sie gerne noch klargemacht. Aber aufgeschoben war ja nicht aufgehoben ...

Wir gingen zu Marcos Wagen. Da sahen wir, daß Trauerspiel fehlte. Er stand ganz alleine auf der anderen Straßenseite. Er hatte sich nicht getraut, mit uns zu kommen, und blickte uns nun nach, bevor er wieder auf seine Bude ging.

»Was ist los, Trauerspiel?«

»Nichts ...«

»Nun komm schon mit! Du bist doch jetzt unser Maskottchen.«

Aus Witz zeigte der Belgier mit dem Finger auf Trauerspiel und rief: »Weisnix, hol das Trauerspiel, hol es!«

Der Hund stürzte los, lief auf die Straße vor ein Auto, das ihm nicht mehr ausweichen konnte. Wir hörten das Quietschen der Reifen auf dem Asphalt, und wir sahen, wie Weisnix vom Aufprall durch die Luft gewirbelt wurde und nicht wieder aufstand. Wir waren machtlos gewesen.

Der Belgier lebt mit einem Mädchen irgendwo bei Lyon. Sie ist ehemalige Europameisterin im Catchen und hat ihre Karriere aufgegeben, weil sie schwanger ist, soweit ich weiß.

D'Artagnan hat eine Zeitlang bei Massila gearbeitet.

Was Francis macht, weiß ich nicht; keiner hat je wieder etwas von ihm gehört. Tony jobbt in einer Disco in der Nähe von Toulouse, er kümmert sich dort um die Beleuchtung. Salaam ist in seiner Bude in Balard geblieben. Monsieur Koutsen ist nach Méry-sur-Oise zurückgekehrt. Und ich verkaufe auf Messen und Märkten revolutionäre Austernöffner.

Marco hat keiner von uns je wieder gesehen. Irgendwer erzählte mir, daß er jetzt in Südfrankreich eine Raststätte betreibe.

Weisnix begruben wir mitten im Zelt von Balard. Von unserer rot-weiß gestreiften Zeltplane schnitten wir ein Stück ab und wickelten ihn damit ein, daß er geschützt wäre.

Gestern war ich in Balard. Dort gibt es kein Zelt, keine Citroën-Fabrik und auch keine Maman Rose mehr. Nur noch große Gebäude aus Glas. Wenn ich das sehe, sage ich mir, daß unser Hund doch einen schönen Ruheplatz hat ... Und dann würde ich am liebsten losheulen.

Weitere Bücher aus dem
SchirmerGraf Verlag

Catrin Barnsteiner
Verglüht

Erzählungen. 168 Seiten. Geb.

Eine neue, unverwechselbare Stimme der jungen deutschen Literatur: Mit großer Präzision und Zärtlichkeit schildert Catrin Barnsteiner in ihren Erzählungen Menschen, die sich ständig am Abgrund ihrer ungelebten Gefühle und Obsessionen bewegen. Die junge Frau, die aus enttäuschter Liebe vielleicht zur Mörderin wird; der Mann, der ahnt, was es mit dem seltsamen Besucher bei seiner Frau auf sich hat, und seinen unausgesprochenen Schmerz auf gespenstische Art zu überdecken versucht; die nervöse Gastgeberin, die eine Generalprobe zu ihrer Geburtstagseinladung veranstaltet, und nun droht ihr diese zu entgleisen ...

Catrin Barnsteiners Geschichten stehen in der Tradition der amerikanischen Short stories. Was ihre Helden erleben, ist alltäglich genug, um jederzeit und überall zu geschehen – und so außerordentlich, daß es erzählt werden muß: Das Leben, eine tägliche Gratwanderung.

Ruben Gonzalez Gallego
Weiß auf Schwarz

Ein Bericht. Aus dem Russischen von Lena Gorelik.
224 Seiten. Geb.

»Dies ist ein Buch über meine Kindheit. Eine grausame, furchtbare Kindheit – aber eben trotzdem eine Kindheit. Um in sich eine Liebe zur Außenwelt zu bewahren, um groß und erwachsen zu werden, braucht ein Kind wirklich wenig: ein Stück Speck, eine Scheibe Brot mit Wurst, eine Handvoll Datteln, blauen Himmel, ein paar Bücher und die Herzlichkeit eines menschlichen Worts. Dies genügt, es ist mehr als genug.« Ruben Gonzalez Gallego wird im September 1968 in der Klinik des Kreml geboren. Seine Mutter, eine Spanierin, wurde dort als Notfall aufgenommen dank ihrer Verbindungen zur geheimen Spanischen Kommunistischen Partei.

Bei der Geburt ihres Babys, Ruben, treten Komplikationen auf; seine Beine bleiben gelähmt und die Feinmotorik seiner Hände beeinträchtigt. Zunächst in einem Waisenhaus für Angehörige der kommunistischen Elite untergebracht, beginnt für Ruben ab dem zweiten Lebensjahr eine Odyssee durch Heime für behinderte Kinder; seiner Mutter sagt man, er sei gestorben. In den Wirren der Perestroika 1990 gelingt es ihm mit Hilfe einer Pflegerin, seiner späteren ersten Frau, zu entkommen.

»Eine außergewöhnliche Geschichte, ein außergewöhnlicher Stil … erschütternd, verstörend.« *Le Monde*

Xu Xing
Und alles, was bleibt, ist für dich

Roman. Aus dem Chinesischen von Rupprecht Mayer und Irmy Schweiger. Mit einem Nachwort von Irmy Schweiger. 288 Seiten. Geb.

Eine Mischung aus unverstandenem Genie, das eigentlich nur in seinem Element ist, wenn es mit einem hübschen Mädchen flirtet – und Jack Kerouac: So stilisiert sich der Ich-Erzähler dieses witzig-poetischen Romans. Auf der Suche nach dem Wahren und Schönen läßt er sich durch die postmaoistische Pekinger Kunstszene treiben und trifft dabei nur auf Möchtegern-Kafkas, Pseudo-van Goghs und Alkoholiker... Er beschließt, in den gelobten Westen zu seinem Freund Xi Yong zu reisen, der sich irgendwo in Deutschland im chinesischen Restaurant seiner Tante ausbeuten läßt. Aber er muß auf sein Visum warten, und so erholt er sich bei einem Abstecher nach Tibet, wo er mehr über Einsamkeit erfährt, als ihm lieb ist.

Endlich in dem romantischen deutschen Städtchen angekommen, in dem sich Xi Yong inzwischen Hals über Kopf in eine blauäugige Brötchenverkäuferin verliebt hat, lernt er den Westen aus einer ziemlich chinesischen Perspektive kennen...

»Witzig, kritisch, gefühlvoll.« *L'Humanité*